Anja Marschall

Lizzi und die schweren Jungs

atb aufbau taschenbuch

Anja Marschall, geboren 1962 in Hamburg, war schon Zimmermädchen in London, Apfelpflückerin in Israel, Kioskverkäuferin an den Hamburger Landungsbrücken und Projektleiterin an der Uni. Heute lebt und arbeitet sie als Journalistin und Autorin in Schleswig-Holstein. Bei atb erschien von ihr bisher »Lizzis letzter Tango«, der erste Roman über die sympathische Oma Lizzi.
Mehr zur Autorin unter www.anja-marschall.de

Eine Rockerbande fordert Elisabeth Böttcher, genannt Lizzi, auf, ein verschwundenes Rentnerehepaar aufzuspüren. Falls die Detektivin-wider-Willen den Auftrag nicht annimmt oder gar scheitert, werde es ihr schlecht ergehen, versprechen die Rocker. Die Suche nach Opa Edel und seiner Frau führt Lizzi und ihre Mitstreiter, die Altenpflegerin Mareike und den Kommissar a. D. Pfeiffer, auf die Hamburger Reeperbahn. Zwischen Luden und Prostituierten, Davidwache und Mafia müssen die drei das Ehepaar schnellstmöglich finden, denn den Dragon Balls geht es gar nicht um die beiden harmlosen Rentner, sondern um ein Paket mit brisantem Inhalt. Dann stürzt einer der Rocker aus einem Fenster und ein Mafiaboss entführt Lizzi, so dass Pfeiffer und Mareike wieder einmal alle Hände voll zu tun haben, Lizzi aus ernsthaften Schwierigkeiten zu befreien.

Anja Marschall

Lizzi und die schweren Jungs

Kriminalroman

atb aufbau taschenbuch

MIX
Papier aus verantwortungsvollen Quellen
FSC® C083411
www.fsc.org

ISBN 978-3-7466-3218-6

Aufbau Taschenbuch ist eine Marke
der Aufbau Verlag GmbH & Co. KG

1. Auflage 2016

Umschlaggestaltung und Motiv www.buerosued.de, München
Gesetzt in der Minion Pro durch Greiner & Reichel, Köln
Druck und Binden CPI books GmbH, Leck, Germany
Printed in Germany

www.aufbau-verlag.de

1

Rötlich warm legte sich der Abend über die Dächer der Stadt, und das Gewimmel der Autos auf dem sommerlich flirrenden Asphalt ließ allmählich nach. Die Lampen im Park bei den Wallanlagen würden bald angehen. Dann konnte die Zeit der kleinen und großen Vergnügungen zwischen Reeperbahn und Sternschanze beginnen. Schon schlenderten die ersten Pistengänger in Richtung Heiligengeistfeld, wo der Hamburger Dom mit Riesenrad und Zuckerwatte auf spaßhungrige Gäste wartete. Das Dröhnen rockiger Songs mischte sich mit dem Säuseln schmalziger Schlager. Damen für gewisse Stunden traten leicht bekleidet und frisch geschminkt im Sperrbezirk auf die Bürgersteige, um ihre Dienste anzubieten. In ihren Blicken lag der Wunsch nach zahlender Kundschaft.

Nicht weit entfernt erfüllte ein dumpfes Wummern die staubtrockene Luft. Es kam von der Reeperbahn herüber, der weltberühmten Amüsiermeile Hamburgs. Langsam näherte sich das Geräusch den Wallanlagen. Es brachte den dreckigen Atem der Stadt auf beunruhigende Art zum Vibrieren. Man spürte den feinen Lufthauch auf der Haut bis hoch zu den Haaren. Die Leute an der Straße blieben stehen, blickten sich ratlos um. Ein Mann mit schwäbischem Akzent, der sich für die nächsten Stunden eine Professionelle auf Firmenkosten gemietet hatte, blickte nach oben.

»Des isch a Hubschraubr«, erklärte er ihr fachmännisch. Seine glasigen Augen tasteten den abendrotleuchtenden Himmel ab.

Nachsichtig schüttelte die junge Frau, sie mochte die zwanzig kaum überschritten haben, an seiner Seite den Kopf. »Nee, Süßer. Das sind Harleys.« Mit ihren knallrot lackierten Krallen wies sie die Straße hinunter, wo am Ende die Reeperbahn begann.

Schon rollten sie heran: fünfzehn, vielleicht auch zwanzig bullige Männer auf Motorrädern. Dicht knatterten sie an dem Schwaben und seiner Nutte vorbei. Der Mann stolperte einen Schritt zurück.

»Scheiße«, murmelte die Frau. »Was machen die denn hier?«

Normalerweise gab es diesseits des Doms weder Huren noch Harleys. Hier fand man die Gerichtsgebäude der Stadt, feine Anwaltskanzleien und schicke Bars. Dahinter lag die Innenstadt mit ihren Edelboutiquen und Restaurants.

Langsam steuerten die Maschinen auf das alte neobarocke Konzerthaus am Johannes-Brahms-Platz zu. Auf den Kutten einiger Fahrer sah man hinten einen feuerspeienden Drachen mit Totenkopf, der auf einem Motorrad saß. In schnörkeliger Schrift stand darunter: »Dragon Balls MC Hamburg«. Mit knatternden Motoren begannen die Rocker vor dem ehrwürdigen Gebäude auf und ab zu fahren.

2

Auf Wellen reiten, im Sommerwind die langen Haare fliegen lassen, Willi, der sie am Rande des Sees unter den Weiden küsst. Mit geschlossenen Augen schwebte Lizzi auf ihren Erinnerungen zurück in eine andere Zeit. Es war ein heißer Sommer, als sie Anfang der Sechziger die Hochzeitsreise in den Harz antraten. Sie und Willi waren so glücklich gewesen. Bis eines Morgens drei Polizisten vor der Zimmertür in der Pension standen. Woher sollte Lizzi auch wissen, dass Willi sie auf einem gestohlenen Motorroller umherkutschierte? Die Uniformierten nahmen ihn mit.

In den folgenden Jahren klopften noch viele Gesetzeshüter an Lizzis Tür. Und mehr als einmal musste Lizzi ihren Mann im Gefängnis besuchen. Auch wenn der Willi nicht sehr helle gewesen war, tief drinnen, da hatte er einen guten Charakter gehabt, der Willi. Und küssen konnte er wie kein anderer. Das aber half nicht gegen die ständigen Besuche des Gerichtsvollziehers, den abgestellten Strom oder die Mahnschreiben von Anwälten. Doch all das war vorbei. Seit einigen Jahren war Lizzi nun schon Witwe. Und dieses Leben gefiel ihr recht gut. Zumindest besser als das Leben mit einem Kleinganoven, der nur in den Tag hineinlebte und nie Geld nach Hause brachte. Geld, das Lizzi tagein, tagaus bei Schlachter Schlüter verdienen musste, um die kleine Familie über Wasser halten zu können. Trotzdem, ab und an gönnte sie sich ein paar schöne Erinnerungen an ihren Verstorbenen. So wie heute, beim Konzert in der alten Musikhalle, die vornehme Kulturgänger auch Laeiszhalle nannten.

Jemand stieß Lizzi von der Seite an. Sie fuhr zusammen, riss die Augen auf. Verwirrt blickte sie die perlenkettentragende Frau von Eversberg an. »Psst!«, zischte diese mit zusammengekniffenem Mund. »Sie schnarchen schon wieder.«

Lizzi blinzelte. Dann setzte sie sich etwas gerader hin. Verlegen räusperte sie sich. Noch immer saßen die Musiker auf der Bühne, während sich der Dirigent vor ihnen redlich abmühte. Man gab heute etwas Russisches. Lizzi blickte zum Programm auf ihrem Schoß hinunter. Rodion Schtschedrin: Konzert für Orchester Nummer 1. Freche Orchesterscherze.

Schtschedrin? Himmel, den Namen kann doch kein Mensch aussprechen, schoss es Lizzi durch den Kopf.

Angestrengt schaute sie zur Bühne, wo die Musiker arbeiteten.

Irgendwie war es ja auch für Lizzi Arbeit, hier zu sitzen und ihnen zuzuhören. Ihre Augenlider wurden schon wieder schwer und schwerer. Es war ja nicht so, dass sie diese Musik nicht mochte, aber die Müdigkeit in ihren Knochen war kaum noch auszuhalten. In letzter Zeit wachte sie jede Nacht mehrmals auf. Vielleicht liegt es am Alter, überlegte sie. Der Grund könnte aber auch das fehlende Geld sein. Seit man sie kürzlich um ihr *Erspartes* gebracht hatte, musste sie jeden Cent ihrer mickerigen Rente dreimal umdrehen, um ihn dann doch nicht auszugeben. Nach fast fünfzig Jahren als Schlachtereiverkäuferin hatte sie eigentlich ein paar Euro mehr vom Staat erwartet. Darum war es ja auch ein Glücksfall für Lizzi gewesen, als sie die Beute aus Willis Bankraub fand, kurz nachdem er gestorben war. Elisabeth Böttcher hatte damals lange nachgedacht, bevor sie sich mit dem Geld in eine piekfeine Seniorenresidenz an der Elbchaussee einmietete, statt die Scheine bei der Polizei abzugeben. Schade nur, dass das schöne Geld bald darauf wieder futsch war. Hätte man sie nicht bestohlen, hätte das Geld bestimmt bis an ihr Lebensende gereicht. Diese plötzliche Pleite hatte Lizzi viel abverlangt. Sie musste sogar nett zu Frau Alberding-Wischenberg sein, der Leiterin der Residenz, damit die sie nicht aus ihrem kleinen Appartement im dritten Stock jagte.

Lizzi seufzte und warf einen verstohlenen Blick zu ihrer Sitznachbarin. Hoffentlich hatte nur Frau von Eversberg gemerkt, dass sie eingenickt war. Vorsichtig lugte Lizzi die Stuhlreihe entlang. Dort saß Frau Stöver, die mit weltverlorenem Lächeln in elysische Sphären blickte, woraus Lizzi schloss, dass das neue Hörgerät gut funktionierte. Frau Stöver wohnte, genau wie Lizzi und die anderen Senioren in der Reihe, ebenfalls in der vornehmen Residenz Hanseatica. Eigentlich konnte sich Lizzi die teure Herberge nicht mehr leisten, aber nachdem sie kürzlich medienwirksam einen Doppelmörder überführt hatte, war die Leitung des Hauses entgegenkommend gewesen. Jedoch nicht freiwillig. Lizzi dachte an das verkniffene Gesicht von Frau Alberding-Wischenberg, als diese sie weiterhin in der Residenz dulden musste, weil die zahlungskräftigen Herrschaften des Hauses darauf bestanden hatten. Man zeigte Lizzi seine Dankbarkeit, indem man sie zu diesem besonderen musikalischen

Abend einlud. Für Lizzi, die heute viel lieber Günther Jauch im Fernsehen gesehen hätte, als hier mit ihrer Müdigkeit zu kämpfen, war es ein recht zweifelhaftes Vergnügen.

Aber sei es drum, hatte sie sich gesagt. Wat mutt, dat mutt.

Auch wenn Frau Stöver von Lizzis Schnarchen nichts bemerkt zu haben schien, Frau Alberding-Wischenberg schon. Hämisch grinste die Frau vom letzten Sitz in der Reihe zu Lizzi herüber. Klar, dass ihr Lizzis kleines Nickerchen nicht entgangen war. Lizzi kniff die Lippen zusammen. Mist.

Lizzi wusste, dass die Wischenberg hinter diesem Abend steckte. Man hatte Lizzi erzählt, sie habe auf die angespannte pekuniäre Situation der berühmtesten Bewohnerin der Residenz hingewiesen und an die Großzügigkeit aller Anwesenden appelliert. Lizzi konnte sich den falschen Ton dieser Person gut vorstellen. Sie sah die Frau vor sich, wie sie mit geübt betroffener Miene den Anwesenden das Geld aus den Portemonnaies lockte, um der lieben Frau Böttcher ihr hartes Dasein ein wenig zu erleichtern.

Was der Nichteingeweihte für eine freundliche Geste von Frau Alberding-Wischenberg halten mochte, war in Wahrheit Ausdruck einer zutiefst gemeinen Boshaftigkeit. Die Frau wusste genau, dass Lizzi Mitleid hasste. Nur weil sie pleite war und ihr Appartement in der Residenz vom Wohlwollen anderer abhing, musste man es ihr nicht andauernd aufs Brot schmieren, fand Lizzi. Das aber tat die Leiterin bei jeder sich bietenden Gelegenheit. Zudem wusste die Wischenberg, dass der Schlachtereiverkäuferin Elisabeth Böttcher all der Pomp und das Gerüsche, die Sektgläser mit den Lachshäppchen und vor allem das vornehme Geschnatter in der Pause zuwider waren. Doch der Wischenberg machte es einen Heidenspaß, Lizzi zu zeigen, wie wenig sie in die Seniorenresidenz an der Elbchaussee passte.

Die Leiterin hatte zähneknirschend versprochen, dass Lizzi bis an ihr Ende in der Residenz bleiben durfte, einem räudigen Straßenköter auf Gnadenbrot nicht ganz unähnlich. Gebunden an dieses Versprechen, hatte die Wischenberg also nur eine Chance, Lizzi loszuwerden: Lizzi musste freiwillig ihr Appartement mit Elbblick räumen. Doch Lizzi hatte nicht vor aufzugeben. Sie würde weder auf ihren morgendlichen Becher Kaffee auf dem kleinen Balkon im dritten Stock verzichten noch auf ihr Zuhause, das sie seit vier Jahren bewohnte.

»Die Person kriegt mich hier nur mit den Füßen zuerst raus!«, hatte Lizzi erst kürzlich erklärt.

Lizzi rutschte zwischen den Armlehnen ihres engen Stuhls hin und her. Müsste nicht langsam mal eine Pause kommen?

Endlich! Ein großer Akkord, fulminant und erhebend, wie Frau von Eversberg kommentierte, beendete den ersten Teil des Konzertes. Erleichtert stemmte sich Lizzi aus dem Sitz. Während sie sich brav hinter den anderen einreihte, um ins Foyer zu gelangen, lauschte sie den wohl temperierten Kommentaren der Konzertbesucher. Sie merkte sich ein paar davon, um sie beim unausweichlichen Small Talk im Foyer hier und da fallenzulassen. Man wollte ja nicht allzu unkultiviert oder gar undankbar wirken.

Laut und vernehmlich knurrte Lizzis Magen, als Frau Alberding-Wischenberg sie mitten im Gedränge abfing. »Nun, meine liebe Frau Böttcher, wie gefällt Ihnen das Konzert? Ist es nicht ein wenig zu schwierig für Sie?«

Lizzi lächelte. »Ein prächtiger Abend, meine Gute«, zwitscherte sie. »Ganz prächtig. Das Konzert ist so fulminant und erhebend. Besonders der letzte Satz. Das Allegro. Wirklich beeindruckend. Eine hochemotional geladene Interpretation. Allerdings nicht so gelungen wie die von Levine in der New Yorker Met vor einigen Jahren. Doch für unsere Stadt fürwahr ein Highlight.« Mit diesen Worten ließ sie die Leiterin stehen.

Grinsend schob sich Lizzi im Gedränge ein wenig nach vorn, wo sie den Häppchenstand vermutete. Vielleicht gab es ja auch etwas anderes als nur Lachsschnitten. Ein Mettwurstbrötchen wäre nett, überlegte sie, und dazu ein kühles Bier.

Die Musikhungrigen um sie herum schubsten mit einer sicherlich sehr vornehmen, auf alle Fälle aber zielführenden Nachdrücklichkeit. Lizzi sah sich gezwungen, einer drängelnden Frau am spitzenbesetzten Ärmel zu zupfen. Als diese sich indigniert zu ihr umdrehte, legte Lizzi ihren *Vorsicht!-Jetzt-kein-falsches-Wort*-Blick auf. Schnell trat die Dame einen Schritt zurück. Einem Herrn mit frisch gestärktem Smokinghemd und Fliege, der sie zur Seite schieben wollte, erklärte sie leise, dass ihr von dem Gedränge ein wenig übel sei. Schnell presste sie die Hand vor ihren Mund und schaute auf das Weiß seiner gestärkten Brust. Mit erschrockenem Blick ließ er ihr den Vortritt. Als das geklärt war, wartete Lizzi geduldig, bis das junge Mädchen mit den hochgesteckten Haaren und der Rüschenschürze sie fragte, was sie wünsche.

Gerade wollte Lizzi sich nach einem Brötchen mit Mett erkundigen, da verschwand das Lächeln aus dem Gesicht der Bedienung. Sie schien auf einen Punkt hinter Lizzi zu starren. Auch die Gespräche der Gäste um Lizzi herum erstarben. Kein Gemurmel erfüllte mehr das hohe Foyer mit der Stuckdecke und den bodentiefen Fenstern. Mit gerunzelter Stirn drehte sich Lizzi um. Sie stellte sich auf die Zehenspitzen, um besser sehen zu können, warum alle zur doppelflügeligen Tür starrten, hinter der das marmorne Treppenhaus lag.

Dann sah sie sie: Mehrere in schwarzes Leder gekleidete Rocker schritten in schweren Bikerstiefeln über das gewienerte Parkett. Sie teilten die Menge der Kulturbeflissenen wie Moses das Meer. Der Anführer der Gruppe war ein Riese mit Sonnenbrille.

Lizzi schätzte ihn auf knapp zwei Meter, vielleicht sogar mehr. Seine breiten Schultern und der Bizeps schienen die Lederjacke mit den Ketten fast zu sprengen. Das Tuch auf seinem kahlen Kopf hatte er in Piratenmanier gebunden. Mit großen Schritten hielt er auf die mannshohe Marmorstatue von Johannes Brahms zu, die mitten im Foyer stand. Alle Augen waren auf den Rocker und sein Gefolge gerichtet. Irgendwo in der Menge fiel eine Frau in Ohnmacht.

Neben Brahms blieb der Große stehen. Prüfend ließ er seinen Blick über die festlich gekleidete Menge gleiten. Die wiederum stand salzsäulenartig mit Sektgläsern und Häppchen in den schwitzigen Händen da.

Lizzi bemerkte eine Tätowierung auf dem Nacken des Chefs.

»Und?«, brüllte der Kerl in tiefem Bass. »Wo ist die Alte?«

Einer seiner Leute trat vor. Er trug ebenfalls eine Jeansweste mit Drachenaufnäher über der Lederjacke. Er war nicht ganz so groß wie sein Boss, aber dennoch über eins achtzig, schätzte Lizzi. Auch er hatte ein Kopftuch auf dem Schädel und schwere Motorradstiefel an den Füßen. Nur die Sonnenbrille fehlte. Eine Tätowierung zierte sein Handgelenk. Es war eine Schlange, die aus dem Ärmel seiner Jacke kroch.

Er sah sich um. »Da!« Mit ausgestrecktem Finger wies er in Lizzis Richtung. Die Frau mit den gerüschten Spitzenärmeln neben ihr japste erschreckt auf. Sie dachte wohl, er meine sie. Doch Lizzi ahnte anderes.

Langsam kamen die Rocker auf sie zu. Lizzi schluckte, als sich eine hohe Wand aus schwarzem Leder vor ihr aufbaute. Die Leute um sie herum wichen zurück, als hätte sie Flöhe.

Der Anführer blickte wortlos auf Lizzi herab.

Jemand im hinteren Teil der Menge murrte auf. »Was fällt Ihnen eigentlich ein …« Doch weiter kam er nicht. Der Chef der Rocker hob nur kurz die Hand. Sofort verstummte der aufmüpfige Redner.

»Bist du die Alte mit dem Detektivbüro?«, fragte der baumlange Kerl Lizzi, die spontan ganz vergessen hatte, wie groß ihr Hunger eben noch gewesen war. Ihre Kehle war plötzlich entsetzlich trocken. Jedoch wusste sie dank all der Jahre mit Willi und seinen Ganovenfreunden, dass bei bösen Jungs das meiste in Wahrheit nur Show war. Sie entschloss sich, mitzuspielen.

Trotzig drehte sie sich um und bot dem Kerl ihren Rücken. Sie lächelte dem blassen Ding mit der Rüschenschürze zu. »Haben Sie Mettwurstbrötchen?«, fragte sie vernehmlich. »Und ein kaltes Bier? Das wäre schön.«

Eine schwere Hand legte sich auf Lizzis Schulter. »Spielst mit deinem Leben, Oma«, raunte der Anführer ihr ins Ohr.

Da drehte Lizzi sich um, wobei sie kurz die ängstlichen Blicke der umstehenden Konzertbesucher bemerkte. Keiner dieser piekfeinen Leute würde auch nur einen Finger krummmachen, sollte Lizzi jetzt Probleme bekommen.

»Als Erstes stellt man sich vor, Jungchen.« Lizzi machte sich zwei Zentimeter größer, als sie war, was aber nicht wirklich half. »Und dann erwarte ich mehr Respekt vor dem Alter. Wie du schon richtig bemerkt hast, Bengel, könnte ich deine Oma sein. Außerdem: Wer mich duzen darf, entscheide ich.« Mit zusammengepressten Lippen starrte sie dem Riesenkerl mitten ins unrasierte Gesicht. Wer Angst hat, muss beißen. Das galt in der Natur ebenso wie in der Ehe mit einem Kleinkriminellen. Sie schob die riesige Hand von ihrer Schulter. »Also, noch einmal. Wer bist du, Kleiner?«

Der Typ grinste schief. Langsam schob er seine Brille halb herunter. Zwei stahlblaue Augen stierten Lizzi an. Keiner der beiden sagte etwas, während sie sich maßen.

Da sagte der Kleinere: »Das ist Muckiprinz. Er ist der Präsident der Dragon Balls, klar? Und wir wollen dich für 'nen Job haben.«

Lizzi hob eine Augenbraue. »Seit wann sind wir per du?«

»Ähm, *Sie*. Ja, also … Frau Böttcher«, korrigierte er sich stotternd. Er erklärte, dass sie von Lizzi in der Zeitung gelesen hätten. »Die Schickse in dem Altenlager an der Elbchaussee meinte, dass du hier bist, ähm, Sie …«

Irgendwo in der Menge hörte Lizzi Frau Alberding-Wischenberg. »Altenlager?«, japste die. »Das ist eine Residenz …«

Langsam beugte sich der Anführer mit dem nicht sehr romantischen Namen Muckiprinz zu Lizzi herunter. »Wir haben einen Auftrag für *dich,* alte Frau«, raunte er in ihr Ohr. »Jetzt.«

Das klingt nicht gut, überlegte Lizzi. Andererseits war die Alternative, die zweite Hälfte des Konzertes dösend in einem scheußlich engen Sessel über sich ergehen lassen zu müssen, auch nicht wesentlich attraktiver. »Wohin?«

»*Ritze.*«

Lizzi lachte auf. »Nix da! In einen solchen Schuppen gehe ich nicht.«

Die *Ritze* war seit Ewigkeiten eine Kiezspelunke auf der Reeperbahn gleich neben dem Eroscenter. Dort kämpften früher die Luden um Bordsteinschwalben und Marktanteile. Wenn man damals in der zwielichtigen Welt des Kiezes etwas unter Männern auszumachen hatte, dann ging man in den Keller der *Ritze*, wo es einen Boxring gab. Ob man sich dort heute noch mit blutigen Nasen zufriedengab, wusste Lizzi nicht. Und sie wollte es auch nicht herausfinden.

»Nee, Kleiner, wir gehen in den *Silbersack*. Gepflegtes Resopalambiente mit Jukebox und 'nem anständigen Bier.« Der Große öffnete den Mund, um etwas zu sagen, doch Lizzi unterbrach ihn barsch. »*Silbersack*, oder ich bleibe hier, Jungchen!«

3

Das Kopftuch eng um ihr Kinn geknotet, saß Lizzi kurz darauf in einem Taxi. Auf dem Schoß hielt sie ihre braune Handtasche an den Bügeln umklammert. Draußen ließen die Dragon Balls ihre Maschinen donnernd an. Langsam rollten einige der Biker dem Taxi voraus, während sich rechts und links des Wagens weitere Harleys positionierten. Der Rest der Dragon Balls knatterte hinterher. Ein Aufgebot wie bei einem Staatsbesuch, fand Lizzi.

Sie hatte sich erfolgreich mit den Worten »Ich kann doch nicht im Abendkleid auf ein Motorrad steigen!« geweigert, auf einer der Maschinen mitzufahren. Und so rollten sie nun im Korso die Glacischaussee hinunter, wo der Rummel des Hamburger Doms, mit seinen blinkenden Buden und der dröhnenden Musik, in vollem Gange war. Während der Konvoi am *Gladiator*, dem nostalgisch beleuchteten Riesenrad und der *Wilden Maus* vorbeiknatterte, bemerkte Lizzi vorn im Spiegel das aschfahle Gesicht ihres südländisch aussehenden Fahrers. Schweißperlen standen dem armen Kerl auf der Stirn. Die kaffeebraunen Hände zitterten, während er das Lenkrad umkrallte.

Auch Lizzi war mulmig zumute. Sie fragte sich, ob der Stuhl Nummer 13 in Reihe 2, Balkon rechts, der Musikhalle nicht doch die bessere Wahl gewesen wäre.

Da kam ihr der Gedanke, dass es klug sein könnte, Mareike über den unerwarteten Verlauf des Abends zu unterrichten. Lizzi begann, in ihrer riesigen Handtasche nach diesem neumodischen Telefon zu wühlen, welches sie nur in Notfällen benutzte.

Die ehemalige Altenpflegerin der Seniorenresidenz, Mareike Gödecke, hatte sich vor einiger Zeit in den Kopf gesetzt, Lizzi müsse eine Detektei eröffnen, um Geld für ihren Lebensunterhalt zu verdienen. Doch Lizzi wollte in ihrem Alter nicht mehr Unternehmerin werden. Sie fand, das Leben müsse irgendwie auch mit einer mageren Rente zu meistern sein.

Doch Mareike beharrte darauf, dass Lizzi eine perfekte Detektivin sei, was sie im Mordfall Jessen ja auch schon bewiesen habe. »Außerdem kann man nicht von nichts leben«, nervte sie ständig, denn Lizzis Rente sei ja wohl eher eine Lachnummer. Recht hatte sie, aber Lizzi hatte nun einmal den bekannten Hamburger Dickkopf. Und darum gab es noch immer keine Detektei. Das aber hielt Mareike nicht davon ab, sich selbst schon mal als Lizzis Assistentin zu betrachten, Visitenkarten drucken zu lassen und einschlägige Fachliteratur zu wälzen. Immer wieder fand Lizzi Bücher und Magazine in ihrem Wohnzimmer, die Mareike besorgt hatte, in der Hoffnung, Lizzi würde darin lesen oder wenigstens ein wenig blättern.

Endlich hatte Lizzi das Handy gefunden. Bereits nach dem zweiten Klingeln meldete sich Mareikes Stimme. »Mirko? Wo bist du?«

»Mirko? Nein, ich bin's.«

»Oh, Lizzi. Entschuldigen Sie. Ich dachte …«

»Ist der Junge etwa noch nicht zu Hause?« Lizzi sah auf

ihre Armbanduhr. Es war halb elf. »Er muss doch morgen zur Schule?«

Mareike zögerte. »Er übernachtet bei einem Freund, nehme ich an. Sicherlich hat er nur vergessen, mir Bescheid zu sagen.«

Langsam nickte Lizzi. Sie konnte die Angst der alleinerziehenden Mutter hören. Irgendwie musste sie damals auch Töchterchen Andrea allein großziehen, wenn die Polizei den Willi mal wieder abgeholt hatte.

»Was ist denn, Lizzi?«, wollte Mareike wissen. »Und was ist das für ein Höllenlärm im Hintergrund? Ich dachte, Sie sind in der Musikhalle.«

»War ich ja auch«, rief Lizzi in ihr seniorengerechtes Handy mit den großen Tasten, das sie noch immer nicht richtig bedienen konnte. »Ich möchte, dass du in den *Silbersack* kommst, Kindchen.«

Kurz schien die Leitung tot zu sein, dann fragte Mareike: »Wohin soll ich kommen?«

»In den *Silbersack*. Das ist eine Kneipe auf dem Kiez. Silbersackstraße 9, St. Pauli, geht von der Reeperbahn ab, Ecke Querstraße.«

»Warum?«

»Ich habe eine, … ähm, geschäftliche Besprechung mit einigen … Herren, und ich möchte, dass du dabei bist.«

»Auf dem Kiez?«

Das Taxi fuhr gerade an den *Tanzenden Türmen* vorbei, die den Beginn der Reeperbahn markierten. Dabei handelte es sich um zwei eng beieinanderstehende Bürohäuser, die aussahen, als hätte der Architekt einen Schluckauf bei der Planung gehabt.

»Ja, Kindchen, bitte. Es ist besser, wenn ich da nicht alleine bin«, flehte Lizzi.

»Ein Auftrag?« Mareike klang erfreut. »Wunderbar! Ich bin gleich da.«

Erleichtert drückte Lizzi die Taste mit dem roten Telefon darauf. Dann stopfte sie das Handy wieder in ihre Handtasche. Mareike würde bestimmt eine halbe Stunde brauchen, um zum Kiez zu kommen.

Überall auf der Reeperbahn blinkten bunte Lichter auf, winkten Reklametafeln mit dem Wort Sex aufdringlich aufmunternd den Touristen zu. Der Kiez hatte sich seit Lizzis letztem Besuch sehr verändert. Er war lauter und eindeutig voller geworden. Die Tankstelle war weg und die Häuser dahinter auch. Stattdessen stand dort ein sechsstöckiger Neubau, der sich Klubhaus nannte. Auf dem Spielbudenplatz davor waren jetzt zwei große Musikbühnen und mehrere Fressbuden.

Soeben passierten sie das Schmidt-Theater und die berühmte Davidwache zu ihrer Linken. Als das Taxi in die Silbersackstraße bog, folgten ihnen nur noch fünf Maschinen. Die anderen fuhren geradeaus weiter.

Vor dem schäbigen Flachbau an der Ecke, an dessen gelb gekachelten Außenwänden wild durcheinander Plakate klebten, hielt das Taxi an. Die rote Eingangstür der Kneipe stand weit offen.

4

Die Wirtin des *Silbersacks*, Tante Erna, war vor einiger Zeit gestorben, aber ihre Kultkneipe lebte noch immer. Und wie sie lebte!

Im zigarettenträgen Dunst tanzten die ersten Nachtgestalten zu den staubigen Klängen der Jukebox, aus der gerade Aretha Franklins *Think* schnarrte. Obwohl es für den Kiez noch recht früh war, bebte der Raum von dem Gewirr vieler Stimmen. Hier kamen scheue Touristen ebenso her wie gepiercte Punks oder lallende Besoffene. Wohlmeinende Väter, die ihren pubertierenden Söhnen einen ersten Einblick in die sündige Meile geben wollten, hockten in der Ecke und gaben den Sprösslingen ein Bier aus. Junge Mädchen hingen hier herum, auf der Suche nach … ja, wonach eigentlich?

Lizzi trat in den Mief aus Rauch und Schweiß und sah sich um. Vor zwanzig Jahren war sie das letzte Mal hier gewesen. Damals spielte noch ein Russe neben dem Tresen Akkordeon. Vadim, hieß er. Tante Erna, die Wirtin, hatte damals leise seine Lieder mitgesummt. Als sie dann irgendwann starb, übernahm einer ihrer Kellner den Laden. Das ging ganz groß durch die Presse, erinnerte sich Lizzi. Sie fragte sich, ob der junge Mann mit der FC-St.-Pauli-Kappe auf dem Kopf der neue Chef sein konnte. Er stand hinter dem Tresen unter einem Himmel tiefhängender vergilbter

Fußballwimpel und öffnete mit geübter Hand einige Bierflaschen, die er den Gästen reichte.

Einer der Gäste krallte sich gerade mit einer Hand an der Reling des Tresens fest, die man für abgefüllte Typen wie ihn dort montiert hatte. Schwankend griff er mit der anderen nach einem verteufelt kleinen Glas, zögerlich, doch leider daneben. Er fluchte. Beim zweiten Mal klappte es schon besser. Routiniert warf der Mann den Kopf in den Nacken und kippte den Köm runter. »Noch einen!«, lallte er.

Nichts schien sich verändert zu haben, dachte Lizzi. Sie lächelte, denn hier gefiel ihr der Kiez am besten. Die Gespräche an den Tischen erstarben, als Lizzi und ihre martialisch dreinblickenden Begleiter eintraten. Der kleine Raum mit der niedrigen Decke in von Nikotin vergilbtem Gelbbraun war übervoll. Kein einziger freier Tisch in Sicht. Oje, nun musste sie mit den Rockern doch woandershin gehen. Aber bestimmt nicht in die *Ritze*, entschied Lizzi für sich.

Da schob einer der Dragon Balls sie zur Seite. Langsam ging er auf einen Tisch zu, an dem eine Gruppe junger Männer über ihren Bierflaschen hockte. Erschrocken blickten sie zu dem Rocker hoch, der plötzlich neben ihnen stand. Keine zehn Sekunden vergingen, dann war der Tisch frei. Mit wütendem Blick trollten sich die jungen Männer zum Tresen hinüber, wo sie den Besoffenen zur Seite schoben, der das volle Schnapsglas vor sich mit starrem Blick zu hypnotisieren versuchte, bevor er erneut beherzt zugriff.

Ganz bewusst setzte Lizzi sich an den Kopf des nun freien Tisches. Muckiprinz ließ sich am anderen Ende auf den Stuhl fallen. Natürlich behielt er die Sonnenbrille auf.

Einer der Rocker bestellte eine Runde Bier. Da sah Lizzi aus den Augenwinkeln, dass Mareike hereinkam. Ihr suchender Blick glitt über die Gestalten im Raum.

Lizzi winkte ihr zu. Mit durchgedrücktem Rücken kam Mareike zum Tisch herüber.

»Das ging aber schnell, Kindchen.« Lizzi runzelte die Stirn.

Mareike warf den Männern am Tisch einen kurzen Blick zu. »Wer sind denn die?«, wollte sie wissen. Sie schob eine freche rote Locke aus ihrem Gesicht, die jedoch sofort wieder zurückfiel.

»Die Herren nennen sich Dragon Balls.«

»Und?«, murmelte Mareike. Sie setzte sich auf den freien Stuhl neben Lizzi. »Was wollen die von uns?«

Lizzi zuckte mit den Achseln. Das hätte sie auch gern gewusst. Drogen? Beschattung? Waffenhandel? Hoffentlich nichts mit Prostitution.

Der Kellner stellte vor jeden am Tisch eine offene Flasche Astra. Kein Glas. »Haben Sie auch ein kleines Schnäpschen für mich?«, fragte Lizzi den jungen Mann, der sich gerade abwenden wollte.

»Köm oder Linie?«

»Linie, bitte. Ein Aquavit wäre jetzt genau das Richtige.« Ihre Beine unter dem Tisch wurden von Minute zu Minute weicher. Muckiprinz starrte unterdessen wortlos zu ihr herüber. Sie räusperte sich. »Also gut, fangen wir an. Wer sind Sie überhaupt, meine Herren?« Sie blickte in die Runde der düsteren Gestalten.

Kurz schaute der Sprecher von vorhin Muckiprinz an, der unmerklich nickte.

Der Rocker erklärte, dass sie nur ein harmloser Motorradclub seien und wer anderes behaupte, bekomme Ärger. »Klar?«

Die beiden Frauen nickten.

Dann stellte er die Mitglieder der Dragon Balls vor. Er selbst sei Knochen-Kalli, der Secretary der Gruppe. Lizzi fragte sich, was so ein Sekretär bei einer Rockergang wohl zu tun haben könnte.

Dann wies Kalli zu dem dicken Kerl hinüber. »Schokoschorsch, unser Road Captain. Und das da ist Richie, unser Sergeant at Arms.« Der schmale Typ blickte Lizzi schweigend an. Er war drahtig, kaum größer als Mareike und hätte ohne seine Lederkluft sogar als nett aussehend durchgehen können, wären da nicht die eng beieinanderstehenden Augen gewesen, die ihm etwas Durchtriebenes gaben.

Obwohl Lizzi nicht so genau verstand, wie die Zuständigkeiten in der Gruppe verteilt waren, klang die Gang beunruhigend gut organisiert.

Mareike aber schien zu verstehen. Sie japste. »O Gott! Sergeant at Arms, Road Captain? So heißt das auch bei den Hells Angels«, flüsterte sie Lizzi ins Ohr.

Lizzie ließ sich ihren Schreck nicht anmerken. »Kommen wir zum Geschäft, Herr Prinz.«

Von dem Secretary der Gruppe mit dem klangvollen Namen Knochen-Kalli erfuhren die beiden Frauen nun, dass die Dragon Balls nichts weiter wollten, als dass Lizzi ein altes Ehepaar für sie finde. »Opa Edel und seine Frau sind seit zwei Wochen verschwunden«, erklärte er.

Erleichtert kippte Lizzi ihren Schnaps hinunter. Gott sei Dank, keine Drogensache. »Dem Opa Edel hat früher mal der Kiosk an den Landungsbrücken gehört«, erklärte man ihr. Damals seien er und die anderen noch Kinder gewesen, sagte Kalli mit einem leichten Lispeln. »Und nach der Schule hat der Opa Edel uns Kindern manchmal 'ne Tafel Edelvollmilch geschenkt. Darum heißt er ja auch Opa Edel. Hier im Viertel sagt keiner *Herr Dehlbrück.*«

Lizzi konnte sich diese tätowierten Typen am Tisch nicht als Kinder vorstellen. Sie fragte sich, wann aus dem kleinen lispelnden Jungen, der so gern Vollmilchschokolade aß, ein Knochen-Kalli geworden war, und vor allem, warum.

Neben Kalli saß der äußerst gewichtige Schokoschorsch, der Leckereien noch heute zu lieben schien. Gerade warf er sich eine Handvoll Nüsse in den Rachen. Dann griff er zur Flasche, setzte an und trank sie in einem Zug aus. Vernehmlich rülpste er und grölte dann zum Tresen hinüber: »Ey, Schoppenschlepper! Schieb noch 'n paar Buddeln rüber. Aber dalli!«

Der blasse Typ, den sie Richie nannten, schien an der ganzen Sache wenig interessiert zu sein. Gelangweilt manikürte er feinsäuberlich seine Fingernägel mit der Klinge seines Messers.

Mareikes Gesichtsfarbe changierte mittlerweile zwischen Weiß und käsigem Gelb. Sie beugte sich zu Lizzi. »Und warum gehen die nicht zur Polizei, wenn sie sich Sorgen um die alten Leute machen?«

Mucki blickte auf. »Was will die Kleine?«, blaffte er über den Tisch. Lizzi visierte den ungehobelten Kerl mit schmalen Augen. Dann wiederholte sie Mareikes Frage.

Kurz erstarrten die Rocker bei dem Unwort »Polizei«. Muckiprinz lachte schallend auf. »Die Schmiermichel fragen? Wenn *wir* Opa Edel nicht finden, dann finden die Bullen ihn erst recht nicht.« Er schien den Gedanken, zur Polizei zu gehen, für absolut abwegig zu halten.

»Und warum ich?«, hakte Lizzi nach. »Es gibt viele Detekteien in der Stadt. Was wollt ihr schon von einer alten Oma wie mir?«

Da beugte sich der Anführer vor, schob seine Sonnenbrille ein wenig herunter und blickte Lizzi scharf an. »Eben weil du eine alte Oma bist.«

Knochen-Kalli erklärte, dass Opa Edel ständig von Lizzi gefaselt habe. Er hätte alle Zeitungsberichte aufbewahrt, in denen es hieß, die Rentnerin Elisabeth Böttcher habe einen Doppelmörder gestellt, während die Polizei mal wieder gepennt habe.

Lizzi schüttelte den Kopf. »Wenn die Beamten so verschlafen wären, wie die Zeitungen sagten, dann würde ich heute hier nicht sitzen. Das könnt ihr mir glauben, Jungs.« Kurz flammten Erinnerungen an den Moment auf, als der große Mann im Fahrstuhl seine Hände um ihren Hals gelegt und zugedrückt hatte. Ihr wurde schwindelig.

»Egal«, meinte Knochen-Kalli und ließ seine Fingergelenke knacken. »Opa Edel findet, dass du gut in deinem Job bist. Und weil du …« Lizzi hob eine Augenbraue. »Ähm, *Sie* ja fast so alt sind wie er und seine Gertrud, na ja, da wissen Sie doch bestimmt, wo man die beiden suchen muss.« Seine Stimme wurde mit jedem Wort ein klein wenig leiser. Knochen-Kalli schien eine besondere Beziehung zu dem Ehepaar zu haben.

Schokoschorsch legte Kalli die Hand auf die Schulter. »Wird schon, Kumpel. Der verjubelt mit seiner Alten die Rente auf Malle. Wart's ab, morgen kommt 'ne Karte, und da steht es dann drauf.« Er holte die letzten Erdnüsse aus der Tüte und warf sie in seinen großen Mund.

Muckiprinz, der Lizzi aufmerksam beobachtet hatte, lehnte sich auf seinem Stuhl zurück und schwieg. Dieses Schweigen beunruhigte Lizzi. Ging es hier wirklich um das verschwundene Ehepaar?

»Kalli ist so was wie ein Adoptivkind von den beiden Alten«, erklärte Schokoschorsch kauend. »Er hatte in der Wohnung sogar mal ein eigenes Zimmer.« Sie hätten sich alle ab und zu mal in der Wohnung versteckt, wenn sie für eine Zeit von der Bildfläche verschwinden mussten. »Opa Edel hat nie gefragt, warum«, nuschelte er, wobei einige Nussstücke aus seinem Mundwinkel fielen.

Da griff Muckiprinz in die Innentasche seiner Lederjacke. Lizzi merkte, wie Mareike heftig zusammenzuckte. Doch der Bandenchef beförderte nur ein Bündel Geldscheine heraus. Lässig warf er es in die Mitte des Tisches. »Anzahlung. Noch mal so viel gibt es, wenn du die beiden gefunden hast, Oma.« Er nickte Knochen-Kalli zu. Der zog einen knittrigen Zettel hervor und warf ihn neben das Geld.

»Das ist die Adresse von den beiden. Und darunter eine Handynummer, unter der du uns erreichen kannst«, fügte Muckiprinz hinzu.

Lizzi rührte sich nicht. Etwas hielt sie davon ab, das Geld anzufassen. Es ging hier ja nicht nur um die Frage, woher das Geld stammte. Ein Überfall? Erpressung? Mafia? Oder noch Schlimmeres? Da war auch die Frage, ob sie diese Typen jemals wieder loswerden würde. Wenn sie das Ehepaar Dehlbrück nicht fand, würden die Rocker ziemlich sauer auf sie sein. Und wenn sie die beiden Rentner doch fand, musste sie damit rechnen, dass die heutige Begegnung mit den Dragon Balls nicht die letzte sein würde. All das gefiel Lizzi nicht.

Ängstlich schaute Mareike zu ihr herüber. Sie dachte offenbar das Gleiche. Nur, fragte sich Lizzi, hatten sie überhaupt eine Wahl? Die Typen machten nicht den Eindruck, als würden sie sich mit einem Nein zufriedengeben.

Lizzi holte tief Luft. Dann erhob sie sich. »Ich werde mit meiner Assistentin reden.« Sie zog Mareike hoch. »Wenn wir eine Chance sehen, Ihnen zu helfen, tun wir es. Sonst müssen wir leider ablehnen.«

Am Tresen schoben Lizzi und Mareike sich zwischen die jungen Männer, die sie vorhin vom Tisch vertrieben hatten.

»Und jetzt?«, flüsterte Mareike. »Die machen uns doch kalt, wenn wir diesen Opa Edel und seine Frau nicht finden.«

Lizzi schüttelte den Kopf. »Alles Show, Kindchen. Was mich mehr interessieren würde, ist, wer diese Dragon Balls eigentlich sind. Wie gefährlich sind diese Herren überhaupt? Warum interessieren die sich für die Dehlbrücks? Nur, weil das Ehepaar nett ist, suchen die sie?« Lizzi wiegte den Kopf hin und her. »Na, ich weiß nicht.«

Verstohlen blickten die beiden Frauen zum Tisch hinüber, an dem die Rocker saßen und sie ihrerseits nicht aus den Augen ließen. Mareike schluckte.

Jetzt richtete Lizzi sich auf. »In Ordnung!« Sie schob ihre Schulterblätter nach hinten. »Wir gehen vorerst auf die Sache ein. Sobald wir hier raus sind, rufst du Pfeiffer an. Ohne unseren Hauskrimsche machen wir gar nichts.« Mareike maulte. Sie mochte Ewald Pfeiffer, den Kriminalhauptkommissar a. D. nicht, das wusste Lizzi, doch darauf konnte sie jetzt keine Rücksicht nehmen. Gerade wollte sie zum Tisch zurückgehen, als Mareike sie am Arm festhielt.

»Alles nur Show?«, wollte diese vorsichtig wissen.

Aufmunternd nickte Lizzi ihr zu. »Ja, alles Show. Ich kenne solche Burschen. Damals, als mein Mann hier noch herumstromerte, gab es sie auch schon. Machos und nicht sehr helle. Trotzdem müssen wir vorsichtig sein, denn wir wissen nicht, für wen sie arbeiten. Also, Kindchen: Souverän und arrogant auftreten, aber besonnen.«

Mareike nickte. »Okay«, murmelte sie und schob Lizzi zur Seite. »Das nehme ich in die Hand.«

»Was hast du vor, Kindchen?« Überrascht blickte Lizzi Mareike nach, die jetzt zum Tisch zurückmarschierte. Sie sah, wie sich ihre selbsternannte Assistentin über den Tisch beugte und nach dem Geld griff. »Wir sehen, was wir für euch tun können, Jungs«, erklärte sie fest. »Aber, dass das klar ist: Dies hier ist ein nicht rückzahlbares Garantiehonorar.«

Knochen-Kalli blickte zu ihr hoch. »Ein was?«

Erschreckt holte Lizzi Luft.

»Egal, ob wir die Dehlbrücks finden oder nicht. Das Geld ist weg.«

Kalli sprang auf, so dass sein Stuhl lärmend nach hinten kippte. Lizzi zuckte zusammen.

»Bist du bescheuert, du dämliche Ische? Die Knete kriegen wir dann wieder!« Er griff nach dem Geld, doch Mareike war schneller. Auch wenn sie einen Ton blasser geworden war, hielt sie doch seinem Blick stand, während sie das Geldbündel an ihre Brust drückte. »Entweder so, oder wir nehmen den Auftrag gar nicht erst an«, zischte sie.

»Oje!«, hauchte Lizzi. So hatte sie das mit der Souveränität aber nicht gemeint.

Muckiprinz erhob sich. »Wenn ihr diesen Auftrag vergeigt, Mädchen, dann braucht ihr niemals wieder einen Auftrag.« Er hob seinen linken Mundwinkel zu einem feisten Grinsen. Dann öffnete er seine Lederjacke. Eine Waffe kam zum Vorschein. »Versprochen.« Ohne ein weiteres Wort verließ er mit seinen Männern den Silbersack.

»Und wer bezahlt das Bier?«, rief Mareike ihnen noch nach.

Als die Kerle draußen waren, sackte Mareike kraftlos auf einen der Stühle. »Scheiße. In was haben Sie uns da nur reingeritten?«

»Ich?«, entfuhr es Lizzi. »Wer hat denn den Journalisten damals erzählt, ich sei eine Detektivin?« Böse blickte sie Mareike an. »Wer hat denn Visitenkarten drucken und verteilen lassen? Ich bestimmt nicht!« Auch sie ließ sich auf einen freien Stuhl fallen. Erschöpft stützte sie ihren Kopf auf die Hände. »Das endet in einer Katastrophe, Kindchen. Das überleben wir nicht.«

Die beiden Frauen schwiegen eine Weile. Dann meinte Mareike mit einem aufmunternden Lächeln, das jedoch ein wenig schief geriet: »Lizzi, ich weiß, dass Sie das können. Sie sind wirklich gut. Wir finden die Dehlbrücks. Und dann sind wir diese Rocker wieder los. Ganz bestimmt.«

»Ach, Kindchen, ich bin doch gar keine Detektivin. So etwas kann ich nicht.«

»Das schaffen wir schon, irgendwie«, flüsterte Mareike, jedoch mehr zu sich als zu Lizzi.

Und aus der Jukebox trällerte Udo Jürgens gerade seine Weisheit, dass mit 66 Jahren das Leben erst anfange.

5

Es war weit nach Mitternacht, als Mareike die Tür zum Treppenhaus aufschloss. Sie mied den Fahrstuhl, um dem Unausweichlichen nicht früher als nötig zu begegnen. Zwar hoffte sie, sie möge sich irren, aber tief in ihrem Inneren ahnte sie, dass Mirko noch immer nicht zu Hause war. Seit drei Tagen hatte er nicht mehr in seinem Zimmer geschlafen. Die letzte SMS kam vorgestern. Seitdem hatte sie ihn nicht mehr erreichen können. Auch seine Freunde wussten nicht, wo Mirko war.

Mit jeder Stufe hinauf in den sechsten Stock fühlte sich Mareike elender. Dieses eigenartige Treffen in der Kiezkneipe war für sie eine willkommene Ablenkung von ihren Sorgen gewesen. Dass sie so schnell im *Silbersack* gewesen war, hatte einen einfachen Grund: Mittlerweile suchte Mareike Gödecke ihr Kind in den Spelunken von St. Pauli.

Mareike zögerte, als sie den Schlüssel der Wohnungstür umdrehte. Irgendwann muss Mirko ja nach Hause kommen, überlegte sie. Er musste doch seine Klamotten wechseln, sich satt essen oder nur, um mal wieder im eigenen Bett zu schlafen. Wo verbrachte ihr Sohn eigentlich die Nächte? Im Park? Bei Fremden? Hatte er eine neue Freundin?

Was hatte sie nur falsch gemacht?

Der schmale Flur war finster. Nur ein rotes Lämpchen blinkte am Anrufbeantworter auf der Kommode. Eilig lief

Mareike hinüber. Sie drückte den Knopf. Vielleicht hatte er sein Handy verloren. Und jetzt meldete er sich auf die ganz altmodische Art. Per Festnetz.

Die rauchige Stimme von Mirkos Lehrerin kam aus der kleinen Maschine. Mutlos ließ Mareike die Schultern hängen. Die Frau erinnerte sie an das Attest für die Schule. Sie sagte nachdrücklich, dass es überfällig sei.

Mit geschlossenen Augen lehnte sich Mareike an die Wand. Angeblich lag Mirko mit einer Mandelentzündung im Bett. Eine glatte Lüge. Und die Lehrerin wusste es, das konnte Mareike deutlich hören. Mareike hatte nämlich schon öfter für ihren Sohn lügen müssen. Es war wohl die vierte oder fünfte Mandelentzündung in diesem Jahr. Kein Wunder, dass die Frau ihr nicht mehr glaubte.

In der Vergangenheit hatte Mirko schon öfter eine Auszeit, wie er es nannte, gebraucht. Seine Mutter sei nervtötend, motzig und zu sehr Kontrolletti. Dann war er immer zu seinem Vater geflüchtet. Doch der behauptete dieses Mal, der Junge sei nicht bei ihm in Frankfurt. Außerdem wolle seine neue Frau den Jungen nicht mehr im Haus haben.

Mareike hatte bereits alle Hamburger Krankenhäuser angerufen und nach ihrem Sohn gefragt. Auch an den typischen Plätzen, wo ihrer Meinung nach Jugendliche abhingen, war sie gewesen. Sie schlug die Hände vor ihr Gesicht, denn sie wusste genau, dass sie eigentlich die Polizei informieren musste. Aber sie wusste, der Ärger würde dann erst richtig losgehen. Arbeitslos, verschuldet, geschieden und der Sohn ein pubertierender Herumtreiber. Für das Jugendamt war das doch ein gefundenes Fressen. An das Siegesgeheul ihres Exmannes mochte sie gar nicht erst denken, wenn er dafür sorgte, dass man ihr das Kind wegnahm. Günstigstenfalls würde er den Jungen in ein teures Internat stecken und glauben, damit seine Vaterpflichten erfüllt zu haben.

Ein paar wütende Tränen liefen über Mareikes Gesicht. Sie nahm sich vor, noch einen oder zwei Tage zu warten. Sicherlich wäre es eine gute Idee, Lizzi von Mirkos Verschwinden zu erzählen. Doch sie zögerte. Was würde die alte Frau von einer Assistentin halten, die ihr Privatleben nicht im Griff hatte? Hatte Lizzi nicht irgendwann einmal gesagt, man solle Privates und Berufliches tunlichst nicht vermischen? Ob das auch für Mirkos Verschwinden galt? Mareike wusste, dass sie die Sache nicht mehr lange geheim halten konnte. Spätestens in zwei Tagen musste sie den unausweichlichen Gang zur Polizei wagen. Bis dahin würde sie noch einmal seine Freunde fragen, herumtelefonieren und die Augen offen halten. Und wenn sich die Gelegenheit ergab, würde sie Lizzi fragen, ob sie helfen könne. Mareike wusste, dass ihr das noch schwererfallen würde als eine Vermisstenanzeige bei der Polizei.

6

Wie ein junges Mädchen, das viel zu spät von einer Feier ins elterliche Haus zurückkehrte, schlich Lizzi in dieser Nacht in die Residenz Hanseatica. Aus einem kleinen Raum hinter der Rezeption drang Licht in das halbdunkle Foyer. Lizzi hoffte, dass, wer auch immer heute Nachtdienst hatte, über seinen Büchern oder Zeitschriften eingenickt war, damit sie ungesehen in ihr Appartement huschen konnte.

Obwohl Lizzi über siebzig Jahre alt war und eigentlich kommen und gehen konnte, wann immer es ihr beliebte, hatte sie keine Kraft mehr, der Inquisition von Frau Alberding-Wischenberg entgegenzutreten.

Um kein Risiko einzugehen, schlüpfte Lizzi aus ihren Ausgehschuhen. Fast hätte sie vor Erleichterung aufgestöhnt, als die schmerzenden Füße den kühlen Marmorfußboden berührten. Sie beschränkte sich auf ein tiefes Einatmen. Dann stahl sie sich auf Zehenspitzen zum Tresen der Rezeption, um ganz leise den Appartementschlüssel vom Haken Nummer 312 zu nehmen. Aus dem Büro hörte sie einen Nachrichtensprecher über den mysteriösen Selbstmord eines bekannten Staranwalts der Stadt berichten.

Lizzi schüttelte bedauernd den Kopf. Warum musste es heutzutage nur so viel Mord und Totschlag geben? Kaum schaltete man den Fernseher ein oder schlug die Zeitung auf, erfuhr man von schrecklichen Dingen, die man eigentlich gar nicht wissen wollte. Selten, wirklich sehr selten verirrte sich mal eine gute Nachricht in die Medien. Lizzi seufzte. Es war ihr nicht recht, dass derartige Dinge Einzug in ihr friedliches Leben in der Residenz Hanseatica hielten. Für sie war das Haus an der Elbchaussee ein Ort des Friedens, wenn man einmal von Frau Alberding-Wischenberg und der Leiche im letzten Frühling absah.

Eilig tippelte Lizzi zum Fahrstuhl hinüber, um hochzufahren. Doch dann zögerte sie. Wer auch immer gerade Nachtdienst hatte, würde hören, wenn sich die Fahrstuhltüren schlossen. Er würde herauskommen und Fragen stellen.

Das Treppenhaus zu nehmen aber bedeutete Stufen steigen! Viele, viele Stufen. Und alle würden steil nach oben führen. Mit über hundert Kilogramm Lebendgewicht war das ein wichtiger Aspekt in Lizzis nächtlicher Entscheidungsfindung. Irgendwie erschien ihr die Vorstellung, im Fahrstuhl erwischt zu werden, plötzlich viel weniger unangenehm.

Dennoch zögerte sie, denn es gab noch etwas anderes, das sie davon abhielt, einfach einzusteigen. In diesem engen Kasten war sie vor kurzem dem Tod so nahe gekommen, dass sie seinen Atem bereits im Nacken hatte spüren können. Nur dank der tüdeligen Gerda und Kriminalkommissar a. D. Pfeiffer stand sie jetzt barfuß hier und durfte darüber nachdenken, welcher Weg in ihr Appartement der bequemere war.

»Wie undankbar ich doch bin«, schoss es ihr durch den Kopf. »Und ein Angsthase obendrein.«

Als sie in die Kabine trat, lief ihr ein Schauder über den Rücken. Es kostete sie noch immer eine Menge Kraft, stehen zu bleiben, die Drei zu drücken, den schließenden Türen zuzusehen und die seichte Dusche von Kaufhausschlagern über ihrem Kopf auszuhalten. Zwischen dem zweiten und dem dritten Stock glaubte Lizzi für einen kurzen Moment, ein Ruckeln ginge durch den Fahrstuhl. Ihr Herz setzte einen Schlag aus. Doch sie hatte sich geirrt. Leise glitt der Lift ins höchste Stockwerk des Hauses.

7

Als sie um die Ecke kamen, war die Schlange vor der Tür vom *Bella* verdammt lang. Der Typ am Eingang kam Mirko riesig vor. Bullig stand er da, bis zum Haaransatz tätowiert, das hautenge T-Shirt platzte fast überm Anabolika-Bizeps. Auch der Blödeste in der Reihe sollte merken, dass man bei ihm keine Chancen hatte, wenn er nicht wollte.

Mirko schluckte. Er war noch nicht einmal siebzehn Jahre alt. Wenn sein neuer Freund Pudel ihn tatsächlich mit in den Club nehmen wollte, hatten sie jetzt ein Problem. Er warf dem dünnen Typen neben sich einen kurzen Blick zu. Doch der schien nix zu raffen. War ganz locker. Also schlenderte Mirko neben ihm her und versuchte den gleichen coolen Blick aufzusetzen wie Pudel.

Eigentlich hieß Pudel Kilian, oder so. Mirko wusste es nicht genau, denn als er vor ein paar Monaten Pudel in der S3 kennengelernt hatte, hatte der sich nicht richtig vorgestellt. Außerdem war es im Waggon zu laut gewesen, denn die Fans vom HSV fuhren gerade ins Stadion, um die nächste Schlappe einzustecken. Aber das wussten sie ja noch nicht, darum waren sie auch noch gut drauf. Pudel hieß auf alle Fälle Pudel, weil er diese gekringelten Löckchen hatte, obwohl er kein Afrikaner war, wie er sagte. Er meinte mal, dass sein Vater wohl ein Ami gewesen sei, von dem seine Mutter aber den Namen vergessen habe. Kann ja mal vorkommen.

So einen Freund wie Pudel hatte Mirko sich immer schon gewünscht. Der war eine andere Nummer als die Weicheier in seiner Klasse. Vorbilder sind wichtig, hatte jemand mal zu ihm gesagt. Und wenn man schon keinen Vater hatte, der einem zeigte, wie das Leben funktionierte, dann musste man sich eben die richtigen Freunde aussuchen. Und Pudel war der richtige. Pudel war cool. Nicht nur, dass er immer die geilsten Klamotten trug, nein, er kannte auch die angesagtesten Clubs in der Stadt. Und er machte sich nicht darüber lustig, dass Mirko keine Kohle hatte. Überhaupt nicht. Im Gegenteil, er spendierte Mirko ständig irgendwas. Gestern war es die neue Lederjacke, mit der Mirko nun auf das *Bella* locker zulatschte.

Als sie das Ende der Schlange erreichten, wurde Mirko ganz mulmig im Magen, denn das Steroidmonster vor der Tür war noch immer da und stierte jeden an, der reinwollte. Mirko wollte sich gerade am Ende der Schlange anstellen, als Pudel lachte. Er zog ihn am Ärmel an all den Leuten vorbei, bis ganz nach vorn. Pudel hatte heute Morgen gemeint, dass man im Leben nur diese gewisse Art haben müsse, dann hätten alle Respekt vor einem. Respekt, das war überhaupt Pudels Lieblingswort.

Mirko stolperte seinem Freund hinterher, direkt auf den bulligen Türsteher des Clubs zu, während hinter ihnen die Motzerei losging. Doch Pudel kümmerte es nicht.

»Hey, Freddi.«

Der Riese sagte nichts, sondern stellte sich breitbeinig vor die Tür, als Pudel reingehen wollte. »Wer ist das?« Mit dem Kinn wies Freddi auf Mirko, der sich fast in die Hose machte.

»Ein Freund. Es wird Zeit, dass ich ihn mal in die Gesellschaft einführe.«

Der Riese verschränkte die Arme vor der Brust, was seine Muskeln nur noch mehr aufblähte. »Der ist keine achtzehn«, stellte der Typ fest.

Pudel grinste. Bewundernd schaute Mirko ihn an. Sein neuer Freund ließ sich von der Dumpfbacke nicht einschüchtern.

»Nee, noch nicht«, grinste Pudel. »Aber nächste Woche ganz bestimmt.«

Das stimmte zwar nicht, aber Mirko hatte nicht vor, sich selbst mit derartigen Kleinigkeiten den Abend zu ruinieren. Darum hielt er die Klappe. Das Ungeheuer reagierte nicht. Da sah Mirko, wie Pudel in seine Jeanstasche griff und ein kleines in Alufolie gewickeltes Päckchen herauszog. Das drückte er dem Typen in die Hand. »Wie gesagt. Nächste Woche.«

Keine zwei Minuten später dröhnte der Beat in Mirkos Magen und schossen Blitze gegen seine Augäpfel. Sie hatten es geschafft. Pudel hatte es geschafft. Und irgendwie wollte Mirko, dass jeder wusste, dass er mit dem coolsten Freund da war, den er je hatte.

Sein Handy hatte er ausgeschaltet und es tief in seiner neuen Lederjacke vergraben.

8

»Hier?« Lizzi blickte an der ehemals weißen, jetzt mit Graffiti besprühten Hauswand hoch. »Im vierten Stock?«

Als sie damals noch mit ihrem Willi am Fischmarkt gewohnt hatte, gab es in diesen alten Häusern mit den hohen Stuckdecken und den einfach verglasten Holzfenstern keine Fahrstühle. Ob das heute noch so war? Lizzi schluckte, als sie an all die Stufen dachte, die sie hochgehen musste.

»Wollen wir?«, fragte Mareike.

Lizzi schaute sie von der Seite an. »Bist du in Eile, Kindchen?«

»Nein? Warum?« Ein unsicheres Lächeln huschte über ihr Gesicht. »Ich muss nur schnell wieder nach Hause. Der Handwerker kommt.«

»So, so«, murmelte Lizzi. »Handwerker.«

Mist, dachte Mareike und fragte sich, warum sie eben gelogen hatte. Noch mehr aber ärgerte sie, dass Lizzi ihr nicht glaubte. Zu Recht, denn eigentlich wollte Mareike zu Hause sein, falls Mirko doch noch kam.

Langsam erklomm Lizzi die ersten drei Stufen zur halboffenen Haustür hinauf. Die beiden Frauen traten ein. Die Luft im Treppenhaus war erfrischend kühl, doch ein leichter Fäulnisgeruch hing in der Luft. Am Fuße der Holztreppe bemerkte Lizzi einige Müllsäcke, zwischen denen ein kaputtes Dreirad eingeklemmt war.

»Kein Fahrstuhl«, murmelte Lizzi. »Gar nicht gut.«

»Wenn wir die Treppe in aller Ruhe angehen, schaffen wir das«, meinte Mareike in altenpflegerischem Motivationston. Sie reichte Lizzi ihre Hand.

Da wurde hinter ihnen die Tür aufgestoßen, durch die sie eben gekommen waren. Ein Mann eilte in den Hausflur. Hastend drängte er sich an den beiden Frauen vorbei. Er nuschelte so etwas wie »Guten Morgen«, während er, zwei Stufen auf einmal nehmend, nach oben lief.

Kopfschüttelnd blickte Lizzi dem Anzugträger nach. Dann begann sie ihren Aufstieg. »Die Rache der hundert Kilo«, murmelte sie, als sie sich am Geländer hochzog.

Die Stockwerke trennten jeweils 34 Stufen, was für Lizzis Geschmack eindeutig zu viele waren.

Sie brauchten ewig, bis sie den zweiten Stock erreicht hatten. Schnaufend machte Lizzi vor einer der Wohnungstüren halt. Der Name auf dem handschriftlichen Schild am Türrahmen klang südländisch. Sie stützte sich an der Wand ab. Nicht zum ersten Mal verfluchte sie ihr Faible für Marmeladenbrot und gutes Essen.

Über ihnen klingelte es unterdessen. Lizzi und Mareike setzten ihren Weg in die nächste Etage fort, als sie ein Klopfen hörten. »Sind Sie da?«, wollte eine Männerstimme über ihnen wissen. Es schien sich um den Mann zu handeln, der eben an ihnen vorbeigelaufen war. Dann hörten sie ihn die Treppe wieder herunterlaufen. Harsch schob der Mann Mareike zur Seite, so dass sie sich am Handlauf festhalten musste. »Hey! Keine Augen im Kopf?«, schimpfte sie hinter ihm her. Ohne sich umzudrehen, rief er nur »Entschuldigung« und verschwand in den unteren Etagen, während seine Schritte immer leiser wurden. Die Haustür schlug zu. Dann war es mucksmäuschenstill im Treppenhaus.

Lizzi schüttelte den Kopf. »Wie sehr man sich doch irren kann«, murmelte sie.

»Was meinen Sie damit?«

»Nun, er trug ordentliche Kleidung und machte einen recht passablen Eindruck auf mich. Da passt dieses rücksichtlose Benehmen ganz und gar nicht.«

»Ja«, stimmte Mareike vorsichtig zu. »Manchmal benehmen sich Leute anders, als man es von ihnen erwartet.« Sie schluckte. Dann gab sie sich einen Ruck. »Lizzi, ich würde gerne etwas wissen.« Die alte Frau antwortete mit einem langen Stöhnen, während sie sich eine weitere Stufe hinaufquälte. Mareike suchte die richtigen Worte, wollte sie doch nicht direkt von ihrem Versagen als Mutter sprechen. »Übernehmen wir eigentlich auch Fälle, in denen Jugendliche verschwunden sind?«

Lizzi zog sich mit beiden Händen am Geländer ein kleines Stückchen weiter hinauf. Als sie den Absatz zwischen den Etagen erreicht hatte, hob sie den Kopf. »Was?«

»Ob wir auch entlaufene …«

Lizzi schüttelte den Kopf. »Die tauchen spätestens nach ein paar Tagen wieder auf. Und wenn nicht, ist das Sache der Polizei. Im Übrigen habe ich keine Detektei. Basta.«

»Aber …«

»Nix aber.«

Zwanzig Minuten später hatten die beiden den vierten Stock erreicht. »Und nun?«, fragte Mareike.

»Klingeln«, schnaufte Lizzi atemlos.

Mareike drückte den Knopf neben dem Namensschild

von Hans und Gertrud Dehlbrück. Wie erwartet, passierte nichts.

»Gut. Jetzt schaust du nach, ob hier irgendwo ein Schlüssel herumliegt.«

Erstaunt blickte Mareike Lizzi an. »Schlüssel?«

Noch immer raste Lizzis Herz, rasselte ihre Lunge. Fest presste sie ihre Hand auf die Brust. »Alte Leute verlieren manchmal Sachen. Zum Beispiel die Schlüssel«, keuchte sie. »Da legen sie dann ’nen Ersatzschlüssel irgendwo hin.« Sie holte tief Luft. »Also, such! Aber nicht zu weit oben. Wir Alten können uns nicht mehr so weit recken.«

Mareike tastete den Rahmen der Haustür ab, an der der Lack bereits abblätterte. Sie hob die Fußmatte hoch. Dann schaute sie unter die zwei Blumentöpfe mit prachtvollen Geranien. Nichts.

»Gut. Jetzt klingelst du bei der Nachbarin!« Lizzi wies zu der gegenüberliegenden Tür. Auf einem ovalen Namensschild aus Messing stand in Schreibschrift eingraviert: Hanne Sieberts. Mareike klingelte.

Im nächsten Augenblick wurde die Tür aufgerissen.

»Was is?« Die Frau vor ihnen trug einen grellpinken Bademantel, den sie eng um ihren Körper geschlungen hatte. Streng musterte sie Mareike und Lizzi von oben bis unten. Ihr Gesicht war durchfurcht von unzähligen Falten, die sich über die Jahre in die fettig glänzende Haut gegraben hatten. Ihre Augen waren dunkel unterlaufen wie die eines Menschen mit wenig Schlaf, viel Vergangenheit und noch mehr Alkohol. Die schmalen Lippen wurden von unzähligen Knitterfalten eingerahmt. Ihr Haar war vom vielen Färben strohig und stumpf geworden, die jetzige Farbe kaum zu definieren. Wirr, als sei sie gerade aus dem Bett gekommen, standen die Strähnen von ihrem Kopf ab. Eine Zigarettenwolke hüllte die Frau ein.

Lizzi legte ihr freundlichstes Lächeln auf. »Guten Tag. Können Sie uns sagen, wo wir Herrn Dehlbrück finden?«

»Warum wollen Sie das wissen?«

»Haben die Dehlbrücks Verwandte, die wir fragen können?« Lizzi lächelte noch immer.

Die Frau legte ihren Kopf schief. »Warum? Was ist mit den beiden?« Sie griff in die Tasche ihres Bademantels und holte eine Packung Zigaretten mit dem Warnhinweis *Rauchen kann tödlich sein* heraus.

»Wann haben Sie die beiden das letzte Mal gesehen?«

Die Frau schob eine Fluppe zwischen ihre Lippen und zündete sie an. »Wer sind Sie? Polizei jedenfalls nicht.« Sie nahm einen tiefen Zug.

»Stimmt. Wir sind nicht von der Polizei.« Lizzi kicherte. »Wäre ja auch komisch, wenn die Polizei so alte Frauen wie mich … Nein, Freunde der Dehlbrücks baten uns, nach den beiden zu sehen.«

»Freunde?« Die Frau überlegte, während sie einen weiteren Zug nahm.

Mareike riss der Geduldsfaden. »Nun wiederholen Sie doch nicht alles!« Mit der Hand wies sie zur gegenüberliegenden Tür. »Wir müssen da rein!«

Die Frau musterte Mareike aus schmalen Augen. »Ach ja, müssen wir das?«

»Die Dehlbrücks werden seit zwei Wochen vermisst. Und ihre Freunde …«

»Das sind diese verdammten Rocker! Stimmt's?« Die

Nachbarin drückte die erst halb aufgerauchte Zigarette in einem Aschenbecher aus, den sie von einer kleinen Kommode nahm. »Keine Chance.« Dann knallte sie die Tür vor Lizzis Nase zu.

Mareike und Lizzi sahen sich an.

Lizzi trat einen Schritt näher an die Tür heran. »Bitte bedenken Sie, Frau Sieberts, dass wir die Polizei informieren müssten, sollten die Dehlbrücks nicht wieder auftauchen.« Sie horchte, doch hinter der Tür passierte nichts. »Man wird Ihnen viele Fragen stellen.«

Da hörte Lizzi die dumpfe Stimme der Frau durch die verschlossene Tür. »Glaubt ihr etwa, ich habe Angst vor den Bullen?«

»Nein, aber die Polizei kann manchmal wirklich ungemein lästig sein, finden Sie nicht auch? Sie haben doch bestimmt den Schlüssel von der Wohnung. Schließen Sie auf. Wir wollen uns nur kurz umsehen. Die Polizei können wir dann raushalten.«

Langsam öffnete sich die Tür einen Spalt. »Die Dehlbrücks sind weg«, brummte Hanne Sieberts.

»Ich weiß. Aber wohin? Es geht den Freunden nur darum, ein Lebenszeichen zu bekommen.«

»Lebenszeichen?«, murmelte die Frau im Bademantel. Sie schüttelte den Kopf, als fände sie all das unnötig. Dann griff sie aber nach einem Schlüssel, der neben dem Aschenbecher auf der Kommode lag. »Aber Sie fassen nichts an! Und ich bleibe die ganze Zeit genau neben Ihnen, klar?«

Erleichtert nickte Lizzi. »Genau so machen wir es.«

9

»Sagen Sie mal, Frau Sieberts ...«

»Nennen Sie mich Hanne. Den Namen Sieberts mag ich nicht.« Die Frau im Bademantel schloss die Wohnungstür der Dehlbrücks auf. Dann ließ sie Lizzi und Mareike ein.

Lizzi nickte, als sie sich an der Frau vorbeischob. »Verstehe, der Herr Sieberts war wohl ein Fehler gewesen.«

Sie traten in einen schmalen dunklen Flur mit einer billigen Garderobe hinter der Tür. Die Luft roch abgestanden.

»Und was für ein Fehler«, murmelte die Nachbarin. Sie schloss die Tür hinter sich.

»Wann haben Sie die Dehlbrücks das letzte Mal gesehen?«, wollte Mareike eifrig wissen.

Hanne schaute sie an und verschränkte die Arme vor der üppigen Brust. »Weiß nicht.«

Lizzi lächelte milde. So konnte man nicht mit einer Frau wie Hanne Sieberts reden. »Mich würde etwas anderes interessieren, Hanne. Wir trafen eben im Treppenhaus einen Mann mit Anzug. Es klang, als hätte er bei den Dehlbrücks geklingelt.« Die Nachbarin schwieg. »Haben Sie ihn zufällig gesehen? Kennen Sie ihn?« Hanne sagte noch immer nichts. »Er hatte dunkles, etwas zu langes Haar, war ungefähr Mitte vierzig, Brille. Er trug einen Einreiher mit weißem Hemd und Weste. Der oberste Knopf am Hemd fehlte.«

Überrascht blickte Mareike Lizzi an. Sie hatte nicht einmal die Hälfte von dem bemerkt, obwohl der rabiate Kerl dicht an ihr vorbeigerannt war.

Lizzi fuhr fort. »Ehering. Kein weiterer Schmuck. Er wirkte ... wie soll ich sagen ... übermüdet. Wissen Sie vielleicht, was der Herr von den Dehlbrücks wollte? Oder irre ich mich, und er klingelte bei Ihnen?«

»Ich kann hier nicht ewig warten. Hab bis vier Uhr in der Früh gearbeitet. Ihr kriegt fünf Minuten, klar? Mehr nicht. Dann gehe ich wieder rüber.«

Die Dehlbrücks waren nicht reich gewesen, nicht einmal mäßig wohlhabend, schätzte Lizzi. Sie trat ans Fenster im Wohnzimmer und schaute auf den kleinen Balkon hinaus. Von dort blickte man direkt auf die andere Straßenseite hinüber. Da die Wohnung im obersten Stockwerk lag, hatten all die Blumen in den Töpfen genügend Sonne. Am Geländer hingen zwei Kästen mit üppig blühenden Geranien, darüber eine Blumenampel. Eine grüne Gießkanne aus Plastik stand in einer Ecke. Platz für einen Tisch oder Stühle gab es nicht.

Lizzi drehte sich um und schaute wieder in den Raum mit der hohen Zimmerdecke. Der Stuck war über die Jahrzehnte grau geworden. Die feinen Verzierungen hatte man mit dicken Farbschichten zugekleistert. Die Lampe über dem Wohnzimmertisch war aus Rauchglas, wie man es in den Siebzigern chic fand. Die Schrankwand aus Eiche schien durch die jahrelange Pflege einer guten Hausfrau von Möbelpolitur nur so zu glänzen. Im mittleren Regal, gleich über dem Barfach, standen putzige Figürchen aus Porzellan und einige verstaubte Seidenblumen in einer Vase. Das braune

Sofa und die beiden durchgesessenen Sessel stammten ebenfalls aus den siebziger Jahren. Der Tisch hatte schwer gedrechselte Beine und eine hoch- und runterkurbelbare Platte mit braunen Fliesen. Große erdfarbene Blüten prangten auf der Tapete. Ein Ölgemälde mit süddeutscher Berglandschaft an der Wand rundete das Bild einer typischen Hamburger Seniorenwohnung ab. Das Einzige, was hier fehlte, war der fransengesäumte Perserteppich. Das teure Glanzstück in den Wohnungen vieler alter Menschen. Stattdessen lag dort ein billiger Kunststoffteppich, dessen Hellblau nicht wirklich zur Einrichtung passen wollte. Auf einer Kommode standen in versilberte Rahmen gezwängte Fotos, die die Dehlbrücks in verschiedenen Stationen ihres Lebens zeigten. Da war das Schwarzweißbild von der Hochzeit oder der Schnappschuss bei der Faschingsfeier, bei der alle Gäste kleine Papphütchen auf dem Kopf trugen und bereits das selige Grinsen eines feuchtfröhlichen Abends ihre Gesichter zierte. Ein Foto war jüngeren Datums. Es zeigte eine kleine blonde Frau mit schüchternem Lächeln, in geblümtem Sommerkleid und mit einem Strohhut, während der große Mann neben ihr stolz seine Hand um ihre Schulter legte.

»Sind sie das?« Lizzi ging noch ein wenig näher an das Foto.

»Ja«, meinte Hanne.

Lizzi sah im verschwommenen Hintergrund des Bildes kleine weiße Boote auf azurfarbenem Wasser treiben. Der Himmel strahlte im herrlichsten Blau. Ein alter Turm lag im Dunst weit hinter ihnen. »Mittelmeer?«

Hanne lachte. »Nee, die sind nie in den Urlaub gefahren. Das ist hinten im Stadtpark, beim See.«

Lizzi kniff die Augen zusammen. »Ja, jetzt erkenne ich es. Die beiden stehen zwischen Teich und Stadtparksee. Von dort hat man einen hübschen Blick hinüber zum Planetarium.«

Sie sah sich weiter um. Allerhand Nippes stand hier, bedeckt von einer dünnen Staubschicht.

Gerade zog Mareike eine Schublade auf, als Hanne sie anfuhr. »Finger weg, Kleine! Sonst setzt's was!«

Mareike zuckte zusammen, als stünde das Holz in ihrer Hand plötzlich unter Strom.

Lizzi lächelte. »Sie haben recht, Hanne. Wir sollten uns etwas rücksichtsvoller benehmen.« Sie wandte sich an Mareike, die gerade widersprechen wollte. »Wir würden auch nicht wollen, dass Fremde in unseren Sachen rumwühlen.«

Bestätigend nickte Hanne.

Während Lizzi und Mareike durch die Wohnung gingen, nahmen sie alles genau in Augenschein, natürlich ohne etwas anzufassen. »Wie sind die Dehlbrücks denn eigentlich so, Hanne?«, führte Lizzi die Befragung weiter.

Die Nachbarin zuckte mit den Achseln. »Nett.«

»Ich habe auch mal in so einer schönen alten Wohnung gelebt«, erklärte Lizzi. »In Altona, am Fischmarkt.«

»Kenne ich. Mein Jüngster ging auf die Carsten-Rehder-Schule. Ganz in der Nähe.«

Lizzi blickte auf. »Ach, meine Andrea auch. Jahrgang 67. Bei Fräulein Helm.«

Hannes Sohn war ebenfalls Schüler bei Fräulein Helm gewesen, allerdings später, und in Mathe sei er ein Ass gewesen, viel besser als im Lesen.

Erstaunt bemerkte Mareike, wie handzahm diese widerborstige Nachbarin plötzlich wurde. Und während die beiden Frauen, ins Gespräch vertieft, in die Küche gingen, wo Hanne bei offenem Fenster eine Zigarette rauchte, huschte Mareike schnell ins Schlafzimmer. Leise öffnete sie die Türen des schellackglänzenden Schlafzimmerschranks und durchsuchte die Fächer. Als sie mit dem Schrank fertig war, schaute sie unter die Matratzen und lugte in die beiden Nachtschränkchen links und rechts vom Bett. Was sie suchte, wusste sie nicht genau. Aber sie würde es sicher wissen, wenn es vor ihr lag. Hoffte sie zumindest. Nun schlich sie ins Badezimmer, wo sie den Medikamentenschrank über dem Waschbecken überprüfte, während die Stimmen der schwatzenden Frauen in der Küche zu ihr drangen.

»Die Gertrud, also Opa Edels Frau, war ja schon seit zwei Jahren bettlägerig«, hörte Mareike die Nachbarin gerade sagen, als sie im Flur leise die Tür eines Einbauschrankes öffnete. »Erst war es eine gebrochene Hüfte und dann die Herzprobleme und all die anderen Sachen.«

»Und Opa Edel hat sie gepflegt?«

Leise begann Mareike die Jacken und Mäntel an der Garderobe zu durchsuchen, während sie die Küchentür im Auge behielt.

»Ja, der Opa Edel machte alles für seine Gertrud. Ich habe ihm aber geholfen. So ein alter Mann schafft das nicht alleine. Und Geld für einen Pfleger haben sie nicht.«

»Wo könnten die beiden denn jetzt sein? Warum melden sie sich nicht?«

Kurze Pause. Wahrscheinlich nahm Hanne noch einen ordentlichen Zug von ihrem Glimmstängel. »Keine Ahnung. Aber, der Opa Edel meinte vor ein paar Wochen, dass sie endlich mal Urlaub machen müssten.«

»Urlaub?«

»Ja, die waren doch in ihrem ganzen Leben nur ein einziges Mal weg. Erst hatte er ihr den Heiratsantrag im Alten Elbpark unter der großen Kastanie gemacht. Und dann sind sie in die Flitterwochen nach Bayern gefahren. Das war's.«

»Und jetzt?«

»Jetzt wollten sie in den Süden. Mittelmeer, und so.« Hanne überlegte. »Ich glaube, er sagte Ibiza. Kann aber auch Mallorca gewesen sein. Weiß es nicht mehr. Jedenfalls etwas Warmes, damit die Gertrud nicht mehr solche Schmerzen in der Hüfte hat. Sonne, und so. Das soll ja helfen.«

»Und haben die beiden sich bei Ihnen aus dem Urlaub gemeldet?«

»Nee.«

Die Manteltaschen waren leer. Ein Regal über der Kleiderstange diente zur Aufbewahrung von Kisten und zwei Koffern. Mareike reckte sich, um hineinzuschauen, aber das Regal war zu hoch. Wenn man nie in den Urlaub fuhr, überlegte sie, wozu braucht man dann Koffer?

»Wie lange sind die Dehlbrücks denn schon verheiratet?«

»Mindestens vierzig Jahre.«

»Das ist lang«, murmelte Lizzi. »Mein Willi und ich, wir hatten ja so was wie … eine offene Beziehung, will ich mal sagen.«

Hanne lachte rauchig auf. »Ja, der Manni und ich auch. Ging nicht lange gut. Drei Jahre. Bin halt eher der eifersüchtige Typ.«

»Und bei Opa Edel und seiner Gertrud?«

»Na ja, da ist auch nicht alles eitel Sonnenschein. Sie kann ganz schön keifig werden. Hab's durch die Wand gehört.«

»Und trotzdem sind sie jetzt zusammen in den Urlaub gefahren?«

»Klar, irgendwann kann man nicht mehr ohneeinander.«

Dann blieb es eine ganze Zeit in der Küche still. Mareike traute sich nicht zu atmen, geschweige denn den Schrank wieder zu schließen. Das Ding quietschte.

»Was machen Sie beruflich, Hanne?«

»Wirtschafterin in der Herbertstraße«, hörte Mareike Hannes Rauchstimme. Erschreckt holte Mareike Luft. Die Frau war Puffmutter?! Mein Gott, was war das für ein schrecklicher Fall!

Mareike schlich ins Wohnzimmer, wo sie sich umsehen wollte. Flink ging sie zur Kommode hinüber. In der Schublade lag eine Schulmappe. Mareike schlug sie auf, während sie aus der Küche Lizzi fragen hörte, wer denn zwischenzeitlich die Blumen auf dem Balkon gieße. Nicht ohne Stolz stellte Mareike fest, dass die Dehlbrücks tatsächlich Fans von Lizzi waren. Ordentlich in Klarsichtfolien gelegt, fand sie hier mehrere ausgeschnittene Zeitungsartikel über Lizzis ersten Fall. Kalli hatte also nicht gelogen. Leise legte Mareike die Mappe wieder in die Schublade zurück. Dann ging sie zum Couchtisch, auf dem ein großer Stapel Frauenzeitschriften lag. Gerade wollte sie die Zeitschriften genauer anschauen, als der Turm zu Boden fiel. Mareike erschrak. Sie horchte auf den Flur hinaus. »Blumen?«, fragte Hanne gerade. »Keine Ahnung. Sind nicht meine.«

Schnell bückte Mareike sich, um die Magazine aufzuheben.

»Wann kommen die Dehlbrücks zurück?«, hörte sie Lizzi fragen.

»Hat Opa Edel nicht gesagt. Vielleicht wollen sie auch dort bleiben. Es ist nämlich viel billiger, in Spanien zu wohnen als hier bei uns. Wenn ich mich zur Ruhe setze, will ich auch in den Süden. So 'ne kleine Finca mit Obstbäumen, und so.« Die Stimmen kamen näher.

Schnell stand Mareike auf und setzte ein unbeteiligtes Lächeln auf, als der Stapel mit den verdammten Zeitschriften noch einmal zu Boden ging.

»Was machst du da?«, blaffte Hanne, die jetzt in der Tür stand, sie an.

»Entschuldigung. Bin gegen den Tisch gekommen.«

Hanne aber war nicht doof. »Gegen den Tisch gekommen. Wer's glaubt! Raus jetzt!«

Es dauerte keine Minute, und Hanne knallte hinter Lizzi und Mareike die Wohnungstür der Dehlbrücks zu. »Und diesen Möchtegernrockern könnt ihr sagen«, schimpfte sie den beiden Frauen hinterher, »dass der Opa Edel machen kann, was er will. Dafür braucht er nicht ihre Erlaubnis. Die sollen ihn in Ruhe lassen! Klar?«

Giftig schaute Mareike zu Hanne hinauf, die sich über das Treppengeländer zu ihnen hinunterbeugte.

»Wir werden es ausrichten, Frau Sieberts.« Da fiel Mareike etwas ein. Sie eilte die Stufen wieder hoch und streckte der Frau im Bademantel die Visitenkarte der Ersten Seniorendetektei Deutschlands entgegen. »Und Sie werden uns Bescheid geben, wenn sich das Ehepaar Dehlbrück bei Ihnen meldet. Sonst schalten wir die Polizei ein.«

Hanne riss Mareike die Karte aus der Hand und warf einen kurzen Blick darauf. »Detektei?« Sie schaute zu Lizzi, die bereits schnaufend auf dem Weg nach unten war. »Verarscht ihr mich?«

Als Mareike und Lizzi aus dem kühlen Hausflur auf die Straße traten, schlug ihnen die sommerliche Hitze mit erbarmungsloser Gewalt entgegen. Lizzis Atem stockte. Sie öffnete den oberen Knopf ihrer Bluse.

»Ich hole den Wagen«, sagte Mareike und lief über die Straße, wo ihr rostiges Auto etwa fünfzig Meter weiter stand.

Da hörte Lizzi die rauchige Stimme der Hanne Sieberts über sich. Sie hob den Kopf. Die Frau stützte sich auf das Geländer ihres kleinen Balkons im vierten Stock und blickte herunter. »Der Typ im Treppenhaus war übrigens kein Mörder, sondern der Hausarzt der Dehlbrücks. Doktor Hilling.« Sie lachte rau auf und nahm einen Zug aus der Zigarette in ihrer Hand. »Detektive? Anfänger seid ihr!« Sie stieß sich vom Balkongeländer ab und verschwand lachend in ihrer Wohnung.

Im ersten Moment war Lizzi beleidigt, doch dann musste sie Hanne Sieberts Recht geben. Wer waren sie denn schon? Eine neugierige Alte und eine übereifrige junge Frau, die sich in Dinge einmischten, die sie absolut nichts angingen. Detektivinnen? Nein, beim besten Willen nicht. Lizzi nahm sich vor, Mareike von der Idee einer Detektei abzubringen. Das Kind musste einer ordentlichen Arbeit nachgehen und nicht irgendwelchen Flausen hinterherjagen.

Da bemerkte Lizzi, wie ein grüner Ford Granada langsam die Straße hochrollte. Der Wagen hielt direkt neben Lizzi am Straßenrand. Das Beifahrerfenster wurde heruntergekurbelt. Lizzi trat näher, beugte sich vor und sprach kurz mit dem Fahrer. Dann stieg sie ein, ohne sich nach Mareike umzudrehen.

10

Im Rückspiegel sah Ewald Pfeiffer, wie Lizzis selbsternannte Assistentin mit ihrem mit lächerlichen Blümchen verzierten Fiat hinter ihnen herfuhr.

»Und, wie lief es?«, wollte der ehemalige Kriminalkommissar von Lizzi wissen.

Umständlich schnallte sie sich an, während der Granada die Hein-Hoyer-Straße Richtung Norden hinauffuhr. Lizzi antwortete nicht auf Pfeiffers Frage, sondern starrte durch die Windschutzscheibe. Irgendwann murmelte sie etwas vor sich hin, das wie »anstrengend« klang.

Pfeiffer – mit drei f – wusste, dass Lizzi immer dann so war, wenn etwas nicht stimmte. Und er wusste auch, dass es besser war, nicht weiter nachzufragen. Letztes Mal, als er zu viel gefragt hatte, hatte sie ihm ordentlich die Leviten gelesen.

Für Pfeiffer war Lizzi wie eine Kaktusblüte. Schön, aber man sollte ihr nicht zu nahe kommen.

Ohne zu fragen, wusste Pfeiffer, wohin Lizzi jetzt wollte: nach Hause. Und so fuhr er gemächlich Richtung Hauptstraße. Direkt beim Millerntor-Stadion des FC St. Pauli fädelte er den Wagen in den Verkehrsstrom Richtung Norden ein.

Endlich blickte Lizzi ihn an. »Haben Sie sie?«

»Sie sitzen drauf.« Mit der rechten Hand versuchte er den grünen Aktendeckel, der unter Lizzis Hinterteil hervorlugte, hervorzuziehen. Sie lehnte sich ein wenig zur Seite, doch es misslang angesichts ihrer üppigen Proportionen. Nach einigem Gezupfe entschied sie: »Dann sagen Sie es mir eben.«

»Dieser Muckiprinz heißt im richtigen Leben Martin Kleinschmidt. Er wurde mit fünfzehn das erste Mal verhaftet. Diebstahl. Seine Akte bietet alles, was das Strafgesetzbuch im Angebot hat. Soweit uns bekannt ist, hat er, bis auf die ganz harten Sachen, schon alles ausprobiert: Erpressung, bewaffneter Raub, Betrug, Nötigung, Körperverletzung. Wir kennen ihn schon lange.« Pfeiffer sprach immer gern von sich als einem, der noch im aktiven Dienst war und auf den Fluren im Polizeipräsidium dazugehörte. Da fielen Worte wie »Meine Kollegen und ich«, oder er sagte Dinge wie »Da müssen wir den Bericht der Spurensicherung abwarten«, oder manchmal rutschte ihm ein »Pfeiffer, Kripo Hamburg« raus. Ja, Pfeiffer war damals ein Vollblutbulle gewesen, dessen letzter Verdächtiger Willi Böttcher ihm einen mächtigen Strich durch die Rechnung gemacht hatte. Der Ganove, der vor mehreren Jahren vier Banken im Nordwesten der Stadt an nur einem Nachmittag überfallen hatte, starb nach einem Verhör mit Pfeiffer in seiner Zelle.

Obwohl es ein klassisches Herzversagen war, kam es zu einer Untersuchung. Man prüfte, ob Pfeiffer den alten Mann nicht zu hart rangenommen hatte. Die Presse bekam Wind von der Sache, was alles nur noch viel schlimmer machte. Seine Vorgesetzten versetzten Pfeiffer, so schnell es ging, in den Ruhestand. Diese Schmach hatte Pfeiffer schwer zu schaffen gemacht. Zumal seine kleine Welt so oder so schon zu bröckeln begonnen hatte, als seine Frau kurze Zeit zuvor gestorben war. Nach der Sache mit Willi Böttcher aber zerfiel der letzte Rest auch noch.

Wäre ihm die Lizzi nicht zufällig über den Weg gelaufen, wer weiß … Pfeiffer mochte gar nicht darüber nachdenken.

»Muckiprinz gründete den Motorradclub Dragon Balls, nachdem die Hells Angels ihn als Hangaround vom Platz gejagt hatten.«

Lizzi blickte Pfeiffer fragend an. »Als was?«

»Hangaround. Muckiprinz wollte bei den Hells Angels mitmachen. Dazu müssen die Anwärter in deren Clubhaus rumhängen und einfachste Arbeiten verrichten. Abwaschen, fegen, Bier holen und so weiter. So eine Dienerzeit kann mehrere Jahre dauern. Sie sind wie Sklaven für die richtigen Hells Angels. Wenn sie Glück haben, werden die Hangarounds dann Prospects. So etwas wie ein Halbmitglied. Das Leben ist dann aber auch nicht viel besser, nur dass man dann die neuen Hangarounds triezen darf.«

»Ich dachte, diese Hells Angels sind in Hamburg verboten?«

»Stimmt. Seit 1986. Darum hing Muckiprinz ja auch in Bremen und Neumünster rum.« Pfeiffer bremste, weil die Ampel Rot zeigte.

»Aber bis zu dieser Halbmitgliedschaft ist er gar nicht erst gekommen, richtig?«, vermutete Lizzi.

Pfeiffer fuhr wieder an. »Richtig. Sie wollten ihn nicht einmal als Hangaround. Warum, wissen wir nicht. Vielleicht war es sein Glück. Wer weiß, ob er heute noch leben würde. Ein Hells Angel sein ist äußerst gefährlich. Aber aufgegeben hat dieser Muckiprinz trotzdem nicht.«

»Nein?«

»Nein. Er gründete in Hamburg die Dragon Balls, um als Supporterclub von den Hells Angels anerkannt zu werden.«

Lizzi rollte mit den Augen. »Für meinen Geschmack fällt in unserem Gespräch das Wort Höllenengel zu oft.«

»Sie haben recht, Lizzi. Und darum rate ich Ihnen dringend, die Finger von dem Fall zu lassen. Die Dragon Balls erledigen wahrscheinlich kleine Dienstleistungen für diese fragwürdigen Engel.«

»Oje!«, murmelte Lizzi. »Ich habe es geahnt.«

Die beiden Alten schwiegen eine Weile.

Pfeiffer wusste, dass er Lizzi nicht drängen durfte, den Fall aufzugeben. Er hatte so etwas schon einmal versucht und genau das Gegenteil erreicht. Und so schwiegen sie, bis sie die Elbchaussee erreichten.

»Wie schlimm ist es, Ewald?«, flüsterte Lizzi. Pfeiffer freute sich leise, dass sie ihn beim Vornamen genannt hatte.

»Die Dragon Balls erledigen Botengänge für ihre Auftraggeber.«

»Das heißt?«

»Nun, dazu gehört es, abtrünnige Prostituierte zu finden, wenn die versuchen sich heimlich abzusetzen. Oder auch mal jemanden zu verprügeln, wenn der nicht zahlen will. Solche Leute arbeiten als Türsteher vor Discos und überführen geklaute Motorräder in den Osten, wo die Dinger auseinandergebaut werden, um die Einzelteile dann zu verkaufen. Es heißt, sie verscherbeln die Teile sogar an jene, denen sie vorher die Maschinen geklaut haben. Lustig, oder? Aber ansonsten sind Typen wie die Dragon Balls eher harmlos.«

»Harmlos«, wiederholte Lizzi mit trockenem Mund.

Zu ihrer Linken glitzerte die Elbe im nachmittäglichen

Sommerlicht, und zu ihrer Rechten lagen die beeindruckenden Villen von Blankenese mit ihren weiten Parks und den teuren Autos davor. Hohe Zäune trennten die Reichen von jenen, die mit verträumtem Blick diese Pracht durch schmiedeeiserne Zäune anschauten.

Doch Lizzi sah diese zuckergussweißen Schönheiten nicht. Sie starrte nach vorn auf die Straße und schwieg. Als Pfeiffer sie fragte, ob sie etwas in der Hein-Hoyer-Straße entdeckt hatte, murmelte sie nur: »Mehr, als mir lieb ist.«

11

Die leicht geschwungene Auffahrt zur Residenz Hanseatica war gesäumt von einer halbhohen Buchsbaumhecke. Auf den Wegen im Park flanierten die Herrschaften des feinsten Altenheimes der Stadt und genossen, was das Leben ihnen noch zu bieten hatte. Früher einmal war die Residenz der repräsentative Sitz einer angesehenen Reederfamilie gewesen. Heute lebten hier rund vierzig finanzkräftige ältere Damen und Herren in hübschen Appartements mit Elbblick. Ihnen standen ein hauseigenes Sternerestaurant, eine Blumenboutique, ein Figaro und ein Swimmingpool im Keller zur Verfügung sowie eine Bibliothek, die von den Herren lieber als Rauchersalon genutzt wurde. Die Zipperleinstation, wie Lizzi den Medizintrakt im Erdgeschoss nannte, war zurzeit nur durch eine Vertretungskraft besetzt, da Doktor Hoffstätter plötzlich und unerwartet … aber, das war eine andere Geschichte.

Als Lizzi und Pfeiffer in das Foyer traten, merkte Lizzi, dass sie mächtig Hunger hatte. Es war schon halb drei, und bevor die Herrschaften zum Nachmittagskaffee hereinströmten, wollte sie noch schnell versuchen, ein wenig von dem Braten zu bekommen, der auf der heutigen Menükarte angekündigt worden war: Lamm mit Rosmarinkartoffeln und karamellisierten Jungmöhren an Sherry-Rahmsoße. Sie überlegte, was sie dazu trinken würde. Ein trockener

Spätburgunder schien ihr angemessen. Vielleicht würde der Herr Kommissar ihr ja Gesellschaft leisten. Sie hielten auf das Kasino zu ihrer Linken zu.

»Frau Böttcher!«, hörte Lizzi eine schneidende Stimme hinter sich, die ihr nur allzu bekannt war.

Lizzi rollte mit den Augen. Lächelnd drehte sie sich um. »Frau Alberding-Wischenberg. Welch Freude.« Sie wartete, bis die Leiterin in blauem Kostüm mitsamt heller Rüschenbluse und Perlenkette sie erreicht hatte. »Sind Sie gestern Abend gut nach Hause gekommen, Frau Alber…?«

»Frau Böttcher! So geht das nicht! Wir waren doch einer Meinung, dass Sie sich benehmen, solange Sie in der Residenz mietfrei wohnen dürfen.«

Pfeiffer, der neben Lizzi stand, wollte gerade protestieren, doch Lizzi legte ihre Hand auf seinen Arm. Pfeiffers Mund klappte wieder zu. »Liebe Frau Alberding-Wischenberg«, säuselte Lizzi. »Ich nehme an, Sie sprechen von dem … na, sagen wir, irritierenden Besuch der jungen Leute beim gestrigen Konzertabend in der Musikhalle.«

»Laeiszhalle, nicht Musikhalle, sondern Laeiszhalle heißt sie. Und ja, so ist es, es geht um ihre neuen Rockerfreunde.« Der Mund der Frau war schmal. »Der Ruf unseres Hauses steht auf dem Spiel, Frau Böttcher.«

»Die Dragon Balls sind nicht meine Freunde.«

»Nein?« Die Leiterin drehte sich um und wies zur weißen Ledersitzecke hinüber, die auf der anderen Seite des Foyers stand. »Und warum sitzt dieses Etwas dann seit einer Stunde hier?«

Lizzi sah einen ganz in schwarzer Bikermontur gekleideten Mann mit Vollbart und Glatze, der mit grimmigem Blick zu ihnen herübersah. Auf seinem Schoß lag einer der Hochglanzprospekte der Residenz, in dem er eben noch geblättert hatte.

Es war Schokoschorsch. »Was will der denn hier?«

»Woher soll ich das wissen«, zickte Frau Alberding-Wischenberg. »Sorgen Sie einfach dafür, dass dieses Subjekt die Residenz sofort verlässt! Er verschreckt die Bewohner.« Mit diesen Worten ging die Leiterin zurück zu ihrem Büro, wobei die Absätze ihrer hohen Schuhe rhythmisch auf dem Marmorboden klackten.

Lizzi schluckte, als sie zur Sitzecke hinüberging.

»Der Mucki will wissen, was du rausgefunden hast, Oma.« Schokoschorsch stand auf. Lizzi vermutete, dass er das tat, um nicht zu ihr aufblicken zu müssen.

»Ich habe doch erst mit der Suche angefangen«, sagte sie, während sie nun ihrerseits hochblicken musste.

»Wissen wir. Du warst vorhin mit Hanne in Opa Edels Wohnung.«

Lizzi riss die Augen auf. »Soll das heißen, ihr beobachtet mich?«

»Hab doch schon gesagt, der Mucki will von dir wissen …«

»Himmel noch einmal!«, schnauzte Lizzi den Schrank vor sich an. »Wie oft soll ich noch sagen, dass es *Sie* heißt! Nicht *du*! Für dich, Jungchen, bin ich Frau Böttcher, ist das klar?« Aus dem Augenwinkel sah sie Pfeiffer zusammenzucken.

Doch Schokoschorsch ließ sich von Lizzis Lautstärke nicht beeindrucken. Seine Augen verengten sich allerdings, als er Pfeiffer ansah. »Wer ist denn das? Ein Bulle?« Sein Kopf fuhr zu Lizzi zurück. »Scheiße, du solltest doch die

Bullen nicht holen!« Plötzlich schien er noch einen halben Meter größer zu werden. Er griff in die Innenseite seiner Jacke. Schreckerstarrt folgte Pfeiffers Blick der Hand. Doch Schokoschorsch zog nur ein winziges Handy hervor. Mit seinen dicken Fingern wischte und tippte er darauf herum.

»Herr Pfeiffer ist kein Polizist«, erklärte Lizzi ruhig.

»Verarsch mich nicht!«, zischte Schorsch, ohne hochzusehen. »Wenn der kein Bulle ist, dann gehe ich zum Arbeitsamt und lass mich vermitteln.«

»Er war mal Polizist. Jetzt ist er Rentner so wie ich.«

Pfeiffer beugte sich zu Lizzi. »Pensionär. Ich bin Pensionär.« Er wandte sich an den Rocker. »Und ich arbeite für Frau Böttchers Detektei als Berater.« Er blickte Lizzi kurz an. »Als Sicherheitsberater.«

Jetzt hob Schorsch aber doch den Blick vom Display. Dann ließ er ihn langsam an Pfeiffer rauf- und runterwandern. »Security?« Er lachte auf. »Ihr seid klasse.« Doch sofort wurde er wieder ernst. »Trotzdem: keine Bullen.«

Jemand meldete sich am Handy. »Probleme, Chef«, raunte Schorsch in den klitzekleinen Kasten in seiner großen Pranke. Damit Lizzi und Pfeiffer nicht hören konnten, was gesprochen wurde, ging er raus. An der Tür drehte er sich noch einmal zu Lizzi und Pfeiffer um. »Nicht abhau'n, verstanden? Sonst grill ich euch!« Dann stellte er sich draußen hin und telefonierte mit seinem Chef Muckiprinz.

»So weit kommt das noch«, murmelte Lizzi ihm nach, »dass diese Lederlümmel mir sagen, was ich zu tun oder zu lassen habe.« Mit festem Schritt marschierte sie hinüber zu Jessica, der Rezeptionistin, die alles mit blassem Gesicht verfolgt hatte. Normalerweise war das junge Mädchen flink und hilfsbereit, doch der Mann in Schwarz hatte ihr offenbar einen gehörigen Schrecken eingejagt, denn als Lizzi um ihren Schlüssel bat, reagierte das junge Ding nicht, sondern starrte nur nach draußen, wo der Rocker auf und ab ging. Verärgert klingelte Lizzi mit der kleinen Glocke auf dem Tresen. Erschreckt zuckte Jessica zusammen.

»312, Kindchen.« Sie wollte nicht mehr im Kasino essen. Schokoschorsch hatte ihr den Appetit verdorben.

Ohne die Tür aus den Augen zu lassen, griff die junge Rezeptionistin zum Schlüsselregal hinter sich. »Die waren gestern Abend auch schon hier«, flüsterte sie, als sie Lizzi den Schlüssel reichte. »Bestimmt fünfzig von denen. Plötzlich standen die mit ihren Motorrädern vor der Tür. Ein Höllenlärm.« Sie starrte durch das Foyer, als sähe sie die Dragon Balls noch einmal hereinstürmen. »Die wollten wissen, wo Sie sind, Frau Böttcher.« Mit großen Augen sah sie Lizzi an. »Ich hab es ihnen gesagt. Entschuldigen Sie, aber ich hatte solche Angst.«

Lizzi lächelte Jessica an, die an den Knöpfen ihrer dunkelblauen Rezeptionsuniform fummelte.

»Das ist schon in Ordnung. Die Herren sind meine ... ähm Geschäftspartner.« Nun wurden Jessicas Augen noch größer. »Ewald«, wandte Lizzi sich an Pfeiffer. »Gehen Sie doch mal raus zu dem Jüngelchen. Finden Sie heraus, was das mit den Dragon Balls und den Dehlbrücks wirklich auf sich hat. Da steckt doch mehr dahinter als nur die Besorgnis um ein altes Ehepaar.« Als Pfeiffer zögerte, legte Lizzi ihre Hand auf seinen Arm. »Nennen Sie es eine vertrauensbildende Maßnahme, Ewald. Die Jungs müssen sich so oder so an Sie gewöhnen.«

Der Kriminalkommissar a. D. schnaufte. »Ich sage nur eines: Dieser Auftrag ist ein riesiger Fehler. Sie können sich freuen, wenn Sie mit dem Leben davonkommen, Lizzi. Typen wie die kennen kein Pardon.«

Lizzi lächelte ihn an. »Ich auch nicht.«

12

»Also, was haben wir?« Mareike hatte sich einen Hocker aus der Küche geholt und war damit auf den kleinen Balkon im dritten Stock der Residenz Hanseatica hinausgegangen. Sie blickte zu Lizzi, die schweigend dasaß, mit einem Kaffeebecher in ihrer Hand, aus dem sie noch keinen Schluck genommen hatte. Die Detektivin wider Willen starrte auf den Horizont, der irgendwo auf der anderen Seite der Elbe begann.

Gegenüber Mareike lehnte Ewald Pfeiffer mit dem Rücken an der Trennwand zum nächsten Appartementbalkon. Dieser abgehalfterte Kriminalkommissar hatte sich einfach in die Detektei geschlichen, ärgerte Mareike sich. Und jetzt war er schon wieder hier. Sie würdigte ihn keines Blickes. Vom ersten Moment an war er ihr unsympathisch gewesen. Mareike wusste jedoch, dass sie ihn so schnell nicht loswerden konnte. Dennoch, ihre Stunde würde kommen. Und dann musste Pfeiffer gehen. Zurzeit aber war sie gezwungen, anzuerkennen, dass der Mann gewisse Informationen schneller bekam, als sie es mit Hilfe des Internets schaffte. Das allein aber war kein Grund, ihn in der Detektei zu behalten. Mittelfristig würde Lizzi personelle Veränderungen vornehmen müssen, entschied Mareike und öffnete ihren Laptop auf dem Schoß. Kurz warf sie dem Endsechziger in Cordhose und kariertem Hemd einen prüfenden Blick zu.

Lizzi, die zwischen ihnen saß, seufzte tief: »Ich weiß nicht, ob das alles so richtig ist.«

»Was?« Mareike blickte auf den Bildschirm und öffnete die Datei *002-Dehlbrück*. Es war ihr zweiter Fall, und Mareike war sich sicher, dass es nicht der letzte Fall für die junge Seniorendetektei sein werde. Das Geld, das von diesem Muckiprinz auf den Tisch in der Kneipe geworfen worden war, hatte Mareike sorgsam in einen Umschlag gesteckt und in Lizzis Küchenschublade gelegt. Jedoch hatte sie ein paar Scheine herausgenommen, um ein schniekes Firmenschild davon zu kaufen. Messing, edel graviert, nur die Worte *Elisabeth L. Böttcher & Co, Erste Seniorendetektei, Deutschland* standen darauf. Das Paket mit dem Schild lag in der Ikeatasche, die Mareike vorhin mitgebracht und auf dem Flur abgestellt hatte. Irgendwann würde der Moment kommen, an dem sie Lizzi das Schild präsentieren konnte. Sie musste sich nur noch ein wenig gedulden.

Das aber fiel Mareike schwer. Sie war nicht der abwartende Typ. Außerdem machte es ihr Sorgen, dass Lizzi partout keine Detektivin sein wollte, was Mareike, deren Leben als Altenpflegerin bisher alles andere als aufregend gewesen war, gar nicht verstehen konnte. Doch sie hatte Lizzi in den letzten Monaten aufmerksam beobachtet und war fest davon überzeugt, in den Augen der alten Frau immer dann ein gewisses Blitzen gesehen zu haben, wenn es galt, Geheimnisse zu lüften. Es war nur eine Frage der Zeit, bis sie Lizzi das Schild zeigen konnte.

Mareike hatte bereits einschlägige Fachbücher und Magazine für Detekteien besorgt, die sie bei jedem ihrer Besuche wie zufällig auf Lizzis Wohnzimmertisch liegenließ. Sie war sicher, dass Lizzi sie heimlich las. Zumindest aber hatte Lizzi aufgegeben, ihr die vergessenen Hefte und Bücher wieder mitzugeben. Stattdessen hatte Lizzi den Lesestoff neben ihrem Fernsehsessel gestapelt. Mareike war mit dieser Entwicklung sehr zufrieden.

Während sie die elektronische Akte *002-Dehlbrück* füllte, überlegte sie, wo sie das neue Schild anbringen könnten. In der Residenz wohl kaum. Die Leiterin, Frau Alberding-Wischenberg, würde tot umfallen, wenn sie das Schild sah. Was jedoch auch, so musste Mareike zugeben, eine interessante Option war.

Pfeiffer dachte unterdes laut über den Fall Dehlbrück nach. »Diese Dragon Balls sind nicht die ganz Schlimmen in der Szene, aber jeder von ihnen ist polizeilich bekannt. Martin Kleinschmidt, alias Muckiprinz, wurde bereits mehrmals verurteilt. Der Typ im Foyer müsste Andreas Seismann sein.«

»Korrekt«, unterbrach Mareike ihn. »Er nennt sich bei den Dragon Balls Schokoschorsch.«

Pfeiffer blickte sie an, als bemerkte er sie gerade zum ersten Mal.

Diese Arroganz machte Mareike rasend. Pfeiffer fuhr fort: »Er und Martin Hemmler, der sich Knochen-Kalli nennen lässt, sind Gründungsmitglieder der Dragon Balls.«

»Warum eigentlich Knochen-Kalli?«, wollte Lizzi wissen.

»Wahrscheinlich, weil er die schlechte Angewohnheit hat, mit seinen Fingern dieses ekelige Knackgeräusch zu machen«, vermutete Mareike.

»Nein«, sagte Pfeiffer und blätterte zurück. »Knochen-Kalli war Kampftaucher bei der Bundeswehr. Dort hat er einem Vorgesetzten mehrere Knochen gebrochen. Entlassung.«

»Und dieser Richie?«, wollte Lizzi wissen.

»Richard Klüver. Er kam erst vor kurzem in die Gruppe. Eigentlich kommt er aus Hannover. Klüver saß wegen räuberischer Erpressung und Totschlags einige Jahre ein. Alle sind arbeitslos.«

»Jedenfalls offiziell«, korrigierte ihn Mareike, ohne von ihrem Bildschirm aufzusehen. Sie hörte Pfeiffer schnaufen, darum erklärte sie: »Diese Rocker haben ja wohl lukrativere Einnahmequellen, als Regale bei Aldi aufzufüllen oder an den Autos anderer Leute herumzuschrauben.«

Pfeiffer ließ sich nicht beirren. »Zu den Dragon Balls gehören vier feste Mitglieder …«

Lizzi blickte auf. »Als die mich aus dem Konzert geholt haben, waren es aber mehr.«

»Genau!« Mareike nickte. »Die haben eine mächtige Show abgezogen. Man hätte Lizzis Detektei auch mit weniger Tamtam engagieren können.«

Lizzi drehte ihren Kopf zu Mareike herum. »Ich habe keine Detektei.«

Entschuldigend lächelte Mareike zu ihr hinüber. »Stimmt. Tut mir leid.« Okay, die Beichte mit dem Schild musste wohl doch noch warten. Vielleicht sollte sie das Ding wieder mit nach Hause nehmen und dort erst einmal unter ihrem Bett zwischenlagern, überlegte Mareike.

Pfeiffer runzelte die Stirn, wobei er die Hände tief in den Taschen seiner ausgebeulten Cordhose versenkte. »Wenn dieser Muckiprinz sich für gestern Abend noch Leute dazugeholt hatte, dann gab es dafür einen Grund.«

Mareike rollte ihre Augen. »Na logisch, der wollte angeben, was das Zeug hält.«

»Richtig, Frau Gödecke. Die Frage ist nur, warum? Denn jeder Gefallen in der Szene bedeutet einen Gegengefallen. Mit anderen Worten, warum *verschuldet* sich Muckiprinz bei anderen Motorradclubs?« Er blickte zu Lizzi, die noch immer ihren Becher in der Hand hielt.

Jetzt endlich nahm Lizzi, ohne den Blick vom grauen Fluss abzuwenden, einen Schluck. »Kalt«, murmelte sie und stellte den Becher auf den Tisch neben sich. Der Fluss dort unten hatte Lizzi seit ihrer Kindheit begleitet. Als sie noch klein war, gingen sie und ihre Geschwister an einer seichten Stelle bei Övelgönne baden. Der Strom bestimmte ihr ganzes Leben. Ihr Bruder fuhr damals zur See, bis sein Schiff bei einem Sturm vor dem Kap der Guten Hoffnung mit Mann und Maus unterging. Der Vater arbeitete bis zum Schluss bei Blohm & Voss, wo er Schiffe baute, während die Mutter irgendwann mit einem Schiffsmakler durchbrannte. Als Lizzi den Willi kennenlernte, war für sie klar, dass sie sich nach ihrer Heirat eine Wohnung am Fischmarkt nehmen würden. Sie wollte vom Fenster aus die Schiffe sehen, die zur Nordsee hinausfuhren. Der Fluss war ihr Leben. Und sie hoffte, er würde ihr letzter Blick sein, wenn sie einmal von dieser Welt gehen musste. Das war einer der Gründe, warum sie sich dieses schnieke Appartement in der Residenz geleistet hatte. Der Ausblick.

Noch durfte sie bleiben. Noch.

Lizzi seufzte. Wer hatte noch gesagt: Das Schicksal ereilt uns oft auf den Wegen, die man eingeschlagen hat, um ihm zu entgehen. Detektivin? In ihrem Alter? Lizzi schüttelte den Kopf. Gerade setzte die Ebbe ein. Langsam begannen die Bojen im Wasser, sich zur anderen Seite zu neigen. Lizzi bemerkte, wie die Farbe des Wassers fast unmerklich von einem schmutzigen Grau in ein leichtes Taubengrau überging. Schon vor vielen Jahren war ihr aufgefallen, wie die Elbe jeden Tag, ja sogar stündlich, ihr Aussehen verändern konnte. Mal war sie tiefdunkelblau wie das Preußischblau von Schultinte. Mal war sie graublau wie das verfärbte Hemd, das der Mann vom Beerdigungsinstitut getragen hatte, als sie Willi unter die Erde bringen mussten. Nur eine Farbe hatte sie hier noch nie gesehen: Azurblau. Dieses ganz besonders schöne Blau, wie es der Seidenschal in ihrem Schrank hatte, den Willi ihr zum letzten Weihnachtsfest geschenkt hatte. So stellte Lizzi sich das Mittelmeer vor.

»Lizzi?« Eine Hand berührte sie leicht am Arm. Es war Mareike.

Lizzi schreckte kurz auf. »Tja, warum diese Show?«, wiederholte sie Pfeiffers Frage von eben. »Dieser Mucki wollte jemandem etwas beweisen, so viel ist klar.« Lizzi erhob sich. Erleichtert ächzte der Stuhl unter ihr auf. »Der Konvoi war zu klein, um irgendwelche Gangs herauszufordern. Diese Höllenengel hat dieser theatralische Auftritt bestimmt nicht in Angst und Schrecken versetzt.« Sie drehte sich zu Pfeiffer. »Er wollte jemandem zeigen, dass er wer ist, aber nicht zu dolle, um niemanden zu provozieren. Und mich würde interessieren, wer dieser Jemand sein könnte.«

»Aha, und das Aufgebot hat etwas mit uns zu tun?« Mareike runzelte die Stirn.

»Nein, Kindchen, es hat etwas mit den Dehlbrücks zu tun.«

»Und was?«

»Ich weiß es nicht. Aber ich weiß, dass in Opa Edels Wohnung seit längerem keine zwei Personen gelebt haben, sondern nur noch eine. Und das war der Mann. Wo also ist die Frau geblieben?«

»Was?« Mareike und Pfeiffer blickten sie erstaunt an.

Lizzi ging ins Wohnzimmer. Eilig folgten die beiden ihr.

»Eine Person? Aber wie kommen Sie denn darauf?«, wollte Mareike wissen.

Lizzi ging zur eichenen Schrankwand und holte aus dem Barfach unterhalb ihrer neuen Brockhausreihe, Bände eins bis zwölf, eine Flasche Schnaps sowie drei kleine Gläser heraus.

»Die Hausschuhe von Frau Dehlbrück waren staubiger als der Rest der Wohnung.« Sie stellte alles auf den runden Wohnzimmertisch. »Jemand, höchstwahrscheinlich Herr Dehlbrück selber, wollte den Eindruck erwecken, die Frau lebe noch in der Wohnung.«

»Vielleicht trägt Opa Edels Frau die Schuhe nicht mehr, weil sie doch bettlägerig ist«, warf Mareike ein.

Lizzi nickte. »Richtig, doch wie soll eine angeblich bettlägerige Frau die Wohnung wegen eines Urlaubs verlassen? Und sollte es ihr bessergehen, würde sie dann nicht ihre Hausschuhe mitnehmen?«

»Tja, auch richtig.«

Pfeiffer überlegte. »Der Staub auf den Schuhen kann auch daher kommen, dass die beiden in den Urlaub gefahren sind, ohne jemandem Bescheid zu geben. Sie sind ja nun schon einige Zeit weg.«

Mareike grinste ihn an. »Unlogisch, Watson. Lizzi hat

doch gerade gesagt, es lag mehr Staub auf den Schuhen der Frau als im Rest der Wohnung. Ich nehme an, das schließt auch die Schuhe von Herrn Dehlbrück, also Opa Edel, ein.« Lizzi nickte zustimmend. »Außerdem waren im Schrank auf dem Flur zwei Koffer. Sofern sie keine weiteren hatten, müssten sie mit Plastiktüten verreist sein.«

Pfeiffers Mundwinkel zuckte. »Wir haben also viel Staub auf den Schuhen der Frau. Wenig Staub auf den Schuhen des Mannes. Und zwei Koffer im Schrank.« Er kratzte sich am Kinn. »Das ist nicht viel.«

Lizzi goss die drei kleinen Gläschen randvoll. »Das ist richtig, mein lieber Kommissar. Mir fiel außerdem auf, dass die Betten im Schlafzimmer verschiedene Bezüge hatten.«

Mareike runzelte die Stirn. »Ja, und?«

Lizzi blickte sie an. »Das machen wir Alten nicht. Solange wir noch verheiratet sind, beziehen wir unsere Ehebetten immer gleich. Ich nehme an, dass du im Schlafzimmerschrank genügend Bettwäsche gefunden hast, die zusammenpassen würde, oder?«

Mareike nickte.

»Das ist doch kein Beweis«, entfuhr es Pfeiffer.

»Nein, aber ein Hinweis. Ebenso ein Hinweis ist die Tatsache, dass die Frauenzeitschriften auf dem Wohnzimmertisch allesamt alt waren. Die oberste ist vom März letzten Jahres.«

Mareike machte große Augen. »Die Zeitschriften?«

»Ja, Kindchen. Die Magazine, die du einzeln in der Hand hattest, um sie auf den Stapel zu legen.« Mareike lief rot an. »Und noch etwas. Das Geschirr, das zum Trocknen in der Spüle lag, war für eine Person. Des Weiteren standen im Küchenregal nur Raviolidosen. So ernährt sich nur jemand, der wenig Aufwand für sich selbst betreibt.«

Betroffen blickte Pfeiffer zu Boden. »Dosen sind doch nichts Schlechtes«, murmelte er verlegen.

»Dosenfutter ist für Hunde und Katzen gedacht. Nicht für Menschen, Herr Kollege.« Mareike bedachte ihn mit einem gehässigen Blick.

Lizzi ignorierte die Streithähne. »Die Nachbarin sagte, Opa Edel hätte seine Frau aufopfernd gepflegt. So ein Mann wärmt doch nicht jeden Tag Ravioli aus der Dose für seine Frau auf.«

»Vielleicht kann er nicht kochen«, wandte Pfeiffer vorsichtig ein.

»Richtig. Er kann nicht kochen. Ich habe auf der Anrichte in der Küche Rechnungen von einem Service gesehen, der Essen auf Rädern anbietet. Täglich zwei Portionen wurden an die Dehlbrücks geliefert. Die Rechnungen endeten etwa zur selben Zeit wie die Ausgaben der Zeitschriften auf dem Tisch im Wohnzimmer.« Lizzi hob das Glas in ihrer Hand und schaute Pfeiffer und Mareike auffordernd an. Die beiden taten es ihr gleich. Vorsichtig nippte Mareike an ihrem Glas. Sie hustete, während Pfeiffer an dem Klaren erst einmal nur roch.

Lizzi hingegen goss den Selbstgebrannten ihres verstorbenen Mannes erbarmungslos die Kehle hinunter. »Es geht hier um sehr viel mehr als nur um zwei alte Menschen, die plötzlich verschwunden sind«, sagte sie. »Gertrud Dehlbrück scheint seit mehreren Monaten nicht mehr in der Wohnung zu leben, und ihr Mann hat es verheimlicht. Und nun ist er auch verschwunden.«

Pfeiffer stürzte den Schnaps hinunter, wie Lizzi es eben getan hatte. »Was wollen Sie damit sagen?«, krächzte er, während er nach Luft japste.

Mareike fuhr zu ihm herum. »Das ist doch klar. Gertrud Dehlbrück ist schon länger verschwunden als ihr Mann.«

»Das habe ich auch begriffen, Frau Gödecke«, zischte Pfeiffer.

Mareike wandte sich an Lizzi. »Die Frage ist, warum Opa Edel nicht gemeldet hat, dass seine Frau ihn verlassen hat?« Plötzlich riss sie ihre Augen in Erkenntnis weit auf. »Oh, nee. Das glaube ich nicht!«, hauchte sie.

Lizzi beugte sich ihr ein wenig entgegen. »Was?«

»Was wäre, wenn sie ihn gar nicht freiwillig verlassen hat? Was wäre, wenn sie tot ist?« Die letzten Worte hatte Mareike geflüstert. »Und der alte Mann hat es nicht gemeldet, weil … er seine Frau umgebracht hat.«

»Warum sollte er das tun, Kindchen?«

Mareike überlegte. »Na ja, ich hätte es mit meinem Exmann gemacht, wenn ich das mit der anderen Frau früher gewusst hätte.«

»Aber die alte Frau Dehlbrück …? Sie ist Mitte achtzig! Ich bitte Sie, Frau Gödecke!«

Mareike legte ihren Kopf zur Seite. »Nun ja, oder vielleicht war sie streitlustig. Irgendwann reißt jedem mal die Hutschnur.«

Pfeiffer lachte auf. »So einen Unsinn habe ich ja noch nie gehört. Aufgrund von halbseidenen Indizien nehmen Sie gleich Mord und Totschlag an. Lesen Sie weniger Krimis, Frau Gödecke, wenn Sie es mit der Detektei ernst meinen!«

»Quatsch! Sie sind nichts weiter als ein Technokrat, Herr Pfeiffer! Ihnen fehlt die Phantasie. Warum, denken Sie denn, ist Frau Dehlbrück verschwunden?«

»Nun, es wird eine ganz vernünftige Erklärung für all diese … Hinweise geben.«

Da mischte Lizzi sich ein. »Wie sieht es mit den Papieren der Dehlbrücks aus, Mareike. Konntest du sie in der Wohnung finden?«

Mareike schüttelte den Kopf. »Keine Schublade oder Ordner mit irgendwelchen wichtigen Dokumenten, geschweige denn Pässen oder Ausweisen.«

Lizzi überlegte. »Also könnten sie vielleicht doch verreist sein. Dass nur zwei Koffer in der Wohnung sind, muss ja nichts heißen. Vielleicht hatten sie sich für ihre Reise neue gekauft.« Sie blickte Pfeiffer an. »Lieber Ewald, bitte sprechen Sie mit Ihren Kollegen, vielleicht hat man irgendwo …«, sie schluckte, »einen toten Rentner gefunden … und um den Jahreswechsel eine nicht identifizierte tote Rentnerin.« Er nickte.

»Und was soll ich machen?«, wollte Mareike wissen.

Lizzi legte ihr die Hand auf die Schulter. »Du wirst den Hausarzt der Dehlbrücks aufsuchen und ihn fragen, was er in der Hein-Hoyer-Straße wollte. Dann wirst du alle Krankenhäuser in und um Hamburg anrufen, um herauszufinden, ob ein oder zwei verwirrte Alte aufgegriffen wurden, deren Beschreibung auf unser Pärchen passen würde.«

»Aber … Woher soll ich wissen, wie die Dehlbrücks aussehen?«, stotterte Mareike und ärgerte sich, dass sie kein Foto von den beiden Alten mitgenommen hatte.

Lizzi ging auf den Flur und griff tief in ihre Handtasche. »Hier. Das habe ich mir ausgeliehen.« Es war das Sommerbild vom Stadtpark, das heute Morgen noch auf der Kommode in der Wohnung von Opa Edel stand.

13

Seit zwei Wochen traute er sich nicht mehr in die eigene Bude. Sie hatten sich seine Wohnung vorgenommen, während er im Puff war. Das neue Sofa hatten die Mistkerle aufgeschlitzt, den riesigen Flachbildschirm zertrümmert und an der Wand eine Warnung für ihn hinterlassen. Seitdem schlief Mucki abwechselnd bei irgendwelchen Kumpels oder hier, im Hinterzimmer der schäbigen Werkstatt in der Süderstraße, wo die Dragon Balls ihre Bikes aufmotzten. Sie nannten die Behausung Clubhaus.

Mucki achtete darauf, niemals allein zu sein, sondern immer die anderen Dragon Balls in seiner Nähe zu haben. Doch manchmal klappte das eben nicht. So wie diese Nacht.

Mucki hatte nicht vor, den anderen zu sagen, was los war und warum er Schutz brauchte. Er wusste nur eines: Die Dragon Balls würden ihn nicht dorthin bringen, wo er hinwollte. Sie würden ihm nicht die Achtung verschaffen, die er bei gewissen Leuten haben wollte. Dafür waren die Typen seines Clubs zu weich. Nein, er musste seinen Weg allein gehen.

Unter seinem Kissen lag die Glock. Das Metall drückte sich in seinen Nacken. Durch die Ritzen der dreckigen Fenster über seinem Kopf zog es kühl herein. Er schlief seit einigen Nächten lieber in seinen Klamotten. Schließlich konnte er sich nicht sicher sein, dass die Typen, die seine Wohnung kaputtgehauen hatten, nicht doch noch Gesprächsbedarf hatten.

Der Mond schien herein, tauchte seine Absteige in kalkweißes Licht. Eine Heizung hatte der Raum hinter der Werkstatt nicht, aber wenigstens ein Feldbett mit einem muffigen Federbett. Mucki starrte zur fleckigen Decke hinauf und wartete, dass die Pillen endlich wirkten. Er hatte sie vorhin mit billigem Fusel runtergespült, weil er wusste, dass er ruhiger werden musste. Schlaf. Er brauchte endlich Schlaf. Seit Tagen hatte er kein Auge mehr zugemacht, weil sie aufgehört hatten, ihn auf dem Handy anzurufen. Das war ein schlechtes Zeichen, denn es hieß, dass sie dann vorbeikommen würden, egal, wo er war. Doch Mucki wusste auch, dass das Versteckspielen nicht half, solange er auf seine Harley Fat Boy Special nicht verzichten wollte. Wo immer er hinkam, fiel sie auf. Scheiße. Aber ohne sie würde er nirgends hingehen. Sie war ein Teil von ihm, so wie sein Arm oder eben die Glock unter dem Kissen. Jetzt gerade stand die Maschine neben zwei geklauten Sportsters vorn in der Werkstatt.

Er hatte sich auf ein Spiel eingelassen, das er zu verlieren drohte. Und wenn die Alte nicht endlich Opa Edel auftrieb, dann konnte er einpacken. Aber, so schwor er sich nicht zum ersten Mal, er würde nicht allein abtreten. Die Alte und ihr rotblonder Engel kämen mit!

Er musste eingeschlafen sein, denn als er das Geräusch hörte, fuhr ein Schreck durch jede Faser seines Körpers. Sofort war er hellwach. Seine Hand griff in der Dunkelheit unter das nassgeschwitzte Kopfkissen, tastete hin und her. Panik ergriff ihn. Wo war die Glock! Verdammt. Mucki setzte sich auf. Es war stockfinster. Der verdammte Mond war nicht mehr zu sehen. Er lauschte, versuchte langsamer zu atmen. Es war still, totenstill, doch Mucki spürte, dass er nicht allein war.

Plötzlich riss jemand die Decke hoch. »Aufstehen!« Die Neonröhre über seinem Kopf ging zuckend an, blendete Mucki. Neben dem Feldbett stand ein glatzköpfiger Kerl und grinste auf ihn herunter. Es war einer der Russen. Sie waren noch nicht lang in der Szene, aber dem Glatzkopf hatte man schon einen Spitznamen gegeben: Kalaschnikow-Sergej. Dabei hatte ihn niemand je mit einem Sturmgewehr gesehen. Sergejs Spezialität war das Messer, genauer, ein Kampfmesser mit Sägezahnung. Zwei Typen mit feistem Grinsen standen hinter ihm. Einer von ihnen hielt in der Hand Muckis Glock, die er interessiert betrachtete.

»Scheiße.« Mucki hielt sich den Kopf. »Wie seid ihr hier reingekommen?« Er hatte alle Türen mehrfach verriegelt und verbarrikadiert. Mucki wollte sich von dem Feldbett rollen, als der Glatzkopf ihm die Klinge eines Messers an die Kehle drückte. »Nicht bewegen.« Mucki hielt inne, starrte den Mann an. »Der Boss sagt, du hast dich nicht an die Abmachung gehalten. Das mag der Boss nicht.«

Vorsichtig nahm Mucki die Hände hoch. »Es ist nur eine kleine Verzögerung. Ich muss die Ware erst holen.«

Der Typ nickte, während die anderen grinsten. Der Linke von beiden hielt einen Baseballschläger in der Hand.

»Hier stinkt es«, zischte Sergej ihm zu. »Lüfte mal.« Der Typ holte aus und zertrümmerte mit zwei gezielten Schlägen das Waschbecken in der Ecke des Raumes. Dann musste der Kühlschrank dran glauben. Jetzt waren die Fenster an der Reihe. Mucki versuchte, keine Angst zu zeigen. Er wusste, dass er sonst verloren war.

Da kam der Glatzkopf nah an sein Gesicht heran. So dicht, dass sein Aftershave in Muckis Augen brannte. »Vierundzwanzig Stunden, sagt der Boss.«

Mucki schluckte.

Der Schlag mit dem breiten Knauf des Messers kam so unvermittelt, dass Mucki zurückflog. Dann steckte der Russe sein Messer ein und ging zur Tür. »Enttäusche den Boss nicht, Kleiner.« Er lächelte Mucki zu, der das Blut aus seinem Gesicht wischte.

14

Alles um Mirko herum drehte sich. Bunte Lichter, die auf ihn einstürzten, ihn auf ihre Flügel hoben und forttrugen. Weit entfernt hörte er jemanden lachen. Das Lachen kam ihm bekannt vor. Es dauerte, bis er begriff, dass er es selbst war.

Das Bett unter ihm begann sich zu bewegen, wurde zu Wellen, hob und senkte sich unter ihm. Die Wände flossen ineinander und lösten sich vor seinen Augen in einem Sterngewitter wieder auf.

Jemand sagte seinen Namen. Mirko versuchte, den Schatten über seinem Gesicht zu erkennen, dessen Kopf sich so lustig verzog wie warme weiche Knete. Der Mund von dem Ding war plötzlich oben, und die Augen glotzten dumm. Wieder musste Mirko kichern.

Er merkte, dass sein Körper nicht mehr zu ihm gehörte. Aber das störte ihn nicht. Neugierig blickte er in die Löcher der Nase über ihm, die schwarzen Augen, die zu blubbern schienen wie Cola. Dann dämmerte ihm, dass dieses ineinander- und auseinanderlaufende Gesicht vor ihm Pudel sein musste. Sein bester Freund. Sein allerbester Kumpel, Pudel. Pudel grinste ihn breit an, bis seine Mundwinkel über die Ohren hinausragten und am Hinterkopf verschwanden. Wieder hörte Mirko sein eigenes Gekicher.

Pudel sagte, er wolle ihm etwas schenken.

Das war aber nett. Noch ein Geschenk. Mirko bekam gern Geschenke von seinem besten Freund Pudel. Pudel war der Kumpel Nummer eins – der einzige Freund, den er je gehabt hatte. Pudel war sein Pudel. Mirko prustete.

Mit federleichtem Kopf, den er aber irgendwie kaum bewegen konnte, folgte Mirkos Blick dem lieben, netten Pudel, dessen Körper auf dem Weg zur Zimmertür so lustige Bewegungen zu machen schien. Pudels Arme gingen bis zum Boden, die Beine waren lang wie die einer Giraffe und schlabberten vor sich hin. Die Tür, deren Rahmen aus Pudding zu sein schien, öffnete sich, und eine Fee trat ein. Sie hatte fast nichts an.

Sofort hörte Mirko auf zu lachen.

Pudel schob die Frau zu ihm auf das Bett. Sie sah aus wie seine Mutter, nur ganz anders. Mirko wurde schwindelig. Langsam öffnete sie einen hauchdünnen Mantel, durch den man ihre Brüste sehen konnte. Mirko fühlte sich, als fielen seine Augen fast aus dem Kopf.

Da war wieder dieses Lachen, aber dieses Mal war es nicht er, der lachte. So viel wusste er.

Was wollte die von ihm? Ihm wurde übel. Sie nahm seine Hand und legte sie auf ihren Hintern. Und dann zeigte sie, was er zu machen hatte.

Noch lange hörte er das Lachen von der Tür, wo Pudel und die anderen standen und zusahen.

15

Als die Männer aus der Kneipe kamen, wurde es über der Stadt schon hell. Bester Laune und mit viel Alkohol im Blut stand die Junggesellenabschiedstruppe aus Lüneburg um den schwankenden Bräutigam herum. Sie berieten, was sie als Nächstes machen würden. Morgen, nee, heute, musste der Nils ja die Moni heiraten. Aber man befand, dass noch etwas Zeit übrig war, um das Ende der Freiheit weiterzufeiern.

»Puff? … Nicht mehr mit mir«, lallte der Bräutigam und stützte sich an einem blauweißen Polizeiwagen ab, der vor einem alten Backsteingebäude an der Reeperbahn stand. Er würgte.

Sein Trauzeuge, ein kleiner Typ mit Halbglatze, zog ihn eilig von dem Wagen weg. »Ey, wenn du kotzen willst, dann nicht hier.« Er zeigte auf das Schild neben der Eingangstür des Eckhauses: *Davidwache.*

Die anderen lachten grölend. Das war der beste Junggesellenabschied seit Jahren. Und der längste, wenn sie es noch bis zum Fischmarkt runter schafften.

Sie nahmen den schwankenden Bräutigam in ihre Mitte und machten sich singend auf den Weg zur Elbe.

Unten angekommen, riss sich Nils aus Lüneburg plötzlich von seinen Freunden los und stolperte zum Kai hinüber. Dort übergab er sich in hohem Bogen in den Fluss. Sein

Trauzeuge schaffte es gerade noch, ihn festzuhalten, sonst wäre er ins Wasser gefallen, direkt neben die aufgedunsene Leiche, die die kleinen Wellen der Elbe immer wieder an den Kai stießen.

16

Immer großzügig sein, wenn es nicht drauf ankommt. Das war eine Devise von Muckiprinz. Darum gab er dem blassen Typen im Blaumann auch einen Fuffi extra, nachdem der vor die Fenster Gitter gebaut und alle Schlösser in der Werkstatt ausgewechselt hatte.

Mucki musste sich schützen. Und er musste dem Verräter eine Lektion erteilen, der den Schlüssel zur Werkstatt an den Russen übergeben hatte. Er glaubte zu wissen, wer diesen Verrat begangen hatte: Der, der sonst immer als Erster in der Werkstatt war, doch heute als Letzter kam – denn schließlich hatte er ja keinen Schlüssel mehr.

Mucki holte den Baseballschläger, der hinter der Tür stand, und ging in die Werkstatt, wobei er ihn immer wieder in die leere Hand schlug.

In der Werkstatt saßen Schokoschorsch und Richie auf einem ausrangierten Sofa. Der eine futterte eine riesige Pizza, hielt eine Zweiliterflasche Cola in der Hand und erzählte mit vollem Mund irgendetwas. Der andere wischte desinteressiert auf seinem Handy herum und tat, was er meistens tat: schweigen.

Als Mucki vorbeimarschierte, schauten beide hoch. Mucki ging direkt auf Kalli zu, der an seiner Maschine schraubte. »Neuer Fender?«, fragte er.

Kalli, der auf der anderen Seite kniete, um die Federung

zu prüfen, erhob sich. Er wischte seine Hände an einem dreckigen karierten Geschirrtuch ab. Das Lächeln in seinem Gesicht verschwand, als er den Baseballschläger sah. »Probleme?«

Mucki zeigte mit dem Holz in seiner Hand auf den verchromten Drehzahlmesser am Lenker. »Auch neu, stimmt's?«

Kalli warf das Tuch zur Seite. »Was willst du, Alter?«

»Wo hast du die Kohle dafür her?«

Fragend blickte Kalli zu den anderen. Schorsch zuckte mit den Achseln. Richie schaute nur neugierig rüber und sagte nichts.

»Wovon redest du?«, wandte Kalli sich wieder an den Chef der Dragon Balls.

Langsam begann Mucki, um die Maschine herumzugehen, wobei er den Baseballschläger über das Chrom gleiten ließ. Dann holte er kurz aus.

»Hey! Lass das!« Kalli prüfte entsetzt die kleine Delle beim Auspuff.

Jetzt holte Mucki weit aus und ließ den Schläger auf den Lenker der Harley sausen. In hohem Bogen flog der neue Drehzahlmesser durch die Werkstatt. Sofort schoss Kalli vor, doch Mucki wich zur Seite. Kalli machte einen Sprung ins Leere. Blitzschnell drehte er sich um. Doch Mucki drückte Kalli den Schläger schon auf die Brust. »Wo ist dein Schlüssel?«, schrie Mucki ihn an. »Was haben sie dir gezahlt? Einen Hunni? Einen Tausender?« Mucki holte erneut aus. Kalli duckte sich, als der Schläger dicht über seinen Kopf sauste. Das Holz knallte gegen den Tank der Maschine, die daraufhin langsam zur Seite kippte.

Kalli schrie auf. Mit einem Satz war er bei Mucki und versuchte, sich auf ihn zu werfen. Doch Mucki warf den Basi in die Ecke der Werkstadt und zog stattdessen seine Glock aus dem Hosenbund. »Auf Verrat steht der Tod!« Mucki zielte auf Kalli, der zurückwich.

Schorsch sprang auf. Dass sie sich in der Gruppe prügelten, passierte öfter, aber das einer von ihnen eine Knarre gegen den anderen zog, war bisher nicht vorgekommen. Aufgeregt schob sich Schorsch noch ein Stück Pizza in den Mund, während Richie langsam aufstand und auf Mucki zuging. »Ganz ruhig, Alter. Worum geht's hier überhaupt?«

Muckis Hand zitterte vor Wut. Er schien unfähig, auch nur ein Wort zu sagen. Richie stellte sich zwischen Mucki und Kalli. »Verrat? Wer hat hier wen verraten?« Mucki sagte nichts. Er starrte nur Kalli an, der hinter Richie auf dem Boden saß. »Ganz locker, Boss. Mach keinen Scheiß!«, flüsterte Richie.

Mucki schluckte. »Jemand hat den Russen den Schlüssel für die Werkstatt gegeben«, keifte er los. »Die Schweine waren letzte Nacht hier.«

»Der Überfall? Die Russen?«

»Und ich weiß, von wem sie den Schlüssel hatten.« Mit einer Hand schob er Richie zur Seite und zielte wieder auf Kalli.

»Nein! Ich war es nicht! Jemand hat meinen Schlüssel gestern geklaut. Vielleicht die Nutte von Paul! Der macht doch mit den Russen Geschäfte! Hat jedenfalls Kevin ...«

»Verräter!« Mucki ging einen Schritt auf Kalli zu und zielte mit der Waffe auf dessen Kopf. Kalli rutschte nach hinten, bis er mit dem Rücken an einen Betonpfeiler stieß.

»Warte mal, Boss!«, rief da Schorsch, der noch immer vor dem Sofa stand und eine schlaffe Pizza in der Hand hielt. »Was ist, wenn jemand will, dass wir uns gegenseitig abknallen?«

Mucki sagte nichts, sondern fixierte den zitternden Kalli mit seinen Blicken.

»Ich meine ja nur …« Schorsch kratzte sich an seinem kahlen Schädel mit dem selbstgestochenen Tattoo. »Hier passieren in letzter Zeit komische Sachen. Erst die Anzeigen bei den Bullen und die Durchsuchung letzte Woche, dann die Sache mit der Prügelei vor dem Dönerladen, dann die Razzia im Club … Da will uns doch jemand Ärger machen. Oder nicht?« Schorsch schien von so vielen Worten erschöpft zu sein. Die anderen schwiegen.

Endlich steckte Mucki die Waffe wieder in seinen Hosenbund. »Ab jetzt habe nur ich den Schlüssel zur Werkstatt.« Er beugte sich zu Kalli. »Und dich behalte ich im Auge, du Verräter!«

Als Mucki die Tür zum hinteren Raum zugeschlagen hatte, ging Richie auf Kalli zu und half ihm hoch.

Kalli, noch immer blass, ging zu seiner demolierten Maschine hinüber. »Das wird er bezahlen!«, zischte er.

»Entspann dich, Kalli!« Richie half Kalli, die Maschine wieder aufzustellen. »Die Frage ist nur, warum Mucki so nervös ist.«

Kalli blickte auf. »Was meinst du damit?«

Richie sagte nichts, zuckte nur mit den Achseln. Zufrieden beobachtete er, wie Kalli und Schorsch begannen nachzudenken.

Plötzlich klopfte es an der Tür der Werkstatt. Die Männer sahen sich an. Da riss Mucki die hintere Tür wieder auf und kam zurück in die Halle gerannt, den Baseballschläger in der Hand.

Vorsichtig wurde die Tür einen Spalt geöffnet. »Ich glaube, sie sind da«, hörte man eine Frauenstimme.

Mareike fand die Idee absolut blöd, aber Lizzi bestand darauf, die Dragon Balls in ihrer Werkstatt aufzusuchen. Beunruhigend war nur, dass Lizzi nicht sagen wollte, warum sie sich in die Höhle des Löwen wagen mussten.

»Herr Prinz«, sagte Lizzi, als sie eintrat. Ihr Blick fiel auf den Baseballschläger in der Hand des Chefs der Dragon Balls. »Wie ich sehe, wollen Sie gerade zum Sport. Ich hoffe, wir stören nicht.«

Richie grinste.

»Was macht ihr hier? Wer hat euch geschickt?«, schrie Muckiprinz, während er den Baseballschläger sinken ließ.

Lizzi schaute sich um. Es sah hier aus wie in jeder Autowerkstatt, nur, dass hier eben Motorräder standen. Einige hatte man zur Hälfte auseinandergebaut und die Teile ordentlich geputzt auf einer langen Werkbank abgelegt. Eines dieser chromglänzenden Dinger stand mitten im Raum. Es hatte mehrere Beulen und Kratzer. In einer Ecke lungerten drei der Dragon Balls herum, wobei der, den sie Knochen-Kalli nannten, mächtig lädiert aussah.

»Ich muss mit Ihnen über den Auftrag reden, Herr Prinz.« Lizzi ging zum Sofa. Wenn ich mich da draufsetze, überlegte sie, klebe ich an den Pizza- und Colaresten fest. Der Gedanke an das Aufstehen von dem durchgesessenen Möbelstück ließ sie endgültig darauf verzichten, Platz zu nehmen. Stattdessen zog sie einen Umschlag aus der Manteltasche und warf ihn auf den niedrigen Sofatisch. »Ihr Geld.«

Mareike stieß einen leisen Schrei aus.

»Alles in Ordnung, Kindchen?«, fragte Lizzi erschreckt. Mareike starrte auf den Umschlag und schluckte. Dann beugte sie sich zu Lizzi herüber. »Haben Sie das Geld nachgezählt?«, wollte sie wissen.

»Warum sollte ich das?«, fragte Lizzi, als Mucki die beiden Frauen unterbrach.

»Seid ihr bescheuert, oder was? Das Geld ist für den Job. Macht ihn einfach.«

»Was hat Ihr Kollege da im Gesicht?« Lizzi wies zu Knochen-Kalli, dem das Blut aus der Nase lief. Mit einer Hand drückte er ein dreckiges Geschirrtuch dagegen.

»Mareike, komm mal her.« Zögernd näherte Mareike sich. »Kindchen, du kannst doch Erste Hilfe. Kümmere dich doch mal um den jungen Mann da drüben, während ich mit Herrn Prinz rede.«

»Nicht nötig«, nuschelte Kalli nasal.

Mareike grinste und ging zu ihm. »Keine Chance. Lizzi zu widersprechen haben schon ganz andere versucht. Wo ist der Erste-Hilfe-Koffer?«

»Ham wir nicht.«

Mareike seufzte. »Hätte ich mir denken können. Dann komm mit raus. Ich habe was im Wagen.«

»Was ist denn das?«, fragte Kalli. Blankes Entsetzen lag in seinem anschwellenden Gesicht, als er Mareikes alten Fiat sah.

»Probleme?«, fragte Mareike ein wenig beleidigt. Sie holte den Erste-Hilfe-Koffer heraus und knallte ihn auf die Motorhaube. Während sie begann, die Wunden in Kallis Gesicht zu untersuchen, spürte sie, dass Kalli sie genauer betrachtete.

Aufmerksam verfolgte er jede ihrer Bewegungen. »Hast du einen Typen?«, wollte er plötzlich wissen.

Sie schluckte. »Ähm, ist das jetzt eine Anmache?« Sie klebte ein Pflaster auf die eine Wunde. Dann widmete sie sich mit professionellem Blick der Nase.

»Warum wollt ihr eigentlich die Dehlbrücks finden?«, wechselte sie schnell das Thema.

»Hat der Schorsch doch schon gesagt. Die beiden sind immer anständig zu uns gewesen. Und das mit dem Urlaub glaube ich nicht.«

»Warum?« Vorsichtig berührte Mareike den rechten Arm. Kalli zuckte zusammen.

»Opa Edel war zu klapperig, um noch zu verreisen. Und die Gertrud liegt immer in ihrem Bett. Ich habe sie seit Monaten nicht gesehen. Wie könnten die beiden da in den Urlaub fahren?«

»Das haben wir uns auch gedacht.«

»Solange hinter Hanne Sieberts aber die Jungs von der Herbertstraße stehen, werde ich nicht sagen, dass sie lügt. Klar?«

»Klar.«

»Warum, glaubst du, sucht euer Boss Opa Edel?«

Er zuckte mit den Achseln.

»Hat Muckiprinz schon irgendetwas anderes unternommen, um Opa Edel zu finden?« Mareike konnte aus den Augenwinkeln sehen, wie Kallis Blick immer abweisender wurde.

»Warum willst du das wissen?«

»Ihr habt uns angeheuert. Wir müssen es wissen.«

Er grummelte etwas vor sich hin. Dann sagte er: »Wir haben uns auf dem Kiez umgehört. Irgendwo muss Opa Edel ja sein. Aber keiner hat ihn gesehen. Er und die Gertrud sind wie vom Erdboden verschwunden. Einfach so.« Ratlos schüttelte er den Kopf. Es schien Mareike, als mache sich dieser Rocker in Ledermontur wirklich Sorgen um das Rentnerpaar. Aber da war noch etwas anderes.

»Seid ihr wirklich so harte Jungs, wie ihr immer tut? Ich meine, mit Hells Angels und alldem?«

Kalli sagte nichts.

Wenn die Kerle merkten, dass im Umschlag weniger Geld war, als gedacht, würde es verdammten Ärger geben, überlegte sie. Mist! Warum hatte sie auch Lizzi mit einem blöden Schild überraschen wollen.

»Mucki will etwas aus den Dragon Balls machen«, erklärte Kalli. »Wir sollen bei den Großen mitmischen. Die, die richtig Kohle machen. Er will für die den Handlanger machen.«

»Einen dieser Supporterclubs?«

»Genau. Ey, das ist doch totaler Mist!«, fuhr Kalli auf. »Ich will nicht der Fußabtreter für solche Typen werden. Aber Mucki hat Pläne, sagt er immer. Das Blöde ist nur, dass er uns nicht fragt, ob wir die auch haben.«

»War der Mucki eigentlich schon immer euer Chef?«

Kalli nickte. »Aber das muss ja nicht so bleiben.« Ein kurzes Grinsen zog über sein Gesicht und war auch schon wieder verschwunden, als Mareike aufblickte. Mareike klappte den Kasten zu und verstaute ihn unter dem Fahrersitz.

Kalli sah sie mit seinen grauen Augen lange an. »Bei uns geht es um Ehrlichkeit, Mut und Freundschaft. Na ja, und um Harleys, Weiber und Geld.« Er grinste. »Wir sind ein Motorradclub. Mehr nicht.«

Mareike warf ihm einen zweifelnden Blick zu. »Na ja, wenn du das sagst, wird es wohl stimmen.« Sie schlug die Tür ihres Wagens zu.

In diesem Moment kam Lizzi aus der Werkstatt. Mucki folgte ihr. Noch immer hielt er den Baseballschläger in der Hand.

»Wie gesagt, Herr Prinz, wenn wir die Dehlbrücks gefunden haben, bekommen Sie eine Rechnung. Das ist meine Regel.« Mit energischen Schritten kam sie auf Mareike zu. »Wir fahren.« Mareike half Lizzi beim Einsteigen und ging dann auf die Fahrerseite.

»Hast bei mir was gut, Rotkäppchen«, rief Knochen-Kalli Mareike nach, als sie sich gerade anschnallte.

Sie machte eine wegwerfende Handbewegung. »Ach, lass mal. Ist okay so.« Sie warf die Tür zu und startete den Wagen, doch dann drehte sie den Schlüssel wieder zurück. Der Motor erstarb. »Lizzi, hat er das Geld genommen?«

Die alte Frau drehte sich zu ihr. »Was hast du nur immer mit dem Geld, Kindchen?«

»Ach, nichts.« Gerade als sie den Wagen erneut starten wollte, wurde die Tür aufgerissen. Knochen-Kalli stand da. Stinkewütend. »Hör zu, besser du nimmst mein Angebot an!«

Erschrocken fuhr Mareike zurück.

»Ich habe bei niemandem Schulden!«, zischte er Mareike an. »Auch nicht bei dir, klar?«

Sprachlos nickte Mareike.

»Also: Ruf mich an, wenn du meine Hilfe brauchst.« Dann knallte er die Tür so fest zu, dass der kleine Wagen zu schaukeln begann.

»O Gott!«, murmelte Lizzi, als Mareike mit zitternden Händen den Wagen aus dem Hinterhof rollen ließ. »Was war denn das?«

17

Die Schulglocke klingelte. Mareike trat einen Schritt zurück, um nicht von den falschen Leuten gesehen zu werden, zum Beispiel von Mirkos Klassenlehrerin. Eigentlich hätte sie den Hausarzt der Dehlbrücks aufsuchen müssen und alle Krankenhäuser der Stadt abklappern sollen, aber sie machte sich Sorgen um ihren Sohn. Und obwohl sie wusste, dass sie das Richtige tat, wenn sie ihn suchte, hatte sie ein entsetzlich schlechtes Gewissen, weil sie ihre Arbeit vernachlässigte. Abends nahm sie Pillen, um ein wenig Schlaf finden zu können. Morgens nahm sie welche, um nicht im Stehen einzunicken. Lizzi durfte nicht merken, dass mit ihr etwas nicht stimmte. Sie musste sie für kompetent und zuverlässig halten. Wenn die alte Frau nur im Geringsten an ihr zweifelte, konnte Mareike sich die Sache mit der Detektei abschminken. Dieser Pfeiffer würde sich die Hände reiben. Gleichzeitig aber musste Mareike ihren Sohn suchen.

Jetzt lugte sie durch einige mickrige Büsche am Zaun, um die Tür der Stadtteilschule Lurup besser im Blick behalten zu können. Die ersten Schüler, die herausrannten, gehörten zu den unteren Klassen. Schreiend liefen sie auf den Schulhof, die Ranzen hinter sich herschleifend oder auf dem Rücken schleppend. Sie flitzten zu ihren Fahrrädern, um, so schnell es ging, die Schule hinter sich zu lassen. Einige jagten zur Auffahrt, die das Gelände vom Rest der Welt trennte.

Da! Die ersten Klassenkameraden ihres Sohnes latschten aus dem Schulgebäude. Mareike erkannte unter ihnen Lena und Céline. Erstaunt bemerkte Mareike, dass die beiden mit ihren perfekt geschminkten Gesichtern, den adrett hergerichteten Haaren und dem Styling wie in einer Modezeitschrift schon unangenehm erwachsen wirkten. Wo waren die Gummistiefel und die geflochtenen Zöpfe, die glotzenden Glubschis und die pinken Pferdebücher? Es fühlte sich für Mareike an, als wäre all das erst letzte Woche gewesen.

Doch auch ihr Sohn hatte sich verändert. Legosteine waren schon lange out. Mareike konnte nicht einmal sagen, wann sie Mirko zuletzt mit einem Buch in der Hand gesehen hatte.

Sie seufzte. Sie hatte es gar nicht richtig mitbekommen, dass er sich verändert hatte.

Ob Mirkos Freunden aufgefallen war, dass er in den letzten Monaten anders geworden war? Sie selbst hatte es erst gemerkt, als Mirkos Noten immer schlechter geworden waren. In seinem Lieblingsfach Mathe drohte ihm sogar eine Vier. Außerdem hatte er begonnen, seine Mutter anzulügen, und manchmal fehlte Geld aus ihrem Portemonnaie. Das kannte Mareike von ihrem Sohn nicht, und sie war sicher, dass daran mehr als nur diese verdammte Pubertät schuld war.

»Hallo, Lena!« Mareike trat vor.

Überrascht blickten die beiden Mädchen auf. Lena war die Schlankere von beiden, aber Céline, mit ihren langen blonden Haaren, war sicherlich der Jungenschwarm.

»Hallo, Frau Gödecke.« Fragend sahen die beiden Mareike an, die nicht wusste, wie sie beginnen sollte.

»Ähm, ich wollte … also, der Mirko, der lässt sich entschuldigen.« Wie sollte sie die beiden ausfragen, ohne Gefahr zu laufen, dass die Mädchen es gleich ihren Eltern oder, schlimmer noch, der Lehrerin sagten?

Achselzuckend sahen sich die Mädchen an.

Dann begriff Lena. »Fragen Sie doch Frau Gundert. Vielleicht hat sie etwas gehört.« Das Mädchen wies zu einer ältlichen Frau um die fünfzig, die gerade aus dem Schulgebäude trat.

Céline nickte eifrig. »Genau, vielleicht hat Mirko ihr ja was gesagt.«

Erschrocken blickte Mareike zu Mirkos Klassenlehrerin hinüber, als Lena in beruhigendem Ton meinte: »Der Mirko braucht bestimmt nur eine Auszeit.«

Wie konnte es sein, dass diese halbwüchsigen Mädchen eine besorgte Mutter zu trösten versuchten? Hätte es nicht andersherum sein müssen? Zögerlich lächelte Mareike. »Ja, du hast sicherlich recht.« Sie räusperte sich. »Wenn ihr etwas hört, ruft ihr mich dann an?«

Lena überlegte. »Ich weiß nicht. Muss Mirko das nicht selber entscheiden?«

Da zog Céline sie fort. »Los komm, ich muss nach Hause!« Die beiden eilten die Straße hinunter.

»Sie suchen Mirko?«, fragte da eine Stimme. Mareike zuckte zusammen. Vor ihr stand Frau Gundert.

»Ja, ähm, nein«, stotterte Mareike. Sie versuchte, mit einer Hand ihre wuscheligen Haare zu glätten. »Ich wollte nur wissen, was die Kinder heute als Hausaufgabe bekommen haben. Mirko soll nicht den Anschluss verpassen. Er fehlt ja nun doch schon eine ganze Weile.«

Die Lehrerin nickte. »Sechs Tage fehlt er jetzt. Er verpasst eine Menge. Das Attest haben Sie dabei, Frau Gödecke?«

Mareike schlug sich mit der flachen Hand an die Stirn. »Ach je, ich Trottel! Jetzt habe ich es zu Hause liegenlassen.« Sie versuchte ein Lächeln. »Aber ich bringe es Ihnen in den nächsten Tagen vorbei. Bestimmt.«

Mit diesen Worten wollte Mareike sich schon umdrehen und schnellstmöglich aus den Augen der Lehrerin verschwinden, als die Frau sie aufhielt. »Frau Gödecke. Wenn das Attest nicht bald hier ist, muss ich das Jugendamt informieren. Mirko hat auffallend viele Fehlzeiten.«

»Aber nein, das ist doch nicht nötig. Ich bringe es gleich morgen vorbei. Wirklich!«

18

Ein leichter Geruch von gebratenen Pilzen lag in der Luft, als Lizzi sich mit seligem Lächeln an den Tisch am Fenster des hauseigenen Restaurants setzte.

Draußen umschmeichelte die Sonne die Residenz, ließ das Weiß der hanseatischen Jugendstilvilla mit dem weiten Grün des Rasens um die Wette strahlen, zauberte an den so oft grauen Hamburger Himmel ein strahlendes Blau. Sommer lag in der Luft. Lizzi hatte sich vorgenommen, nach dem Essen einen kleinen Spaziergang unten am Elbuferweg zu machen. Sie musste endlich Klarheit in ihren Kopf bringen, und dabei half Bewegung.

Obwohl es erst Viertel nach eins war, waren die anderen Tische des Kasinos bereits leer. Lizzi hatte schon öfter beobachtet, dass die Bedeutung der Mahlzeiten für Senioren immer mehr zunahm, je weniger sie um die Ohren hatten. Nicht, dass es den Alten vornehmlich um den kulinarischen Genuss gegangen wäre. Nein, es war die Unterbrechung des alltäglichen Einerleis, das sie am Gang ins Kasino so faszinierte. Lästern und klönen, sehen und gesehen werden, darum ging es. Obwohl Lizzi es den anderen im Haus nicht übelnahm, so mied sie selbst die Stunde zwischen zwölf und eins, wenn es hier rappelvoll war. Sie wartete lieber, bis Ruhe eingekehrt war und weder die schwerhörige Frau Stöver noch die schrecklich vornehme Frau von Eversberg ihre aktuellen Krankheiten en détail mit spitzem Hanseatenschnütchen über den Tisch kundtaten.

Lizzi griff zur heutigen Speisekarte und schlug sie auf.

»Flusskrebse an Papayasoße«, murmelte sie. »Lecker.« Aber auch das Matjesfilet an Bärlauchmousse mit Rote-Bete-Apfelsalat schien verlockend. Danach vielleicht eine Zander-Lachs-Lasagne mit grünem Spargel, Pfifferlingen und Meerrettichschaum. Andererseits konnte sie dem gebeizten Lachsfilet in der Terrine mit Frischkäse-Schnittlauch-Mousse auch etwas abgewinnen.

Die rechte Wahl war heute wirklich eine Herausforderung. Sie lächelte glücklich vor sich hin. Seit dem Frühstück hatte sie nicht mehr an die Dragon Balls gedacht.

In diesem Moment drang ein Geräusch an ihr Ohr, das sie schon einmal gehört hatte. Der Lärm wurde lauter. Das Wummern ließ die Fensterscheiben des Kasinos leicht vibrieren.

»War das jetzt wirklich nötig?«, fragte Lizzi gen Himmel.

Kurz darauf kamen drei schwarze Gestalten in Leder und Kutte im Gleichschritt ins Kasino gestampft. Mucki zog den Stuhl gegenüber Lizzi zu sich, drehte ihn um und setzte sich rücklings drauf. »So, Oma. Was hast du rausgefunden? Ich will Ergebnisse. Klar?«

Lizzi seufzte. »Herr Prinz, wir haben doch gerade erst angefangen.« Sie schaute sich im Kasino um, damit sie die Bestellung aufgeben konnte. Der Lachs sollte es sein. Dazu ein Riesling. Doch die Bedienung war nirgends zu sehen. Wahrscheinlich hatte sie sich in der Küche versteckt.

Mucki schob seine Brille herunter. »Hör zu, Oma. Das Geld …«

Da beugte sich Lizzi vor. »Jetzt hältst du mal schön die Klappe, Kleiner! Oma macht das schon.« Mit der Speisekarte gab sie ihm eins auf den Kopf. Er riss seine Faust in die Luft, als wolle er sie schlagen. Doch er kam nicht dazu.

Denn jetzt schlug Lizzi ihm mit der Karte auf die Hand. »Und hör auf, mich zu duzen, Jungchen, sonst kannst du die Dehlbrücks selber suchen!«, schnauzte sie.

In diesem Moment bemerkte Lizzi ein Flackern in Muckis Augen. Etwas hatte sich seit ihrem letzten Treffen geändert. Der Rocker auf der anderen Seite ihres Tisches hatte Angst. Doch bestimmt nicht vor ihr, so viel war Lizzi klar.

Sie sah, wie seine Augen ständig hin und her huschten, als erwarte er das Unerwartete. Die Augen waren rot geründert. Er schien seit Tagen nicht geschlafen zu haben. Die Pupillen waren unnatürlich groß. Lizzi vermutete, dass Drogen im Spiel waren. Sie beobachtete seine zitternden Hände. Die Haut über seinem ungepflegten Bart war noch blasser als sonst. Es schien, als sei das Blut aus Muckis Körper entwichen. Lizzi hatte dieses fahle Grau bisher nur bei Menschen gesehen, die bald sterben mussten. Ein Schauder lief über ihren Rücken.

»Einen Zwischenstand der Ermittlungen könnte ich vielleicht schon geben«, räumte Lizzi etwas nachsichtiger ein. »Wir wissen, dass Herr Dehlbrück kein Flugzeug bestiegen hat, um in den Urlaub zu fliegen. Damit ist die Aussage der Nachbarin, die ihn auf Ibiza oder Mallorca vermutet, nicht korrekt.«

»Bahn?«

»Möglich. Wir haben aber keinen Hinweis auf eine Bahnreservierung in der Wohnung gefunden. Das Reisebüro in der Simon-von-Utrecht-Straße konnte nicht weiterhelfen und das am Altonaer Bahnhof auch nicht. Es kämen Busunternehmen in Frage. Meine Assistentin kümmert sich gerade darum. Opa Edel und seine Frau sind noch in der Hein-Hoyer-Straße gemeldet. Damit können wir einen Umzug, beispielsweise in ein Pflegeheim, ebenfalls vorerst ausschließen. Die Befragung der Nachbarn läuft gerade.«

Muckis rechter Mundwinkel zuckte. »Okay. Und ihr Bulle?«

»Hauptkommissar a. D. Pfeiffer? Nun, der konnte dank seiner guten Kontakte herausfinden, dass die Dehlbrücks von der Polizei bisher weder aufgegriffen noch sonst wie gefunden wurden.«

»Sonst wie?«

»Tja, also tot oder verletzt.«

»Tot?«

Mein Gott, war der dämlich! »Ja. Dabei muss es sich aber nicht immer um Mord oder Unfall handeln. Statistisch gesehen, ziehen mit zunehmendem Alter immer mehr Menschen den Freitod einem mehr oder minder natürlichen Tod vor. Dabei nehmen sich übrigens Männer häufiger als Frauen das Leben. Jedenfalls in Hamburg. Die Gründe sind klar: Einsamkeit, Geldnot.«

Mucki lachte auf. »Selbstmord? Unsinn!« Sein dröhnendes Lachen prallte von den verspiegelten Wänden des Kasinos ab. Dann wurde der Rocker plötzlich wieder ernst. »Quatsch! Suchen Sie den Alten. Ich muss ihn sprechen.«

Jetzt beugte Lizzi sich ein wenig vor. »Aha, nun gibt's endlich mal Butter bei die Fische, Herr Prinz. Was wollen Sie denn von Opa Edel? Dass ihr ihn sucht, weil er so ein netter alter Mann ist, habe ich von Anfang an nicht geglaubt.«

Mucki schob die Brille wieder zurück. »Das geht dich nichts an, Oma. Finde den Alten! Wenn ihr das nicht packt, dann habt du und deine rotgefärbte Schönheit bald ein Problem.« Er stand auf und blickte zu Lizzi herunter. »Schmerzen können nämlich verdammt weh tun, weiß du?«, zischte er ihr ins Gesicht. Dann ging er mit schwerem Schritt zur Tür, wo die zwei anderen Dragon Balls gewartet hatten.

Lizzi lehnte sich zurück. Draußen zogen Regenwolken auf. Der Appetit war ihr plötzlich vergangen.

19

Das Stadion fasste seit seinem Umbau knapp dreißigtausend Besucher. Allein die Einwohner von Geesthacht oder Bad Hersfeld hätten hier bequem Platz finden können, wenn sie denn mal zu einem Heimspiel des FC St. Pauli gewollt hätten. Peu à peu hatte man das Stadion am Millerntor zu einem echten Stolzmacher am Hamburger Fußballhimmel umgebaut. Doch trotz der vielen neuen Sitzplätze war es für jene, die keine Dauerkarte besaßen, fast unmöglich, bei einem Spiel des FC St. Pauli dabei sein zu können. Pfeiffer hatte noch das Lachen des Mannes vom Callcenter im Ohr, als er nach Restkarten für das heutige Spiel gegen Stuttgart fragte.

Trotzdem war Pfeiffer zum Millerntor-Stadion gefahren. Mit den magischen Worten »Pfeiffer, Kripo Hamburg« war es ihm soeben gelungen, eine junge Frau an der Kasse zu passieren, die ihn an einen Sicherheitsmann übergab. Der Mann fragte nicht nach Pfeiffers Dienstausweis, wohl in der Annahme, die Kassiererin hätte es schon getan. Tja, Glück muss man haben, dachte Pfeiffer mit einem Lächeln, während der Typ ihn von oben bis unten musterte. Im Ohr des Securitymannes steckte ein Stöpsel, der an ein Hörgerät erinnerte. Damit konnte er die Anweisungen der Zentrale verfolgen. Er brachte Pfeiffer über einen Seiteneingang ins Stadion, während er ein paar Worte in ein kleines Mikro an seinem Kragen nuschelte.

»Worum geht es eigentlich?«, wollte der Securitymann von Pfeiffer wissen. »Wegen dem Spiel sind Sie ja wohl nicht hier.«

»Nein, ich suche jemanden.«

Der Muskelprotz grinste. »Mord? Totschlag? Drogen?«

»Richtig.« Pfeiffer hatte nicht vor, ihm zu sagen, dass er Hauptkommissar Lindemann suchte. Das Kraftpaket hätte so oder so nicht gewusst, wo Lindemann stand.

Sie gingen einen Gang entlang. »Ich wollte ja auch mal zur Polizei. Aber dann kam was dazwischen.«

Pfeiffer wollte eigentlich nicht fragen. Trotz besseren Wissens tat er es dennoch. »Was kam denn dazwischen?«

»Sechs Monate Knast.«

Pfeiffer folgte ihm eine Treppe hoch. Dann kam wieder ein langer Gang. Sie traten in eine leere Business-Lounge am höchsten Punkt des Stadions.

»Soll ich den Typen ausrufen lassen?«, schlug der Securitymitarbeiter vor, während Pfeiffer seinen Blick über all die Köpfe schweifen ließ.

»Nein, danke«, meinte er schnell. »Das würde zu viel Aufmerksamkeit …«

»Alles klar. Verstehe. Undercover, und so.« Nicht wenig beeindruckt, wie es schien, wies er zur Reling hinüber. »Da liegt ein Fernglas. Sonst finden Sie den Typen hier nie bei den Menschenmassen.«

Pfeiffer nahm den Feldstecher und blickte hinunter. »Himmel aber auch«, murmelte er. Tausende von Menschen saßen im Oval um ein grünes Rechteck, auf dem kleine Figürchen hin und her liefen. Pfeiffer verstand nicht viel vom Fußball, aber die Stimmung dort unten war fast greifbar.

Ohs und Ahs wurden lauter und leiser, je nachdem, was auf dem Grün passierte.

Die Spieler auf dem Platz rannten in diesem Moment nach rechts. Je weiter sie Richtung Strafraum der gegnerischen Mannschaft stürmten, umso mehr kam Bewegung in die Ränge. Einige sprangen auf, als ein Pauli-Spieler den Strafraum erreichte. Braun-weiße Schals mit St-Pauli-Aufschrift wurden immer aufgeregter hin und her gewedelt. Ein Pass zu einem anderen Spieler, ein Köpper, ein Schrei aus tausend Kehlen, als wollten die Fans den Ball persönlich ins Netz tragen! Doch dann nur noch ein enttäuschtes »Oh!«. Der Ball hatte die Querlatte getroffen. In hohem Bogen flog das Leder aus dem Feld. Die Pauli-Fans jedoch klatschten dem Spieler zu, der es immerhin fast geschafft hatte. Noch war das Spiel nicht zu Ende, noch konnte man kämpfen. 0:1. Das würde nicht das letzte Wort sein, darin schienen sich die Fans auf der Haupttribüne einig zu sein.

»Was sagten Sie noch? Gegen wen spielen wir?«

»Stuttgart.«

»Ist das gut oder schlecht?« Pfeiffer hatte Mühe, das Fernglas in seiner Hand vom Spiel abzuwenden, um seine Suche nach Lindemann unter all den tausend Leuten endlich zu beginnen.

»Wie man's nimmt. Wenn wir siegen, ist es gut. Sonst schlecht.«

Langsam ließ Pfeiffer seinen Blick durch das Fernglas über die Köpfe in den Reihen gleiten. Er begann oben und arbeitete sich dann langsam von rechts nach links runter. Es war schon faszinierend, was für unterschiedliche Typen hier Schulter an Schulter standen, um ihrer Mannschaft zu-

zujubeln oder mit ihr zu leiden. Da war der Businessmann im legeren Freizeitlook neben dem Rentner mit feurigem Blick. Der Lehrer stand neben der aufgemotzten Blondine, die sich angeregt mit der Hausfrau aus Hamburg-Schnelsen über Spieltaktiken auszutauschen schien. Vielleicht waren es aber auch die knackigen Waden der Spieler. Pfeiffer wusste es nicht, denn er kannte sich weder mit dem einen noch mit dem anderen aus.

Da! In der ersten Reihe stand Lindemann. Direkt an der Betonbrüstung, welche die Zuschauer von der Trainerbank trennte. Aufmerksam beobachtete der stellvertretende Leiter der Mordkommission das Spiel. Pfeiffer grinste. Bestimmt gab er dem St.-Pauli-Trainer, der auf seiner Trainerbank ganz in der Nähe saß, ein paar wertvolle Empfehlungen, wer wann auszuwechseln sei, wessen Verletzung nur Show und welche Taktik die beste von allen war. Irgendwie tat der Trainer Pfeiffer leid. Doch sicherlich war der Mann Profi genug, um Leute wie Lindemann in seinem Nacken ignorieren zu können.

Als der Securitymann Pfeiffer auf die andere Seite des Stadions führte, fragte Pfeiffer ihn, ob schon mal jemand rausgeworfen worden war, weil er dem Trainer zu viele gutgemeinte Ratschläge über die Schulter gegrölt hatte.

»Nö«, meinte der Securitymann.

»Schade.«

Sie erreichten den Aufgang, wo die Pauli-Fans soeben zu singen anfingen. Pfeiffer blieb stehen. Die unbeholfenen Töne prallten an den Betonwänden ab und verzerrten sich.

»Die Neunte von Beethoven?«, fragte er ungläubig.

»Nee«, sagte der Securitymann und sang gleich mal vor.

»Freude schöner Fußballzauber, das ist Sankt Pauhauli, Zuckerpässe, Zaubertore, Fußballgötter allesamt.« Die Treffgenauigkeit der Töne schien bei der kreativen Interpretation der Europahymne nicht so wichtig zu sein. Jetzt wies der Mann zu einer Treppe hinüber. Während Pfeiffer die Stufen hochging, hörte er den Sicherheitsmann weiterröhren: »Kurzpassspiel und Übähärsteiger, so kriehihiegts nur einer hin. Freude schöner Fußballzauber …« Während die Stimme hinter Pfeiffer leiser wurde, nahm der Geräuschpegel vor ihm zu.

Pfeiffer schob sich an Männern und Frauen vorbei, deren Blick am Ball auf dem Feld klebte.

Während er Lindemanns Gestalt in der Menge suchte, fragte sich Pfeiffer, was ihn bisher davon abgehalten hatte, herzukommen. Die Leute schienen eine Menge Spaß zu haben, und das Spiel auf dem Rasen war für sie das, was es sein sollte: ein Spiel. Kein Krieg, wie für so viele andere Fußballfans. Nein, dies hier schien Pfeiffer ein guter Ort, um Mensch zu sein.

Der Riese mit der Elblotsen-Mütze saß nicht weit entfernt. In der Hand hielt Lindemann einen großen Plastikbecher, den er mit seinen Händen gefährlich knautschte. »Abseits!«, dröhnte Lindemann auf den Platz hinunter. »Abseits!« Er sprang auf. Die Massen hinter dem baumgroßen Kerl taten es ihm nach. Was immer dort unten vor sich ging, schien den St. Paulianern nicht zu gefallen.

Pfeiffer bemerkte Lindemanns rotes Gesicht, als er sich in der Reihe weiterschob. Kein guter Moment, um in Lindemanns Blickfeld zu geraten, dachte Pfeiffer, doch er war schon zu weit gekommen, als dass er noch einen Rückzieher hätte machen können. In diesem Moment flog der Ball über das gesamte Spielfeld. Die Spieler beider Mannschaften hasteten hinterher. Ein St.-Pauli-Spieler ließ den Ball an seiner Brust abprallen, lief los, hielt auf das gegnerische Tor zu. Die Leute um Pfeiffer herum johlten und schrien. Pfeiffer blieb stehen. Gespannt blickte er aufs Spielfeld. Jemand schlug ihm einen Ellbogen ins Kreuz. Doch das interessierte ihn nicht. Er starrte auf den Torwart der Stuttgarter, der weit aus dem Kasten herausgekommen war. Eine Flanke auf die andere Seite, ein Kopfball, und drinnen war das Leder!

Pfeiffer sprang hoch. »Tor! Tor!«, schrie er mit den Männern und Frauen um sich herum. Er konnte gar nicht anders als schreien. Eine stark geschminkte Dame diesseits der dreißig umarmte ihre Nachbarn und Pfeiffer gleich mit. Überrascht schaute er sie an. Ihre Blicke trafen sich für einen Moment, dann hatte sie ihn auch schon vergessen und jubelte weiter.

Gleich morgen würde er sich eine Dauerkarte besorgen, beschloss Pfeiffer.

Jetzt schob er sich dichter an Lindemann ran, der ihm den Rücken zukehrte, um mit seinem Nachbarn das Gesehene fachmännisch kommentieren zu können. Pfeiffer wusste, dass es gemein und hinterhältig war, wenn er den wehrlosen Lindemann beim Fußball überfiel. Aber er wusste auch, dass Lindemann ihm hier wenigstens nicht entkommen konnte. Der stellvertretende Leiter der Mordkommission hatte auf Pfeiffers acht Anrufe nicht reagiert. Ja, Pfeiffer vermutete sogar, dass der Hauptkommissar sich verleugnen ließ. Schlechter Stil fand Pfeiffer. Und vor allem unnütz, denn er hatte Lindemann ja doch erwischt.

Grinsend stellte Pfeiffer sich neben Lindemann. »Schönes Tor. Äußerst elegant.«

Lindemann fuhr herum. »Pfeiffer! Was machst du hier? Verfolgst du mich etwa?«

»Aber, Manfred, was denkst du von mir? Ich bin nur wegen des Spiels hier.«

Unten auf dem Rasen pfiff der Schiedsrichter. Er lief auf einen der Spieler im rot-weißen Trikot zu, während er eine gelbe Karte hochhielt. Mit theatralischer Geste nahm der Spieler die Karte zur Kenntnis, während sich sein Gegner stöhnend vom Boden aufrappelte und schwer humpelte. Als das Spiel weiterging, war von dem Humpeln des Malträtierten allerdings nichts mehr zu sehen. Show, mutmaßte Pfeiffer. Ganz wie im echten Leben.

Lindemann blickte stur zum Spiel. Er schien entschlossen, Pfeiffer zu ignorieren. Pfeiffer spürte genau, wie wütend der Mann neben ihm war. Bis vor einigen Jahren war Lindemann noch Leiter des Raubdezernats gewesen. Dann hatte man das Dezernat aufgelöst, weil die Verbrecher auf lukrativere Geschäftsbereiche als Banken und Juweliere umsattelten. Lindemann war damals Pfeiffers Chef gewesen. Die beiden Männer waren nicht im Guten auseinandergegangen. Damals, als der Willi in seiner Zelle starb, hätte Lindemann sich vor seinen Kommissar stellen müssen, fand Pfeiffer. Hatte er aber nicht. Die Presse war Pfeiffer angegangen und vermutete in großen, fetten Schlagzeilen, Pfeiffer sei verantwortlich für den Tod des Ganoven, weil er ihn zu hart ins Verhör genommen habe. »Mordsbulle« war noch der harmloseste Titel, den man Pfeiffer damals gegeben hatte.

Später hatte Pfeiffer erfahren, dass sich Lindemann vor

der Presse verplappert hatte. Lindemanns Schwiegersohn arbeitete damals nämlich für den Morgenkurier, das Flaggschiff der Kampagne gegen Pfeiffer.

Mittlerweile war Lindemann stellvertretender Leiter der Mordkommission und hatte einen jungen Schnösel als Kriminaloberrat zum Vorgesetzten. Einen Mann, der seine Karriere noch vor sich hatte, während die von Lindemann vorbei war. Pfeiffer wusste, er war Lindemanns schlechtes Gewissen, seine ewige Nemesis. Und Pfeiffer hatte keine Hemmungen, dieses schlechte Gewissen auszunutzen.

Wortlos beobachteten die beiden Männer das Spiel. Pfeiffer, weil er Lindemann zappeln lassen wollte. Und Lindemann, weil er nicht anders konnte.

Irgendwann, es muss so etwa in der 73. Minute gewesen sein und St. Pauli hatte zwei schöne Torchancen vergeigt, drehte sich Lindemann zu Pfeiffer herum. »Pfeiffer, willst du dir nicht mal ein Bier holen? Oder Pommes oder so etwas? Du bringst irgendwie Unglück.«

Pfeiffer grinste. »Und wenn ich komme, stehst du woanders, stimmt's?« Lindemann grummelte etwas Unverständliches. »Sag mal, Manfred, bei euch ist in der letzten Zeit nicht zufällig ein toter Rentner aufgetaucht, oder?«

Unten rannten drei Gestalten in braunen Trikots mit dem Ball los. Bewegung kam in die Menge, je mehr sich die Spieler dem gegnerischen Tor näherten. Lindemann sprang auf. Aufgeregt begann er, auf seinen Fußballen zu wippen. »Los, Mann! Gib ab!« Sein bulliger Körper spannte sich mehr und mehr, während der Spieler, den der quäkende Stadionsprecher Nöthe nannte, einen weiten Pass zu Budimir schoss, der völlig frei nahe dem Strafraum des Gegners stand. Budimir nahm den Ball mit dem linken Fuß an, dribbelte souverän an Sobotić vorbei und …

»Es könnten aber auch zwei sein, die ich suche. Ein Mann und eine Frau. Beide Mitte achtzig …« Pfeiffer legte den Kopf ein wenig schief. »War das nicht Abseits?«

Lindemann fuhr herum und funkelte den Exkommissar an. »Schnauze, Pfeiffer!«, zischte er.

Als das runde Leder in dem großen Eckigen war, schrien Tausende Fans auf. Sie umarmten sich, begannen zu singen und forderten noch ein Tor. Nur Lindemann schrie wie ein waidwundes Tier. Er hatte das Tor verpasst!

Pfeiffer schätzte, dass dieses Tor eines der wichtigeren gewesen sein musste, denn Lindemann starrte ihn außerordentlich hasserfüllt an. »Hau ab, Pfeiffer!«

»Erst wenn ich Bescheid weiß«, sagte dieser, während er sinnierend auf das Spielfeld blickte, wo sich die Spieler in die Arme fielen. »Schönes Tor. Wirklich, ein ganz, ganz schönes Tor war das.«

Lindemann schnaufte. »Auf meinem Schreibtisch liegen drei Selbstmörder!« Er packte Pfeiffer am Revers. »Drei Leute, die sich von jetzt auf gleich mit den Abgasen ihrer Autos ins Jenseits befördert haben. Kein Abschiedsbrief. Kein wirklicher Grund.« Er zog Pfeiffer so dicht an sich heran, dass Pfeiffer Lindemanns Bieratem riechen konnte. »Erklär mir, was ein Buchhalter, ein Rechtsanwalt und eine Nutte gemeinsam haben? Und, nein, die beiden Männer waren keine Kunden von der Nutte. Die kannten sich nicht einmal! Und weißt du was? Zwei von ihnen hatten Silikon unter den Fingernägeln. Wenn du mir das erklären kannst, Pfeiffer, dann finde ich auch deine beiden Alten!«

»Drei Selbstmörder, die keine sind?«

»Richtig. Nur kann ich es nicht beweisen. Und da kommst du mit irgendwelchen weggelaufenen Rentnern? Die interessieren mich einen Dreck, Pfeiffer! Hörst du? Einen Dreck!« Lindemann stockte. »Hängt da wieder diese verrückte Alte drin? Diese Lizzi?«

Pfeiffer sagte nichts. Sie starrten sich an.

Eine runzelige Hand legte sich plötzlich auf Lindemanns Schulter. »Ey, Manfred. Alles klar?« Ein alter Herr mit einer Jeansweste voll bunter Ansteckbuttons blickte fragend zwischen Lindemann und Pfeiffer hin und her. »Brauchst du Hilfe?«

Lindemann schüttelte den Kopf. Dann ließ er Pfeiffer los.

»Wir haben keine toten Rentner gefunden. Und jetzt hau ab.«

Pfeiffer nickte. »Ruf mich an, falls ihr doch noch etwas findet.« Eilig drängelte sich Pfeiffer durch die Menge nach draußen, denn die Farbe in Lindemanns Gesicht changierte nun von Bluthochdruckrot zu Lila. »Und schönes Spiel noch!«

20

Als Mareike die Tür zur Praxis des Doktor Hilling aufstieß, wollte die Sprechstundenhilfe gerade abschließen.

»Die Sprechzeiten sind leider vorbei.«

Mareike blickte auf ihre Uhr. »So spät schon?« Die Zeit schien seit Mirkos Verschwinden in ihrem Kopf Karussell zu fahren. Tage und Nächte verschwammen, während Mareike nur noch funktionierte. »Bitte!«, rief sie der Helferin im weißen Kittel zu. »Ich müsste ganz kurz Doktor Hilling sehen.«

»Der ist leider schon gegangen. Kommen Sie morgen wieder.«

»Es geht um einen Todesfall.« Nun, das war bei dem jetzigen Ermittlungsstand vielleicht ein klitzekleines bisschen übertrieben, aber Mareike hatte die uneingeschränkte Aufmerksamkeit der jungen Frau. Zumindest hielt diese inne und schaute durch den Türspalt zu Mareike ins Treppenhaus hinaus.

»Wer ist denn verstorben?«

»Einer Ihrer Patienten ist verschwunden. Herr Dehlbrück. Wir hoffen, dass er noch lebt.«

»Ich denke, er ist tot?«

»Na ja, wir wissen es noch nicht.«

Zögernd öffnet die Frau die Tür wieder. »Sind Sie von der Polizei?«

Mareike überlegte kurz. Für den Bruchteil einer Sekunde hätte sie sich Pfeiffer an ihrer Seite gewünscht. Sein autoritäres »Pfeiffer, Kripo Hamburg« hätte in diesem Moment sicherlich Wunder gewirkt. Sie entschloss sich zu einem Kompromiss. »Wir ermitteln zum Verschwinden von Herrn und Frau Dehlbrück. Können Sie uns weiterhelfen?«

Die Sprechstundenhilfe öffnete die Tür ganz. »Kommen Sie rein.«

Mareike konnte gerade noch ein erleichtertes Seufzen unterdrücken. »Danke. Es dauert auch nicht lange.«

21

Sie trafen sich in dem kleinen Café in der Hein-Hoyer-Straße, gleich gegenüber einem eingezäunten Spielplatz. Lizzi bestellte einen starken schwarzen Kaffee und Ewald Pfeiffer einen …

»Pfefferminztee!«, raunte Mareike Lizzi zu. »Wetten, dass er einen Pfefferminztee will?«

Pfeiffer tat, als hätte er Mareike nicht gehört. Aufmerksam studierte er die handgeschriebene Speisekarte vor sich. Dann blickte er lächelnd zur Bedienung hinauf, die neben ihm stand. »Ich denke, ich nehme einen Latte macchiato und die Cinnabon Style.«

»Die was?« Mareike runzelte die Stirn.

»Aber, Frau Gödecke, ich denke, Sie sind so kosmopolitisch und versatil. Da müssten Sie doch diese amerikanische Köstlichkeit mit Cream-Cheese-Frosting kennen.« Er grinste sie breit an.

Geht das schon wieder los?, fragte sich Lizzi und rollte die Augen. »Das ist eine Zimtschnecke, Kindchen. Schau hier.« Sie schob die Speisekarte über den Tisch und wies auf das Kleingedruckte unter *Cinnabon Style.*

Muksch verzog Mareike ihr Gesicht und bestellte ein Käsebrot.

Als die Bedienung gegangen war, berichtete Lizzi von Muckis Besuch in der Residenz.

Pfeiffer horchte auf. »Hat er Sie bedrängt? Angefasst? Fühlten Sie sich bedroht? Falls ja, müssen wir sofort die Kollegen einschalten.«

In diesem Fall schienen er und Mareike sich ausnahmsweise einig zu sein, denn Mareike nickte eifrig. Nur Lizzi schüttelte den Kopf. »Dieser Mucki scheint mächtig unter Druck zu stehen. Ich weiß nur nicht, warum. Und das macht mich nervös.« Sie blickte Mareike an, die einen besorgten Blick mit Pfeiffer wechselte. »Sag mal, Kindchen, kann es sein, dass du Probleme hast?«, wechselte Lizzi abrupt das Thema.

Schnell blickte Mareike auf ihre Hände. »Nö, wieso?«

»Du bist blass.«

»Ach, alles in Ordnung. Habe in den letzten Tagen nur schlecht geschlafen.« Mareike versuchte ein Lächeln, aber es misslang.

Lizzi glaubte ihr kein Wort. Sie hatte wieder dieses bestimmte Gefühl in ihrer Magengegend. Und sie wusste, dass sie sich auf das Gefühl verlassen konnte. Lizzi konnte eine Lüge auf hundert Meter Entfernung erkennen. Und Mareike, da war sie sicher, log. Die Fähigkeit, eine Lüge zu fühlen, hatte Lizzi entwickeln und perfektionieren können, als sie noch mit Willi verheiratet gewesen war. Sein Flunkern, Mogeln und Spinnen von Seemannsgarn hatte Lizzi am Anfang ihrer Ehe schwer zu schaffen gemacht. Doch irgendwann erkannte sie, dass Willis Schuld nicht darin bestand, sie mit all den Lügen hintergehen zu wollen, sondern dass er nur unfähig war, zwischen Phantasie und Realität zu unterscheiden. Es war wie eine Behinderung, einer starken Kurzsichtigkeit ganz ähnlich. Sie hatte sich über die Jahre damit arrangiert, was aber nicht bedeutete, dass sie blind in jede Katastrophe hineinstolperte, die der charmante Willi mit nach Hause brachte. Lizzi entwickelte einen gewissen Instinkt für seine Lügen. Und dank dieses Gespürs konnte sie so manches Elend von der Familie fernhalten. Da war zum Beispiel die geklaute Perlenkette in seiner Jackentasche, die sie fast mitgewaschen hätte. Er behauptete, die Kette habe er nur für seine Lizzi gekauft. Und dann überreichte er ihr im Waschkeller feierlich das Schmuckstück. Doch Lizzi hatte wieder dieses Gefühl. Und darum gab sie gleich am nächsten Tag das feine Ding als Fundstück bei der Polizei ab. Vom Finderlohn der Besitzerin aus Harvestehude kaufte sie einen Teddy für Tochter Andrea.

Und jetzt saß Lizzi Mareike gegenüber und sah die bisher immer tapfer kämpfende alleinerziehende Mutter durchdringend an. Das Mädchen sollte wissen, dass sie, Lizzi, herausfinden werde, was mit ihr los war. Es war nur eine Frage der Zeit.

Mareike rutschte nervös auf ihrem Stuhl hin und her, während Pfeiffer ratlos von einer zur anderen blickte.

»Können wir jetzt anfangen?«, wollte er irgendwann wissen.

Erleichtert blickte Mareike auf. »Okay, ich als Erste.«

»Hm«, grummelte Lizzi nur, die Mareike gern mehr auf den Zahn gefühlt hätte.

»Also, ich habe alle Krankenhäuser und Pflegeheime der Stadt angerufen«, erklärte Mareike eifrig. »Nichts. Es wurden keine unbekannten älteren Personen oder Leute mit dem Namen Dehlbrück eingeliefert. Dann habe ich mich in der Hein-Hoyer-Straße umgetan. Die Nachbarn haben Frau

Dehlbrück seit fast einem Jahr nicht mehr gesehen. Sie sei bettlägerig, hatte Opa Edel ihnen erzählt.«

»Das wissen wir bereits«, unterbrach Pfeiffer sie. »Ich hätte da etwas …«

»Moment, ich bin noch nicht fertig.« Mareike warf ihm einen strengen Blick zu. »Und es gab bei den Dehlbrücks ständig Streit.«

Lizzi horchte auf. »Ständig? Was heißt das?«

»Na ja, also öfter mal.«

Lizzi wog den Kopf hin und her. »Das sollten wir prüfen. Manche Leute hören mehr als andere. Und außerdem soll es ja Nachbarn geben, die sich gerne aufspielen.«

»Dürfte ich auch mal …«, unternahm Pfeiffer einen erneuten Versuch, das Wort zu ergreifen.

»Nein!« Mareike schob eine Locke aus ihrem Gesicht. »Die Busunternehmen haben nichts gebracht, aber etwas anderes habe ich herausgefunden.« Sie lächelte Pfeiffer an. »Bis vor sechs Monaten hat Opa Edel immer die Rezepte seiner Frau bei Doktor Hilling, dem Hausarzt der beiden, abgeholt. Dann kam Opa Edel nicht mehr. Das jedenfalls hat die Sprechstundenhilfe mir gesagt. Das war auch der Grund, warum Doktor Hilling in der Mittagspause in der Hein-Hoyer-Straße war.«

»Der Mann im Treppenhaus. Was wollte er dort?«, fragte Pfeiffer.

»Die Helferin sagte, er hätte sich Sorgen um die Dehlbrücks gemacht. Und als eine Nachbarin der beiden Alten ihm sagte, sie wären in den Urlaub gefahren, fuhr er zur Wohnung. Er glaubte das mit dem Urlaub nämlich nicht. Gertrud Dehlbrück sei viel zu krank gewesen, um in den

Urlaub zu fahren. Doktor Hilling soll gesagt haben, dass er befürchte, etwas stimme bei den Dehlbrücks nicht.«

»Hat er die Polizei informiert?«, mischte sich Pfeiffer kurz ein.

»Nein. Er hatte ja keinen handfesten Beweis, nur so ein Gefühl.«

Lizzi seufzte. »Wie so viele von uns.«

»Doch kommen wir zurück zu den Medikamenten«, fuhr Mareike fort. »Opa Edels Frau bekommt Digitalis. Es ist lebensnotwendig.« Auffordernd schaute sie die anderen beiden an.

»Ja und?«, wollte Pfeiffer wissen.

Mareike rollte die Augen. »Nun, ich nehme nicht an, dass die alte Dame spontan gesund wurde, sondern, dass sie seit sechs Monaten … tot ist.« Stolz lehnte sie sich zurück. »Da stellt sich die Frage, warum Opa Edel verschwand.« Sie machte eine theatralische Geste. »Und jetzt Sie, Herr Kollege.«

»Tot?« Pfeiffer lachte. »Die alte Dame könnte sich einen neuen Arzt gesucht haben. Vielleicht ist sie ausgezogen und lebt jetzt woanders.«

»Kein Heim im Umkreis von hundert Kilometern kennt Gertrud Dehlbrück, Herr Kollege.«

Pfeiffer hob flehentlich die Hände. »Himmel, was weiß ich! Vielleicht hat sie einen neuen Mann. Soll ja auch im hohen Alter schon vorgekommen sein.«

»Einen Neuen? Mit über achtzig Jahren und bettlägerig? Spinnen Sie?«

Pfeiffers Mund wurde schmal. »Anfängerin! Begreifen Sie doch endlich: Ohne Leiche gibts keinen Mord.«

»Anfängerin? Pah, dann lassen Sie doch mal hören, was Sie im Angebot haben.« Trotzig verzog Mareike das Gesicht.

»Och, Kinder, nicht schon wieder«, murmelte Lizzi und rührte zwei Löffel Zucker in ihren Kaffee, den ihr die Bedienung soeben hingestellt hatte. Pfeiffer und Mareike würdigten ihre eigenen Bestellungen keines Blickes, sondern maßen sich über Käsebrot und Zimtschnecke hinweg.

»Ewald, jetzt Sie«, unterbrach Lizzi die beiden Kampfhähne.

Nur schwer konnte Pfeiffer seine Wut unter Kontrolle bringen, doch dann erzählte er, was er vor wenigen Minuten erfahren hatte. »Man hat eine Leiche in der Elbe gefunden.« Kurz und prägnant, das war sein Stil.

Mareike stöhnte auf. Pfeiffer grinste sie breit an, als er fortfuhr. »Es handelt sich um einen älteren Mann. Mindestens siebzig Jahre alt. Zumindest soweit man es bisher sagen kann.«

»Was bedeutet das, Ewald?«

»Nun, die Leiche muss seit mehreren Tagen im Wasser gelegen haben, und …«

»Und keiner hat ihn gesehen?«, unterbrach Mareike. »Ich meine, die Elbe ist ja nun wirklich kein romantisches Flüsschen irgendwo in Bayern, sondern eine Hauptwasserstraße. Da fahren Hunderte Barkassen und dicke Pötte herum. Tausende von Menschen gehen zwischen Landungsbrücken und Övelgönne täglich spazieren …«

Pfeiffer warf Mareike einen ungehaltenen Blick zu. »Dank Ebbe und Flut können Leichen in der Elbe eine Zeitlang ungesehen herumkommen, Frau Gödecke. Aber zurück zum

Thema: Ob es Herr Dehlbrück ist, können wir noch nicht sagen. Schiffsschrauben und Fische machen uns die Identifizierung schwer.«

»Uns?« Mareike lachte auf. »Sie sind nicht mehr bei der Kripo, Herr Pfeiffer.«

»Falsch! Ich bin Polizist. Polizisten haben lebenslänglich! Das ist eine Frage der Einstellung. Etwas, das Sie …«

Lizzi schlug mit der flachen Hand auf den Tisch. »Aufhören, ihr beiden!« Mareike und Pfeiffer schreckten hoch. »Wann wissen Sie mehr, Herr Pfeiffer?«

»Im Butenfeld haben sie derzeit einen Leichenstau.«

»Einen was?«

»Die Gerichtsmedizin ist voll. Zu viele Tote für zu wenig Gerichtsmediziner.« Pfeiffer wandte sich seiner zuckergusssüßen Zimtschnecke zu und verzog für einen kurzen Moment angewidert das Gesicht. »In drei oder vier Tagen wissen wir mehr.«

Lizzi rührte in ihrem Kaffee. »Das bedeutet also, dass wir nicht wissen, ob Opa Edel bereits tot ist.« Sie schüttelte den Kopf. »Ob der alte Mann in der Elbe freiwillig ins Wasser gegangen ist?«

Die beiden anderen schwiegen.

»Ich hörte kürzlich von einem Herrn«, begann Lizzi leise, während sie unaufhörlich den Löffel in ihrem Kaffee kreisen ließ. »Er hing drei Wochen lang tot in seiner Wohnung am Lampenhaken im Wohnzimmer. Niemand hatte ihn vermisst. Schrecklich.« Die beiden anderen sagten nichts. »Es gab keinen Abschiedsbrief, denn er hatte niemanden mehr, dem er etwas hätte schreiben können.«

Die drei schwiegen. Jeder hing seinen Gedanken für einen

Moment nach, während auf der anderen Straßenseite Kinder auf dem Spielplatz johlten.

Plötzlich erhob Lizzi sich von ihrem Stuhl. »Wir werden jetzt Folgendes tun: Sie, Herr Kommissar, bleiben an dem Toten aus der Elbe dran. Wir müssen unbedingt wissen, ob es Opa Edel ist. Behalten Sie Lindemann im Auge! Außerdem müssen wir wissen, wenn umherirrende Senioren in der Stadt gesichtet werden. Ich mag einfach nicht glauben, dass die beiden …« Sie sprach nicht weiter. Die anderen beiden wussten, was nicht gesagt werden sollte. »Und du, Mareike, kümmerst dich jetzt um deinen Sohn!« Die junge Frau schreckte zusammen. Wusste ich es doch, dachte Lizzi, es geht um Mirko.

»Und Sie, Lizzi?«, wollte Pfeiffer wissen.

»Ich gehe zu der Nachbarin der Dehlbrücks. Hanne Sieberts. Sie hat uns nicht alles gesagt.«

22

Den ganzen Tag schon wirkte Pudel nervös. Immer wieder fingerte er an seiner goldenen Halskette herum, schaute auf das Display seines Handys und lief im Wohnzimmer umher, als hätte ihn jemand in einen Käfig gesperrt.

»Heute, Kleiner! Heute ist der Tag«, nuschelte er zu Mirko, der auf dem Sofa saß und sich noch ein Stück kalte Pizza reinschob.

»Was für ein Tag?«, fragte Mirko mit vollem Mund. Er lebte vorläufig bei Pudel in der Wohnung, einer alten Behausung mit hohen Decken und undichten Fenstern. Das Haus war ziemlich abgewohnt, mit Müll im Flur, und im Treppenhaus gab es kein Licht. Fast jede Nacht hörte Mirko, wie der Kerl in der Wohnung über ihnen seine Frau verprügelte. Keiner der anderen Mieter rief die Bullen.

Mirko war bei seinem Freund, und etwas anderes interessierte ihn nicht. Okay, die Sache mit der Nutte war irgendwie zu abgefahren gewesen. Er konnte sich nicht wirklich an etwas erinnern, nur daran, dass die anderen zugesehen hatten. Das fand Mirko echt mies und verdammt peinlich. Aber, die anderen waren ja genauso zugedröhnt gewesen wie er. Nur dass sie ihn seither jeden Tag damit aufzogen, fand er nicht in Ordnung. Das musste er aber so hinnehmen, wenn er nicht als Spielverderber oder Weichei gelten wollte. Also grinste Mirko blöd, wenn sie wieder anfingen.

Er hoffte, dass es bald vorbei sein würde. Eine gute Taktik, die auch in der Schule meistens funktionierte.

Scheiße, Schule, dachte Mirko plötzlich. Schnell schob er den Rest Pizza in den Mund. Seine Mutter kam ihm in den Sinn. Kurz sah er ihr Gesicht vor sich, aber es verschwand glücklicherweise sofort wieder. Das Handy hatte er noch immer ausgeschaltet.

Als er die Colaflasche an den Mund setzte, um etwas gegen seine alkoholtrockene Kehle zu tun, fragte er sich, ob sie ihn schon von der Polizei suchen ließ. Er kannte sie. Sie hatte bestimmt schon etwas unternommen. Am Anfang hatte sie garantiert für ihn gelogen, damit die in der Schule nichts mitkriegten. So etwas machte sie ständig. Hatte immer Angst, dass jemand raffte, dass sie irgendetwas nicht im Griff hatte. Und seit sie arbeitslos war, war sie völlig krass drauf mit diesem Alles-im-Griff-haben-Müssen. Sie hatte sich in den Kopf gesetzt, in einer Detektei einzusteigen. Irre.

Als Mirko auf nackten Füßen ins Badezimmer schlurfte, fragte er sich, was er und Pudel wohl heute machen würden. Es war früher Abend, und der neue Tag fing gerade erst an. Er hob den Deckel vom Klo, als er plötzlich diesen ekeligen Geruch bemerkte. Irgendetwas stank hier bestialisch. Als er die Sauerei im Waschbecken sah, hielt er sich die Hand vor den Mund. »Igitt!«, murmelte er.

Auf dem Weg zurück ins Wohnzimmer, nahm er sich vor, noch heute bei seiner Mutter anzurufen. Sie würde ihm die Hölle heißmachen, aber irgendwann musste er es ja doch tun. Jedenfalls war es besser als irgendwelche Bullen, die ihn wie einen entlaufenen Schuljungen auf der Straße aufgabelten. Das wäre megapeinlich und hätte Pudel und den anderen einen falschen Eindruck von ihm gegeben, fand Mirko.

Mirko kicherte. Wenn die in der Schule wüssten, was er die letzte Zeit erlebt hatte! Wahnsinn. Er wohnte bei Pudel, einem echt coolen Typen mit Kontakten zu den wirklich wichtigen Leuten. Mirko ging jede Nacht auf Partys, von denen die anderen in der Klasse höchstens mal auf Facebook hörten, zu denen sie aber bestimmt nie eingeladen wurden.

Mirko ging ins Wohnzimmer zurück. In der Tür blieb er stehen und sah zu Pudel hinüber. Der stand fingernagelkauend am Fenster und starrte zur Straße hinunter. Plötzlich begann Pudels Handy auf der Fensterbank zu vibrieren. Sofort hatte er das Ding am Ohr. »Ich bin's«, rief er in den Apparat hinein.

Mirko sah, wie Pudel vom einen auf den anderen Fuß trat, wobei er weiter an den Fingernägeln seiner linken Hand kaute. So nervös hatte Mirko seinen Freund noch nie gesehen, und es beunruhigte ihn ein wenig.

»Ja, okay«, hörte er Pudel sagen, und: »Mache ich, klar.«

Dann legte Pudel auf und warf das Handy aufs Sofa. Als er sich zu Mirko umdrehte, strahlte er über das ganze Gesicht. »Kleiner. Das ist meine Chance!« Er kam auf Mirko zu und umarmte ihn fest. »Diese eine Chance geben sie mir.« Er ließ Mirko los, der sich die Schulter rieb.

»Was ist denn los?«, wollte Mirko wissen, und hätte gern gefragt, wer *die* sind.

Doch Pudel sagte nichts. Stattdessen ging er in sein Schlafzimmer. Mirko folgte ihm. »Ich mache den Typen fertig. Verdient hat er es auf alle Fälle«, murmelte Pudel, während er in einen schwarzen Jogginganzug schlüpfte, dessen Oberteil eine Kapuze hatte, die er sich über den Kopf zog.

Mirko sah seinen Freund fragend an, der sich prüfend im Spiegel betrachtete.

»Los, Kleiner. Wenn du Spaß haben willst, kannst du mitkommen. Wenn du keinen Mumm in den Knochen hast, kannst du auch abhauen.« Mirko rannte ins Wohnzimmer, sprang in seine Klamotten und war eine Minute später fertig zur Abreise. »Wohin fahren wir?«

»Abwarten.«

Sie saßen in der äußersten Ecke eines Dönerladens irgendwo in der Nähe des Altonaer Bahnhofs und warteten. Draußen wurde es bereits dunkel. Mirko trank eine Cola. Er hatte aufgegeben, herauszufinden, worum es bei der Sache ging, wegen der sie hier seit einer halben Ewigkeit warteten. Pudel hockte neben Mirko auf der Bank und schlürfte einen heißen Tee aus einem kleinen Glas mit Goldrand.

Dann kamen sie herein: drei Kerle mit Goldkettchen am Handgelenk und pomadisierten Haaren. Alle drei hatten eindeutig zu viele Anabolika geschluckt. Fast hätte Mirko aufgelacht, doch er verkniff es sich lieber, als er merkte, wie die Kellner erschrocken zu den drei Muskelmännern blickten. Schnell verdrückten sie sich in den hinteren Teil des Ladens. Erst jetzt bemerkte Mirko, dass außer ihm und Pudel keine anderen Gäste mehr da waren.

Der Größte der drei Typen hatte ein eckiges Gesicht. Vielleicht war er Russe, Serbe oder so. Vielleicht auch Albaner. Mirko wusste es nicht so genau. Er wusste ja nicht einmal, wo Albanien lag. Der Typ trug eine schwarze Lederjacke, die aussah wie Mirkos Jackett bei der Konfirmation letztes Jahr. Nur eben aus Leder. Als er sich setzte, sprach er mit einem harten östlichen Akzent.

»Wer ist das?« Der Ledertyp wies mit dem Kinn zu Mirko. Mirko schluckte. Der Kerl hatte ein blaues und ein braunes Auge. Ob der das mit Kontaktlinsen so hinkriegte, oder waren die echt?

»Ist neu.« Pudel machte einen auf Macker. Sein Freund hatte es drauf, ganz klar.

Der Typ sagte nichts, sondern musterte Mirko lange. Mirko gab sich Mühe, dem Blick standzuhalten. Doch er musste passen und schaute in sein halbleeres Colaglas.

Der Typ setzte sich an den Tisch, während die anderen beiden stehen blieben. Die Situation gefiel Mirko nicht. Es roch nach Ärger. Da meinte Pudel plötzlich: »Los, Kleiner, geh mal und hol mir ein paar Zigaretten.«

»Welche?«

Pudels Kopf fuhr zu ihm herum. »Zigaretten. Irgendwelche. Scheißegal.«

Schnell rutschte Mirko von der Bank und trottete Richtung Toiletten, wo er einen Automaten vermutete. Als er in den dunklen Gang latschte, über dem das Hinweisschild *Toiletten* hing, blickte er kurz zu Pudel zurück. Sein Freund und der Typ maßen einander mit starrem Blick. Mit trockenem Mund ging Mirko die Stufen in den Keller hinunter. Es ärgerte ihn, dass Pudel ihn wie einen kleinen Jungen weggeschickt hatte. Außerdem wusste er überhaupt nicht, was er für Zigaretten holen sollte. Er hatte Pudel noch nie rauchen sehen. Gras, ja, aber Zigaretten?

Als Mirko kurz darauf mit einer Schachtel Gauloises wieder zurückkam, sah er gerade noch, wie der Kerl eine Gefriertüte aus seiner Tasche holte und über den Tisch schob. Da drinnen war irgendetwas Buntes. Pudel warf einen kurzen Blick drauf. Dann nickte er.

Was ging denn hier ab? Mirkos Blick huschte zu den anderen beiden Typen, die sich an den Nebentisch gesetzt hatten und so taten, als sei der Deal nebenan das Normalste auf der Welt.

Dann stand der Kerl von Pudels Tisch auf. Ohne ein weiteres Wort verließ er den Laden. Die beiden anderen folgten ihm.

Die ganze Sache hatte nicht länger als drei oder vier Minuten gedauert.

Zurück blieb Pudel mit einem echten Gewinnerlächeln im Gesicht. Als sich Mirko fragend wieder an den Tisch setzte, lehnte sich Pudel genüsslich zurück. »Ab jetzt, mein Freund, spiele ich in einer anderen Liga.« Er verschränkte die Arme vor der Brust. »Ich muss nur noch ein Gespräch führen.«

»Gespräch? Was für ein Gespräch?«

»Es geht um Respekt, Kleiner. Da ist jemand, der hat vergessen, was das ist.« Dann stand er auf. »Los, wir haben etwas zu erledigen. Kannst du Auto fahren?«

Zögernd nickte Mirko. Er hatte mal mit einem Kumpel auf einem verlassenen Bahngelände geübt. Wenn seine Mutter das wüsste, dass sie da Autorennen abgehalten hatten, würde sie voll abdrehen. Das Auto seiner Mutter hatte er zu den Treffen niemals mitgenommen. Der Fiat war ihm zu peinlich gewesen. Darum musste er immer warten, bis einer seiner Kumpels ihm den Wagen lieh oder eine geklaute Karre. Klar, dafür musste Mirko ein paar Euros abdrücken, aber das war ihm die Sache wert gewesen. Na ja, und nun sah es ja aus, als hätte sich die Investition von damals gelohnt.

Mirko strahlte. Er durfte Pudels BMW M3 fahren!

23

Ein kühler Wind wehte von der Elbe zu ihr auf den Balkon. Lizzi wickelte die Wolljacke fester um sich. Sie schaute in die Dämmerung hinaus, während sie dem leisen Rauschen der vorbeifahrenden Autos von der Elbchaussee zuhörte, die hinter den großen Bäumen am Rand des Gartens lag. Sie konnte es kaum glauben, dass noch immer Leute unterwegs waren, schließlich war es doch schon fast zehn Uhr abends. Günther Jauchs Stimme drang aus ihrem Wohnzimmer auf den Balkon. Sie hörte ihn mit einem der Kandidaten scherzen, der so aufgeregt war, dass ihm die Stimme manchmal versagte. Lizzi bedauerte, dass sie kaum noch Zeit für Herrn Jauch hatte, seit sie es mit Leichen zu tun hatte. Jauch mochte sie. Fernsehkrimis aber wurden für ihren Geschmack immer brutaler. Wobei Lizzi nicht wusste, ob es an ihr oder den Krimis lag. Irgendwie hatte sie den Eindruck, die Kommissare auf der Mattscheibe trugen einen Wettkampf darin aus, wer am kaputtesten oder verrücktesten war. Entweder waren sie geschieden und alkoholkrank, wenigstens aber hatten sie eine tödliche Krankheit oder eine so irre Persönlichkeitsstörung, dass sie bizarrer schienen als die Mörder und deren blutrünstigen Mordmethoden. Nein, Lizzi mochte es ruhig und entspannt in ihrem Leben. Und am allerliebsten ohne Leichen.

Heute Abend aber wollte Lizzi nicht einmal ihren Günther Jauch sehen. In ihrem Kopf ging es zu wie beim Sommerschlussverkauf. Alles ging durcheinander.

Ihre Gedanken waren bei den Dehlbrücks.

Man verschwindet doch nicht einfach und lässt sein Leben zurück. Irgendetwas muss doch bleiben. Wenn es schon keinen Hinweis gab, wo die beiden jetzt waren, dann musste man doch wenigstens ihre Körper finden.

Und warum verschwand Gertrud Dehlbrück, während ihr Mann erst Monate später fortging? War er überhaupt freiwillig gegangen? Oder hatte sich Lizzi geirrt, und die Ehefrau war doch noch bis zum Schluss in der Wohnung geblieben? Das würde ein anderes Licht auf den Fall werfen, doch an der Sache als solcher nichts ändern. Die Dehlbrücks waren unauffindbar.

Versunken in ihre Gedanken, griff Lizzi nach dem Schnapsglas auf dem Tisch. Immer wieder schob sich ein Gedanke in ihrem Kopf in den Vordergrund, den sie nicht zulassen wollte. Was war, wenn die beiden das getan hatten, was so viele einsame und arme Alte täten, wenn sie sich nur trauen würden?

Mareike hatte ihr einen Artikel aus dem Internet ausgedruckt. Danach beging in Deutschland alle fünf Minuten irgendjemand irgendwo Selbstmord. Und sehr viele dieser verzweifelten Menschen waren alt. Meistens seien es Männer, die mit ihrem Leben nicht mehr zurechtkamen, hatte es in dem Artikel geheißen. Manchmal gab es Abschiedsbriefe, die einen kleinen Blick in die einsamen Seelen erlaubten.

Lizzi lief es kalt über den Rücken. Sie zog die Jacke noch enger um sich. So kultiviert und reich dieses Land auch war, es schien nicht in der Lage zu sein, seine Senioren mit Respekt alt werden zu lassen.

Lizzi selbst spürte, dass ihr eigenes Leben nicht weit entfernt von bitterer Geldnot und trostlosem Alleinsein war. Die Armut schien wie der Tod in einem Theaterstück nur auf ihren Auftritt in Lizzis Leben zu warten. Sie nahm noch einen Schluck aus dem kleinen Glas.

Solange sie noch genügend Geld gehabt hatte, um sich diese Residenz leisten zu können, schienen derart trübe Gedanken weit weg. Doch seit sie gezwungen war, nur noch von ihrer spärlichen Rente zu leben, die der Lohn für ein halbes Jahrhundert täglicher Plackerei war, quälten sie immer öfter schwere Gedanken.

Die Wischenberg war nur moralisch, nicht aber rechtlich gezwungen, Lizzi in der Residenz zu dulden. Und die Dankbarkeit der anderen Bewohner, weil Lizzi einen Mörder in ihren Reihen gefunden hatte, würde sicherlich bald aufgebraucht sein. Und dann? Lizzi dachte an die Obdachlosen in der Stadt, an anonyme Plattenbausiedlungen, an traurige Armenspeisungen in der Kirche. Sie holte tief Luft und schloss ihre Augen. Sie musste diese dunklen Gedanken vertreiben! Depressionen sind die Pforte zum Selbstmord, schoss es durch ihren Kopf. Und gegen finsteres Nachdenken half nur eines: Tu! Sonst wird mit dir getan!

Sie war bereit, für ihr Zuhause zu kämpfen, und wenn sie dafür über Leichen gehen musste.

Soeben verließ der stotternde Jüngling mit einer Viertelmillion Euro das Studio. Lizzi gönnte es ihm von Herzen.

Sie erhob sich und ging in ihr Wohnzimmer, wo sie den Fernseher ausschaltete. Auf dem Weg zum Telefon im Flur hoffte sie, dass Mareike noch wach war. Es war höchste Zeit, dass sie miteinander redeten.

24

Die ganze Sache war mächtig nach hinten losgegangen! Und darum fuhr Pudel auch allein in den Club. Er meinte, er müsse jetzt Stärke zeigen, sonst sei er der Nächste. Dann hatte er sich eine Line gezogen. Als Pudel das Wohnzimmer verließ, sah Mirko noch etwas Pulver an seinem rechten Nasenflügel. Mirko wollte nicht mitgehen. Seit sie von dem *Gespräch* zurückgekommen waren, war ihm nur noch kotzübel.

Jetzt starrte Mirko in der leeren Wohnung auf die riesige Mattscheibe, wo ein Typ irgendwelche Leute mit einer Kettensäge abschlachtete … Wen interessierte das schon? Mirko machte den Fernseher aus und knallte die Fernbedienung an die Wand. Was war da vorhin bloß passiert? Er hielt seinen Kopf fest.

Es hatte damit angefangen, dass Pudel ihn zum ersten Mal seinen BMW fahren ließ. Es war schon Nacht, und die Straßen waren leer. Mikro fuhr konzentriert und langsam, auch wenn er die 175 PS gern mal gespürt hätte. Pudel dirigierte ihn nach Harburg. In irgendeiner Nebenstraße beim Bahnhof meinte Pudel, er müsse mal eben eine Kleinigkeit erledigen. Mirko solle im Wagen bleiben. »Mach den Motor nicht aus, Alter! Klar?«, rief Pudel noch, als er ausstieg. »Nicht abwürgen!«

Und so saß Mirko hinter dem Lenkrad und wartete, während der Wagen kaum hörbar vor sich hin brummte.

Es waren keine zehn Minuten vergangen, da sah Mirko im Rückspiegel Pudel die Straße entlangrennen. Sein Freund riss die Beifahrertür auf. »Fahr! Verdammt, fahr doch endlich!«

Mirko starrte auf das blutige Messer in Pudels Hand, das er auf das Armaturenbrett schmiss. Pudels Lederjacke war total mit Blut eingesaut.

»Scheiße, fahr los!«, schrie Pudel hysterisch.

Mirko warf den Gang rein. Fast hätte er einen Bus gerammt, der vorher nicht da gewesen war. Der Motor des BMW ging aus. Pudel fing an zu fluchen. Im Rückspiegel sah Mirko zwei Typen in Jogginganzügen hinter ihnen herlaufen. Einer hatte eine Pistole in der Hand, der andere zielte mit einer Pumpgun auf den BMW.

Mit quietschenden Reifen raste der Wagen um die Ecke.

Den ganzen Weg über fluchte Pudel. Mirko versuchte, nicht zuzuhören, sondern sich auf den Verkehr zu konzentrieren. Sein Herz schlug ihm bis in den Hals. Zweimal touchierte er den Kantstein. Je weiter sie rausfuhren, umso leerer wurden die Straßen. Zum Glück.

Mirkos Puls raste, als sie über die Köhlbrandbrücke rauschten. Unter ihnen die Lichter des Hafens, wohin ihn Pudel dirigierte. Irgendwann sagte sein Freund, er solle nach rechts abbiegen. Der BMW holperte über ein paar Schienen irgendwo im Freihafen, vor ihnen ein braches Gelände. Dann hielten sie vor einer langen Halle, die früher mal eine Fabrik oder eine Lagerhalle gewesen sein mochte.

Mirkos Hände zitterten noch immer. Er glaubte, gleich in die Hose pinkeln zu müssen. Schnell sprang er aus dem Wagen und erleichterte sich in der Dunkelheit.

Das Licht der Autoscheinwerfer fiel auf eine halbhohe Wand aus Metallplatten, die als Schutz gegen Hochwasser diente. Die Elbe oder einer ihrer Kanäle musste dort liegen. Auf der anderen Seite glaubte Mirko, die Schatten geparkter Lkws und Container zu erkennen. Er schloss den Reißverschluss seiner Hose und ging zurück zum Wagen. Pudel war ausgestiegen. Er saß auf der Motorhaube und nahm einen tiefen Zug von der Zigarette in seiner Hand. Er hatte zu rauchen angefangen, bemerkte Mirko.

»Schiefgegangen?«, fragte er vorsichtig.

Pudel inhalierte noch einmal, so dass die Spitze des Glimmstängels in der Dunkelheit lange aufglühte. Seine Hand zitterte leicht. »Nee, wie kommst du darauf?«, fragte er Mirko gereizt. »Der Typ hat seine Lektion bekommen. Und nur darum ging es.« Pudel öffnete die Beifahrertür und holte das Messer heraus. Mirko fand das alles wenig cool. Er hatte Angst, doch er wusste nicht, vor wem. »Was waren das für Typen?«

Pudel klemmte die Zigarette zwischen seine Zähne und inspizierte das Blut auf der Klinge des Messers im Licht der Scheinwerfer. »Wen meinst du?«

»Na, die Typen, die hinter uns hergerannt sind.« Pudel sagte nichts. »Und die im Dönerladen?«

Da schoss Pudel hoch, warf die Zigarette weg. Mit zwei Schritten war er bei Mirko, der erschrocken zurückwich. Eine knappe Bewegung, und Pudel hielt das Messer an Mirkos Kehle, mit der anderen Hand riss er Mirkos Kopf an den

Haaren nach hinten. »Vergiss die. Die hast du nie gesehen, klar?«

Kaum in der Lage, einen Ton von sich zu geben, stammelte Mirko ein »Klar«, während Pudel ihm scharf in die Augen blickte. Das Messer an Mirkos Kehle fühlte sich kalt an.

Ein paar Sekunden vergingen. Es war eine Ewigkeit. Dann nahm Pudel das Messer weg und schubste Mirko von sich. Er begann zu lachen. Er lachte und lachte, hielt sich den Bauch, krümmte sich und lachte weiter. »Ey, Alter! Hast dir in die Hose gemacht?«, gluckste er zwischen zwei Lachern. »Hast gedacht, ich will dir an den Kragen?« Sein Lachen klang wie das Geckern eines Urwaldvogels.

Mirko spürte, wie seine Mundwinkel sich, ohne sein Zutun, zu einem schiefen Grinsen verzogen. »Nee, war schon klar.« Er räusperte sich. »Nur Spaß. Verstehe«, murmelte er.

Hart schlug Pudel ihm auf die Schulter. »Klar, Mann. Bist doch mein Kumpel! Wenn ich jemandem vertrauen kann, dann doch wohl dir.« Mit Pupillen so groß wie Suppenteller blickte er Mirko an. »Denkst du, ich hätte mit jemand anderem die Sache durchgezogen? Dazu gehört Vertrauen, Alter! Vertrauen.«

Da kam ein Auto über die Schienen gefahren. Pudel drehte sich um. »Na endlich«, murmelte er und ging dem schwarzen Lieferwagen entgegen, der seine Lichter ausschaltete. Nur von der Straße her beleuchtet, wirkte der Transporter ohne Aufschrift und mit dunkel getönten Scheiben wie ein bulliges Monster aus einem miesen Actionfilm.

Die Fahrertür öffnete sich, und ein riesiger Kerl stieg aus. Pudel sprach mit ihm, doch Mirko konnte nichts verstehen. Der Mann zündete sich eine Zigarette an. Im Schein des Feuerzeugs erkannte Mirko den Russen aus dem Dönerladen.

Kurz darauf waren er und Pudel in die Wohnung zurückgefahren. Dieses Mal saß Pudel am Steuer. Er hielt sich streng an die Verkehrsregeln, obwohl weit und breit niemand zu sehen war. Immer wieder erklärte er Mirko, dass man im Geschäftsleben kein Erbarmen mit der Konkurrenz haben dürfe. Es gehe um Respekt, sagte er. »Wenn die keinen Respekt vor dir haben, Kleiner, dann werden die dich fertigmachen, bevor du auch nur …«

Plötzlich war die Sirene eines Polizeiwagens hinter ihnen. Mirko sah, wie Pudel kreidebleich wurde. Die Hand am Steuer zuckte. Er fluchte, offenbar unentschlossen, was er tun sollte. Doch noch während er überlegte, schoss der Streifenwagen an ihnen vorbei, Richtung Harburger Rathaus. Die meinten nicht sie.

Mirko schloss die Augen. Irgendetwas lief hier gewaltig schief.

Und jetzt saß Mirko, der weggelaufene Schuljunge, allein in Pudels Wohnung. Er wusste nicht mehr, was er denken sollte. Eigentlich hätte er mit seinem Freund losziehen müssen, um zu zeigen, dass man vor ihnen Respekt haben musste. Und natürlich um Pudel zu zeigen, dass er hinter ihm stand. Aber Mirko hatte die ganze Zeit das Gefühl, er müsse sich übergeben. Schweiß stand auf seiner Stirn. Sein Puls raste noch immer. Und so war Pudel ohne ihn losgezogen. Dabei hatte er Mirko so eigenartig angesehen. So, als traue er ihm plötzlich nicht mehr.

Und während der Typ oben mal wieder auf seine Alte losging, zog vor Mirkos Augen die Szene vorbei, als Pudel ihm die Klinge mit dem halbgetrockneten Blut eines anderen an den Hals gedrückt hatte. Eine neue Welle der Übelkeit kroch in Mirko hoch. War es ein Test gewesen? Wollte Pudel prüfen, ob er sich auf Mirko verlassen konnte? Loyal war? Sicher. Natürlich. So musste es gewesen sein. Eine andere Erklärung gab es nicht. Mirko sank in einen unruhigen Schlaf. Morgen würde er seine Mutter anrufen.

25

Pfeiffers Wohnung lag im dritten Stock. Vor seiner Pensionierung hatte er nie den Fahrstuhl genommen, immer die Treppe. Das hatte den Kriminalkommissar bis zum letzten Tag im Dienst fit gehalten. Doch dann hatten sie ihn nach Hause geschickt, pensioniert. Man hätte auch sagen können, rausgeschmissen, sofern das bei Beamten überhaupt möglich gewesen wäre. Vier lange Jahre war das jetzt her. In diesen vier Jahren hatte er angefangen, mit dem Fahrstuhl in seine Wohnung zu fahren. Ganz so wie alte Männer das nun einmal taten. Immer seltener hatte er seine vier Wände verlassen. Die Ehefrau tot, zu alt, um zu etwas nutze zu sein, und ein Polizist war er auch nicht mehr. Immer mehr hatte er sich gehenlassen und sogar einen dieser Rentnerbäuche angesetzt, während er stundenlang aus dem Fenster gestarrt hatte. Irgendwann hatte er sogar begonnen, Zeitungsartikel über Mord und Totschlag auszuschneiden und abzuheften. Nach Datum sortiert, mit Inhaltsverzeichnis und Querverweisen, standen sie in den Ordnern im Wohnzimmerregal. Sein Fernseher lief damals von früh bis spät, ohne dass Pfeiffer hätte sagen können, was er gesehen hatte. Vier unendlich zähe Jahre mit Ravioli aus der Dose, Chips, Dosenbier und Tütencappuccino.

Aber dann traf er Elisabeth Böttcher zufällig in einer Bank in Blankenese. Sie hatte sich seit damals, als er die Ermittlungen gegen ihren Mann leitete, kaum verändert. Da war dieser wache Blick, die willensstarke Haltung, der Mut, die Gewissheit, gegen die verdammte Unbill des Lebens siegreich sein zu können.

Okay, nach all den Jahren war zwischen ihnen noch immer dieses *Missverständnis* wegen des Bankraubs. Doch als das – zwei Leichen später – geklärt war, merkte Ewald Pfeiffer, Hauptkommissar a. D., dass die Sache mit dem Leben als Pensionär gar nicht so schlecht war. Er musste sich nur in Lizzis Nähe aufhalten. Um sie herum gab es das, was in seinem elenden Dasein fehlte: Leben.

Ein Liedlein vor sich hin summend und nur ganz leicht schnaufend, ging Pfeiffer nun die Stufen zu seiner Wohnung hinauf. Er hatte Obst und Quark im Supermarkt gekauft, um sich einen Nachtisch zu bereiten. Milch, Butter und frisches Brot lagen auch in den Tüten. Was er mit den Avocados und den Sesamkernen machen wollte, war ihm allerdings noch nicht klar, aber er konnte ja Lizzi anrufen. Sie würde bestimmt ein Rezept kennen.

Noch war es nicht offiziell, aber Pfeiffer hoffte, dass Lizzi ihn für ihre Detektei brauchen würde, sobald sie sich entschieden hatte, überhaupt eine zu betreiben. Seit Pfeiffer es wieder mit Leichen und Mördern zu tun hatte, blühte er richtig auf.

Im zweiten Stock verlangsamte er plötzlich seinen flotten Schritt und hörte auf zu singen. Seine Nachbarin, Frau Emma Villingstedt – die er in Gedanken nur die Willige nannte –, könnte, wie zufällig, wieder einmal just in dem Moment, wenn ihr Nachbar, der Herr Kriminalkommissar, nach Hause kam, die Tür öffnen.

Vorsichtig schleichend erklomm Pfeiffer die letzten fünf Stufen. Eng drückte er sich an die Wand, um aus dem Blickwinkel ihres Türspions herauszubleiben. Behutsam stellte er die Einkaufstüten auf den Boden, weil er nach seinem Hausschlüssel in der Tasche kramen musste.

»Oh, Herr Nachbar!«, flötete es da hinter ihm.

Pfeiffer rollte mit den Augen, dann drehte er sich um. »Frau Villingstedt.«

»Ach, Sie sollen doch Emma zu mir sagen«, wies sie ihn zuckersüß lächelnd darauf hin, dass er vor zwei Jahren versehentlich mit ihr auf Du und Du getrunken hatte. Es war bei einem Hausbewohnerfest, bei dem er sich vorgenommen hatte, sich ins Jenseits zu saufen. Sie hatte ihn in der Endphase seines Vorhabens erwischt und erbarmungslos zugegriffen. Seither verfolgte sie Pfeiffer.

»Ich habe Jakobsmuscheln in Fenchelsoße gemacht, lieber Ewald. Möchten Sie kosten?« Sie zwinkerte ihm zu. »Eine gute Flasche Rotwein steht auch schon auf dem Tisch.«

Schweiß schoss Pfeiffer auf die Stirn. Erst kürzlich hatte sie ihm einen Vortrag über Gerichte mit aphrodisierender Wirkung in der Waschküche gehalten. Pfeiffer war sicher, dass Muscheln und Fenchel dazugehörten. »Ähm, ich … habe noch zu arbeiten.«

Sie kam einen Schritt näher heran, so dass er ihr herbes *4711* riechen konnte. »Aber, Ewald! Sie sind doch pensioniert.«

Sie trat einen weiteren Schritt auf ihn zu.

Pfeiffer drängte sich dichter an seine noch immer verschlossene Haustür. »Ja, ich meine, nein.« Mit einem fahrigen Lächeln drehte er sich um, beugte sich dicht über das

Schloss seiner Tür. Der erste Schlüssel am Bund war für den Keller. Mist. »Ich arbeite zurzeit als … ähm, Berater für ein Unternehmen«, murmelte er. »Viel zu tun.«

»Oh«, hauchte sie über seinen Nacken hinweg. Die Flasche Wein hatte sie offenbar schon geöffnet.

»In der Sicherheitsbranche«, stotterte er. Der zweite war der für den Briefkasten. Fast hätte er geflucht.

»Oh, das ist ja interessant. Erzählen Sie mir mehr darüber.«

Pfeiffer spürte, wie seine Wangen heiß wurden.

Da hörte er in der Wohnung seiner Nachbarin das Telefon schrillen. Kurz hoffte er, sie werde schnurstracks in ihre vier Wände gehen, doch sie blieb, wo sie war. Vorsichtig lugte er zur Seite. »Ihr Telefon klingelt.«

»Ich weiß.« Sie lächelte, während das Telefon munter weiter läutete.

»Sie sollten rangehen.«

»Ich weiß.« Sie kam noch einen Schritt näher auf ihn zu, bis ihr knochiger Oberkörper seinen Arm berührte. Pfeiffer drückte sich mit dem Rücken an die eigene Hausklingel. Jetzt bimmelte es in seiner Wohnung.

»Vielleicht ist es wichtig. Es könnte Ihr Sohn aus Bayern sein. Der hat sich doch so lange schon nicht mehr gemeldet, sagten Sie kürzlich.«

Das saß. Das Lächeln der Nachbarin erstarb, ihr Kopf fuhr zur offenen Wohnungstür herum. »Dann ein anderes Mal«, rief sie noch, als die Wohnungstür hinter ihr auch schon zufiel.

Erleichtert blickte Pfeiffer gen Himmel.

26

Fast zehn Minuten stand Lizzi nun schon unten vor der Tür in der Hein-Hoyer-Straße und wartete, dass bei Hanne Sieberts jemand aufmachte.

Sie dachte an Mareike, die gestern zu müde war, um noch mit Lizzi über Mirko zu reden. Doch Mareike sollte nicht glauben, das Lizzi aufgab. Sie würde herausfinden, was mit den beiden los war.

Lizzi trat auf die Straße zurück und blickte die Fassade des Hauses Nummer 14 a hoch. Sie fragte eine junge Mutter mit Kinderwagen nach der Uhrzeit. Es war erst halb elf. Kein Wunder, dass die Wirtschafterin aus der Herbertstraße nicht an die Tür ging. Für Hanne musste es gefühlt mitten in der Nacht sein.

Hannes Wohnung hatte den gleichen Zuschnitt wie die Wohnung gegenüber, in der Opa Edel wohnte: Von der Haustür führte ein langer, schmaler Flur zur Küche am Ende. Drei Türen gingen von dem Schlauch ab. Rechts das Wohnzimmer und links das Schlafzimmer sowie ein Bad. Hanne aber hatte noch ein Zimmerchen zusätzlich. Der Türrahmen war mit einer roten Lichterkette geschmückt, die Tür selbst verschlossen. Lizzi wollte sich nicht ausmalen, was die Dame da drinnen so trieb. Sicherlich ein kleiner Nebenerwerb.

Hanne hatte Lizzi erst eingelassen, nachdem Lizzi angedeutet hatte, dass sie Neuigkeiten zu berichten habe, was eindeutig eine Lüge gewesen war. Bisher wussten sie nur, dass es nichts zu wissen gab. Ob der Tote in der Elbe Opa Edel sein könnte, war noch immer unklar.

»Kaffee?« Hanne trug wieder ihren Bademantel.

»Ja, gerne. Bitte schwarz. Das hält jung, habe ich gehört.« Lizzi lächelte.

»Ach, sagt man das?« Hanne schenkte aus einer gläsernen Kanne ein dunkelschwarzes Gebräu in eine Blümchentasse, die sie Lizzi reichte. »In meinem Geschäft heißt Altwerden tot sein.«

Lizzi nippte an dem abgestandenen Kaffee. »Keine schönen Aussichten«, murmelte sie und nahm einen Schluck. »Aber, Sie haben es doch gut getroffen, als … ähm … Wirtschafterin in der Herbertstraße.«

Hanne setzte sich an den kleinen Küchentisch. Aus der Tasche ihres Bademantels zog sie eine Packung Zigaretten heraus. Mit wenigen Griffen hatte sie einen Glimmstängel in der Hand und zündete ihn an. Tief sog sie den Rauch der Zigarette in ihre Lunge ein, während Lizzi ihr zusah. »Ich weiß«, sagte Hanne und blickte das lange Ding in ihrer Hand an. »Ist nicht gesund. Aber auf dem Kiez leben ist auch nicht gerade verträglich. Jedenfalls nicht da, wo ich arbeite.«

Lizzi nickte und setzte sich zu ihr an den Tisch. Sie hatte nicht viel Ahnung davon, wie es sich als Prostituierte oder Wirtschafterin leben ließ. Sie stellte sich das Leben der professionellen Frauen als sehr freudlos vor. Egal, wo und für wen sie ihrer Arbeit nachgehen mussten.

Draußen auf der Straße fuhr knatternd ein Motorrad vorbei. Die beiden Frauen schwiegen. Hanne schien zu warten, dass Lizzi den Anfang machte.

»Schön haben Sie es hier, Hanne.« Lizzi blickte sich in der Küche um. Auf der Fensterbank standen eine geblümte Keksdose und ein Messerblock, an der Wand hing ein sieben Jahre alter Kalender mit sonnendurchfluteten Bildern vom Mittelmeer. Die Küche selbst war zwar schon älteren Datums, aber blitzsauber. Alles wirkte sparsam.

Lizzi wusste nicht genau, wie alt Hanne war, schätzte sie aber auf Mitte bis Ende fünfzig. »Was werden Sie tun, wenn Sie in Rente gehen?«

Hanne lachte auf. »Rente? Ich? Ich habe nie eingezahlt.«

»Aber, Sie müssen doch von etwas leben, wenn Sie Ihre Arbeit in der Herbertstraße nicht mehr machen können.«

Hanne lächelte Lizzi an. »Da habe ich vorgesorgt. Ich war mit meiner Knete vorsichtiger als andere, habe schon ein hübsches Sümmchen zusammen. Und bald werde ich mir eine kleine Finca auf Mallorca kaufen. Mit Palmen und Wein, einem Straßenköter, der dann bei mir ein richtig schönes Zuhause kriegen wird. Vielleicht leiste ich mir sogar ein kleines Auto.« Ein Lächeln huschte über Hannes Gesicht.

»Ach, schön«, schwärmte Lizzi. »Und die Sonne und diese herrliche Natur. Mallorca soll wunderschön sein, Flora und Fauna, und so. Jedenfalls weitab von den Touristen. Lieben Sie Blumen?«

»Ich? Nee.« Sie inhalierte tief. »Hab mich schon öfter gefragt, was das Gegenteil eines grünen Daumens ist. Ein schwarzer Mittelfinger?« Sie lachte kehlig auf. »Mein Haus wird am Meer stehen. Ich mag das Wasser und die saubere Luft.«

»Waren Sie schon mal auf Mallorca, Hanne?«

Die Frau schüttelte den Kopf. »Nee, hat mein Kerl mir nicht erlaubt. Durfte ja nicht mal an den Timmendorfer Strand, solange ich für ihn angeschafft habe. Der hatte Schiss, dass ich da einen richtigen Mann treffen könnte, der mit mir durchbrennt.« Wieder dieses freudlose Lachen. »Bei den Kunden auf dem Kiez brauchte er die Angst nicht zu haben. Die Kerle wollen solche wie uns nicht fürs Leben.«

Die beiden Frauen schwiegen für einen Moment.

Lizzi blickte zu dem Kalender mit dem Inselbild.

»Bei mir reicht es leider nicht für ein Häuschen am Meer«, sagte sie. »Aber ich will nicht klagen.« Sie dachte daran, dass man sie in der Residenz ja nur duldete, und ahnte, dass Frau Alberding-Wischenberg, die Effiziente, die Ergebnisorientierte, die Auf-den-Ruf-des-Hauses-Bedachte, nur auf eine Gelegenheit wartete, Lizzi doch noch loszuwerden.

»Was ist jetzt mit Opa Edel?«, unterbrach Hanne ihre Gedanken. »Ham Sie ihn gefunden?«

Lizzi schüttelte den Kopf. »Wir wissen zumindest, dass er weder in einem Hamburger Krankenhaus liegt noch, dass er von der Polizei aufgegriffen wurde.«

»Ach.«

»Und mit dem Flugzeug in den Süden scheint er auch nicht gereist zu sein.« Aufmerksam beobachtete Lizzi Hanne.

»Ach.« Hanne drückte ihre halbaufgerauchte Zigarette aus. »Mehr nicht?«

»Nun, es gibt einen nicht identifizierten Toten, den man in der Elbe gefunden hat.«

Hanne reagierte nicht. Lizzi dachte, dass bei dem Leben, wie Hanne es führte, auch nicht verwunderlich war, dass einen so was nicht sonderlich erschreckte.

»Na ja, wenn Sie nichts wissen, was wollen Sie dann von mir?« Hanne stand auf, lehnte ihren breiten Hintern an das Spülbecken. Sie verschränkte die Arme vor der Brust. Das Gespräch war offensichtlich beendet.

Lizzi erhob sich. »Nun, ich hoffte, Sie könnten mir mehr über die Dehlbrücks sagen. Jemand meinte, sie hätten sich öfter gestritten.«

»Unsinn. Der Opa Edel liebte seine Frau – auf seine Weise.« Sie stieß sich ab und ging auf den Flur hinaus. »So, ich muss noch arbeiten. Gleich kommt ein Kunde.« Hanne schob Lizzi an der geschlossenen Tür des Zimmerchens vorbei hin zur Wohnungstür.

Als Lizzi im Treppenhaus stand, drehte sie sich noch einmal zu Hanne Sieberts um. »Ist Herr Dehlbrück vermögend?«

Für den Bruchteil eines Momentes sah Hanne sie erschreckt an, doch sie hatte sich schnell wieder im Griff. »Geld? Opa Edel ist doch nicht reich. Wie kommen Sie denn auf solchen Quatsch?«

Aufmerksam beobachtete Lizzi Hannes Gesichtszüge.

»Der hat nicht viel. Der kauft immer bei Aldi und hat ein Konto bei der Sparkasse. Sein einziger Luxus ist es, mit der Gertrud im Bismarckpark spazieren zu gehen. Jedenfalls, solange sie noch gut zu Fuß war. Zu ihrem Geburtstag schenkte er ihr höchstens mal ein paar Rosen. Mehr war nicht drin. Reich? Bestimmt nicht. Da sind Sie völlig auf dem Holzweg, Frau Detektivin.« Dann schlug Hanne die Tür vor Lizzis Nase zu.

27

Wenn sie sich beeilte, würde sie es bis zur Bank schaffen, bevor diese zumachte. Lizzi war sicher, dass Opa Edel seine Bankfiliale in der Nähe hatte. Damit kamen nur die Sparkasse an der Reeperbahn und die in der Wohlwillstraße in Frage. Lizzi tippte auf die Reeperbahn, weil diese fast vor Opa Edels Haustür lag. Lizzi musste mehr über die finanziellen Verhältnisse der Dehlbrücks erfahren. Hatten sie noch ihr Konto bei der Sparkasse? Wann hatte man Opa Edel hier zum letzten Mal gesehen? Gab es ungewöhnliche Kontobewegungen in der letzten Zeit?

Sie wusste, dass man ihr nicht so einfach diese Informationen geben würde, aber sie wollte es wenigstens versuchen.

So ging sie eilig zur Reeperbahn, wo an der Ecke das Gebäude der Sparkasse lag.

Ein Obdachloser mit struppigem Bart und verschlissener Jacke saß nicht weit entfernt vom Eingang der Filiale. Er hielt den vorbeieilenden Fußgängern einen Pappbecher entgegen, doch keiner würdigte ihn eines Blickes. Lizzi ging mit einem Nicken an ihm vorbei.

Dann betrat sie die Filiale der Sparkasse. Der junge Mann am Schalter hob lächelnd sein blondes Haupt. Er war höchstens Mitte zwanzig. Woran lag es nur, dass Lizzi sich in Gegenwart der Jugend immer so alt fühlte? Unter Alten war sie, zumindest gefühlt, die Jüngste.

»Guten Morgen. Ich bräuchte eine Auskunft.« Mit dem harmlosesten Lächeln, das ihr möglich war, schaute sie den Mann an, der ihr Urenkel hätte sein können.

Nach genau drei Minuten aber stand sie wieder auf der Straße. Das Lächeln war aus ihrem Gesicht verschwunden. »Blödmann!«, sagte sie.

»Ey! So nicht, Fräuleinchen!«, kam es da vom Fußweg zu ihr hoch. Lizzi blickte hinunter. Zu ihren Füßen saß der Bettler mit dem Pappbecher in der Hand.

»Entschuldigen Sie. Ich meinte diesen … diesen …« Sie zeigte zum Eingang der Bank.

»Blödmann«, half der Mann auf dem Gehsteig.

»Genau den.« Kurz war sie geneigt, noch einmal hineinzugehen, um dem jungen Mann ihre Meinung zu sagen, doch sie wusste, dass es unnütz war. Der Jüngling ließ sich nicht an der Nase herumführen. Auch nicht von einer harmlosen Alten. Mist.

»Seien Sie nicht zu sauer auf die da drinnen. Immerhin haben die mir erlaubt, hier zu sitzen.« Er strich sich über seine viel zu warme Jacke, unter der er ein speckiges Jackett trug. Graue Haare durchzogen seinen struppigen Bart. Das Weiß seiner Augen war ungesund gelb. Unzählige Falten hatten sich in sein Gesicht gegraben.

»Sitzen Sie hier jeden Tag?«

»Warum wollen Sie das wissen?«

»Ich suche jemanden.«

Der Mann überlegte. »Seit sechs Jahren«, sagte er dann.

»Seit sechs Jahren?« Lizzi konnte sich kaum vorstellen, wie es war, auf der Straße zu leben. Dieses Nichtwissen, wo man zu Hause ist, musste unendlich zermürbend sein. Dazu die Kälte im Winter und die Ignoranz der Leute, die so taten, als sähen sie einen nicht.

»Sie brauchen nicht so bedauernd gucken, Fräuleinchen. Man gewöhnt sich dran. Arm ist nicht, wer nicht viel hat, sondern, wer viel wünscht.«

Lizzi holte tief Luft. Ertappt. Sie selbst geriet ja schon bei dem Gedanken in Panik, dass man sie aus der teuersten Altenherberge der Stadt werfen könnte. Wie undankbar sie doch war. Schnell wechselte sie das Thema.

»Sind Sie jeden Tag hier?« Er nickte. »Kennen Sie zufällig Herrn Dehlbrück?«

»Opa Edel? Klar.«

»Können Sie mir sagen, wann Sie ihn das letzte Mal gesehen haben?«

Der Mann schwieg eine ganze Weile, sichtlich bemüht, in der Eintönigkeit all seiner Tage hier auf dem Boden jenen zu finden, an dem er Opa Edel das letzte Mal gesehen hatte.

»Es ist schon eine ganze Weile her.« Er schloss die Augen, um besser denken zu können.

Lizzi wartete. Bald schon merkte sie, wie die Ungeduld sich in ihr hochfraß. Doch sie schwieg weiter, wollte ihn nicht drängen. Da rempelte sie irgendjemand an. »Hey!«, rief Lizzi.

»Was stehst auch mitten im Weg rum, Oma!«, pöbelte der Kerl über seine Schulter und ging weiter, ein Handy an sein Ohr haltend.

Früher wäre Lizzi hinterhergelaufen und hätte das Früchtchen zur Rede gestellt. Doch das Alter machte vorsichtiger, und auf der Reeperbahn erst recht. Irgendwo hatte Lizzi mal den Spruch gelesen: »Wenn jemand sagt, du seist alt: Schmeiß ihm dein Gebiss hinterher, und erschlag ihn mit dem Gehstock.« Da sie jedoch weder das Eine noch das Andere besaß, konnte sie noch nicht so alt sein. Ein tröstlicher Gedanke, obwohl sie dennoch darauf verzichtete, dem Früchtchen hinterherzulaufen.

Der Mann zu Lizzis Füßen schien von dem Zwischenfall nichts bemerkt zu haben. Seine Augen waren noch immer geschlossen, als er murmelte: »Opa Edel ging jeden zweiten Montag zum Automaten.« Er wies zum Geldautomaten hinüber.

In seinen Gedanken schien der alte Mann die Straße herunterzulaufen. »Dann hob er zweihundert Euro in kleinen Scheinen ab.« Jetzt öffnete er die Augen. »Ein Zehner war immer für mich. Er hat gesagt, ich solle mir was Schönes davon kaufen. Manchmal haben wir auch geredet.« Wieder fielen seine Augen zu, als er murmelte: »Guter Mann.«

Lizzi wusste nicht, ob die Unterhaltung jetzt beendet war oder ob er eine Spende für weitere Informationen erwartete. Gerade als sie ihr Portemonnaie suchen wollte, öffnete er wieder die Augen. »Die letzten Male hob er immer siebenhundert ab. Er hat kein Wort gesagt. Ist einfach weggegangen. Opa Edel hatte Probleme.«

Lizzi horchte auf. »Vielleicht brauchte er Geld für seine kranke Frau?«

Der Mann wiegte den Kopf hin und her. »Seit Weihnachten war immer ein Kerl bei ihm.«

»Ein Kerl? Was für ein Kerl?«

»Na, so ein Rocker. Lederjacke, Kopftuch, Stiefel.«

»Sonnenbrille?«

Er überlegte. »Ich glaube schon. Kann sein. Weiß nicht.«

»Groß? Klein?«

»Woher soll ich das denn wissen?« Stimmt, überlegte Lizzi. Aus der Bodenperspektive waren alle Menschen groß und man selbst sehr klein.

Lizzi dachte laut nach. »Vielleicht hat dieser Rocker Herrn Dehlbrück nur begleitet, weil der doch so viel Geld bei sich hatte. So ganz sicher ist das Pflaster hier ja nicht.« Sie lächelte und dachte an die Dragon Balls.

»Und warum hat er mit mir nicht mehr geredet?«

»Das weiß ich nicht.«

»Aber ich. Der war zu Geld gekommen. Da war dann kein Zehner mehr für den stinkenden Obdachlosen übrig.«

Lizzi war sich sicher, dass es nicht nur der Zehner war, auf den der Mann da unten verzichten musste. Opa Edels Schweigen hatte ihn verletzt.

»Wie heißen Sie eigentlich? Mein Name ist Lizzi.« Sie reichte ihm die Hand.

Sofort schob er seine Hände unter die Achseln. Sein Gesicht verdüsterte sich, und er blickte zu Boden. Offenbar hatte Lizzi eine unsichtbare Grenze überschritten. »Hauen Sie ab«, raunte er.

»Aber …« Sie zog die Hand zurück. Was immer sie falsch gemacht hatte: Es tat ihr leid. Gerade wollte sie sich entschuldigen. »Ich …«

»Weg sage ich! Ich muss jetzt arbeiten.« Er nahm seinen leeren Becher und hielt ihn auf Kniehöhe den Passanten entgegen. Irritiert ging Lizzi fort und ließ den Mann auf dem Gehsteig allein.

Hätte sie sich umgedreht, wäre ihr vielleicht der Rocker aufgefallen, der soeben mit seinem Motorrad in die Hein-Hoyer-Straße fuhr.

28

Mareike saß am Küchentisch und starrte den kalten Kaffee in ihrem Becher an, als das Telefon plötzlich klingelte. Hastig griff sie zum Apparat, wobei sie den Becher fast umstieß. Die braune Brühe schwappte gefährlich über den Rand.

»Mirko?«

Es war Céline, die Klassenkameradin ihres Sohnes. Stotternd erzählte sie, dass ein Gerücht in der Schule die Runde mache, wonach Mirko beim alten Schlachthof gesehen worden sei.

»Der Schlachthof beim Dom?«

»Ja.«

Mareike bedankte sich und legte auf. Keine drei Minuten später lenkte sie ihren Fiat in den Stadtverkehr hinein. Ihr Herz pochte rasend schnell. Die Haut kribbelte, und ein leichtes Zittern ging durch ihren Körper. Sie versuchte sich Worte zurechtzulegen, die sie ihm sagen würde. Besorgt dachte sie daran, dass er ebenso gut vor ihr weglaufen könnte.

Die Ampel an der Kreuzung schaltete auf Rot. Mareike fuhr dennoch weiter. Sie würde ihm bestimmt keine Vorwürfe machen. Ganz bestimmt nicht. Sie schwor sich, ruhig zu bleiben.

Plötzlich klingelte das Telefon in ihrer Tasche auf dem Beifahrersitz. Mareike zuckte erschrocken zusammen.

Sie fuhr nach rechts auf einen Fußweg, wo der Wagen holpernd zum Stehen kam. Umständlich kramte sie ihr Handy aus der Tasche. Ihre Hände waren schlagartig von Schweiß bedeckt. Sie hoffte, es wäre Mirko. Doch die Nummer auf dem Display kannte sie nicht.

»Ja?« Sie hatte sich angewöhnt, ihren Namen am Telefon nicht zu nennen. Es war eine reine Vorsichtsmaßnahme, die ihr ein Ratgeber für angehende Detektive empfahl, den sie in der Stadtteilbücherei ausgeliehen hatte. Außerdem hatte sie Angst.

»Frau Gödecke?«, drang es leicht verzerrt an ihr Ohr.

Es war Mirkos Lehrerin. Am liebsten hätte Mareike sofort aufgelegt, aber es war zu spät.

Mist, die Frau hatte sie völlig vergessen.

»Hallo?«, rief Mareike in das Telefon, dabei kratzte sie mit ihrem Fingernagel über das kleine Mikrofon. »Wer ist da? Ich kann Sie nicht verstehen. Die Verbindung … zu schlecht.« Wieder kratzte sie.

»Frau Gödecke!«, rief die Lehrerin. »Es geht um Mirko!«

»Hallo? Sprechen Sie doch lauter! Ich kann Sie ja gar nicht verstehen.«

»Ich werde heute das Jugendamt einschalten müssen. Hören Sie mich?«

»Wer ist denn da?«, schrie Mareike ins Handy.

»Gundert, die Lehrerin von Mirko. Wo ist Ihr Sohn?«

Kratz, kratz. Das hätte Mareike selbst gern gewusst. Mit viel Glück lungerte der Junge irgendwo beim alten Schlachthof herum. »Rufen Sie später doch noch einmal an. Ich habe hier keinen guten Empfang.« Sie legte auf.

Ihr Herz pochte laut. In den Adern pumpte das Blut, als

sei sie auf der Flucht. Wut überkam Mareike. Wie konnte die Frau nur das Jugendamt einschalten? Jungs in dem Alter waren nun einmal nicht einfach. »Das nennt man Pubertät!«, schrie Mareike das Handy in ihrer Hand an.

Jugendamt! Wenn ihr Ex das erfuhr, würde er sich die Hände reiben. Schneller als sie gucken konnte, wäre der Junge dann für immer weg. Was natürlich nur zu Mirkos Besten sei, wie ihr Ex sicherlich süffisant erklären würde.

Wie konnte der Junge sie nur in so eine Lage bringen?

Na, warte!, schwor sie sich. Wenn ich dich finde, kannst du was erleben!

Sie ließ den Wagen wieder an und betätigte den Blinker.

Schon längst hätte sie ihren Sohn bei der Polizei als vermisst melden müssen. Oder wenigstens hätte sie Lizzi reinen Wein einschenken sollen. Die alte Frau ahnte doch schon lange, dass etwas nicht stimmte. Aber Mareike hatte sich geschworen, alles auch ohne Lizzis Hilfe in den Griff zu bekommen. Lizzi durfte sie nicht für inkompetent halten. Sonst würde das mit der Detektei nichts werden.

Mareike versuchte, sich zu beruhigen. Sie wusste, dass sie eine Kämpferin war. Sie hatte schon viele Krisen in ihrem Leben gemeistert. Doch dieses Mal war es schlimm. Sie fand in letzter Zeit kaum noch Kraft, auch nur aus dem Bett zu kommen. Ihr Kopf begann zu schmerzen. Sie nahm eine Hand vom Lenkrad und rieb sich die Schläfe.

Da klingelte ihr Telefon auf dem Beifahrersitz erneut.

Ein kurzer Blick auf das Display sagte ihr, dass es dieses Mal der nervige, besserwisserische Exkommissar war, der sich in Lizzis und ihre Detektei einmischen wollte. Als wäre der Tag nicht schon schlimm genug.

Mareike versuchte, das Klingeln zu ignorieren. Da sie aber ihre Mailbox nicht angeschaltet hatte, bimmelte das Ding immer weiter.

Als sie an der nächsten roten Ampel halten musste, griff sie nach ihrem Handy. »Was ist?«, raunzte sie hinein.

»Ist Frau Böttcher bei Ihnen?« Pfeiffers Stimme klang besorgt.

»Lizzi? Nein, die ist doch bei dieser Hanne Sieberts. Der Nachbarin ...« Weiter kam sie nicht.

»Wo sind Sie, Frau Gödecke?«

»Würden Sie mir erst einmal sagen, worum es ...«

»Wo sind Sie?« Seine Stimme überschlug sich fast.

Mareike drückte das Handy dichter an ihr Ohr. »Was ist passiert?«, fragte sie leise.

Pfeiffer schluckte. »Ein Mord in der Hein-Hoyer-Straße. Ich kann Lizzi nicht erreichen. Sie geht nicht an ihr Handy.«

»Verdammt!« Mit quietschenden Reifen fuhr Mareike an. »Ich fahre sofort hin.«

29

Tief in Gedanken versunken, ging Lizzi die Reeperbahn hinunter, als der Hunger sich meldete. Sie blieb stehen, um in ihrer großen Handtasche nach dem Portemonnaie zu suchen. Ihr blieben für den Rest des Monats nur noch dreiunddreißig Euro und neunzehn Cent. Für eine Suppe und die Bahnfahrt nach Hause reichte es allemal, überlegte sie. Sie hatte mittlerweile das östliche Ende der Reeperbahn erreicht.

Lizzi blickte sich um und entdeckte ein Steakhouse. Sie ging hinein. Der Laden war um diese Zeit fast leer, darum waren die Plätze am Fenster zur Straße auch frei. Sie setzte sich und massierte unauffällig ihre schmerzenden Beine. So viel wie in den letzten Tagen war sie schon lange nicht mehr gelaufen.

Ein Kellner brachte ihr die Karte.

Kurz darauf wusste sie, was sie haben wollte: ein Rib Eye Steak mit gebackener Kartoffel, dazu einen Rotwein und zum Nachtisch ein Eis. Mit Sahne.

Lizzi überlegte, dass für dieses feine Mahl fast ihr ganzes Geld draufgehen würde. Früher, als sie noch mit Willi verheiratet war, hätte sie sich nie und nimmer so etwas Teures bestellt. Da musste das Geld zusammengehalten werden. Dann kam die kurze Zeit des Luxus, in der sie schlemmen konnte, wenn ihr danach war. Natürlich in Maßen. Und nun war es wieder wie früher. Jetzt musste sie jeden Pfennig, der heute Cent hieß, dreimal umdrehen. Ganz sicher würde sie das Steak und den Nachtisch bereuen. Spätestens, wenn am Ende des Monats gähnende Leere in ihrem Portemonnaie herrschte. Doch bis dahin war es noch weit. »Was darf es sein?«, wollte der Kellner wissen.

Noch immer hin und her gerissen, ob sie nicht doch lieber eine Zwiebelsuppe bestellen sollte, nahm das Schicksal ihr die Entscheidung ab, als ein ziviler Polizeiwagen mit Blaulicht auf die Reeperbahn rauschte. Der Kellner blickte nicht einmal auf. Zu normal waren Polizeieinsätze auf der Reeperbahn.

Doch Lizzi fuhr hoch.

Eilig schob sie den Stuhl nach hinten, packte ihre Tasche und den Mantel samt Kopftuch.

»Hab's mir anders überlegt«, rief sie dem verblüfften Mann zu.

Dann lief sie hinaus. Sie hatte eben Lindemann in dem Wagen erkannt. Kurz dahinter fuhr Pfeiffers grüner Granada über die Kreuzung. Natürlich ohne Blaulicht und eindeutig zu schnell.

Lizzi rannte die Reeperbahn zurück, während sie das Tuch unterm Kinn festband. Kaum hatte sie den Spielbudenplatz erreicht, als neben ihr die Reifen eines Wagens quietschten.

»Mein Gott! Da sind Sie ja!«, rief Mareike durch das offene Seitenfenster. »Steigen Sie ein. Da ist etwas in der Hein-Hoyer-Straße passiert.«

Kurz darauf hatten die beiden Frauen das Haus der Dehlbrücks erreicht, welches Lizzi vor nicht einmal einer Stunde verlassen hatte. Uniformierte hatten mit rotweißem Flatterband die Straße komplett gesperrt, und der Verkehr musste umgeleitet werden. Beamte in weißen Papieroveralls und mit Koffern in den Händen gingen soeben ins Haus der Dehlbrücks. Zwei Uniformierte hielten unterdes die Leute auf der Straße davon ab, noch näher zu kommen. Auf einigen der Balkone in der Nachbarschaft hatten sich bereits Schaulustige versammelt. Sie machten mit ihren Handys Fotos von dem leblosen Körper auf dem Fußweg vor Nummer 14 a. Schaurige Bilder, die man sicherlich schon im Internet bewundern konnte. Lizzi jedoch konnte den Toten nicht richtig sehen, weil er hinter einem Auto lag. Nur die Beine mit den Motorradstiefeln lugten hervor. Wer war er? Einer der Dragon Balls? Sie musste unbedingt dorthin. Sie hob das Absperrband über ihren Kopf.

Schon kam ein Uniformierter herbei. »Moment, meine Dame. Wohnen Sie hier?«

Lizzi stockte nur einen Moment zu lang.

»Gut, dann bleiben Sie bitte, wo Sie sind.« Er schob sie zurück zu den anderen.

Da zupfte Mareike Lizzi am Ärmel ihres Mantels. »Da!« Mit ausgestrecktem Arm wies sie zum Haus hinüber. »Pfeiffer!«

Lizzi sah den ehemaligen Kommissar in der abgesperrten Zone umherlaufen, als wäre er noch immer Teil des Ganzen. Er sprach gerade mit einem Beamten.

»Huhu, Ewald!«, rief Lizzi ihm zu. Pfeiffers Kopf fuhr herum. Mit dankbarem Blick gen Himmel ließ er den Kollegen stehen und kam auf Lizzi zugeeilt. »Wo haben Sie sie gefunden, Frau Gödecke?«

»Auf dem Strich«, grummelte Mareike, die zusah, wie Pfeiffer Lizzis Gesicht in die Hände nahm und anstrahlte.

»Ich dachte schon, Sie seien …«, stotterte er.

»Ist ja gut, ist ja gut«, murmelte Lizzi, während sie seine Hände fortschob. Das ging ihr nun doch etwas zu weit.

»Entschuldigen Sie.« Er räusperte sich. »Ich war gerade im Präsidium, als ich hörte, dass eine Leiche vor dem Haus der Dehlbrücks liegt. Wir wussten nicht, ob es ein Mann oder eine Frau war.« Er schluckte. Dann sammelte er sich. »Es ist einer der Dragon Balls. Fenstersturz. Ob Mord oder Unfall ist noch unklar.«

»Der hat bestimmt keine Fenster geputzt«, vermutete Mareike.

»Wer ist es? Dieser schreckliche Muckiprinz?« Lizzi reckte den Kopf, um besser sehen zu können.

»Nein, Richard Klüver.«

Der schmächtige Richie also, überlegte Lizzi. Sie hatte mit dem Mann nicht ein Wort gewechselt. Sein Schweigen hatte auf sie ebenso falsch gewirkt wie das Grinsen auf seinen schmalen Lippen. Dennoch, den Tod in so jungen Jahren hatte sie ihm nicht gewünscht.

»Ich gehe jetzt hoch und sehe, ob ich etwas herausfinden kann«, unterbrach Pfeiffer ihre Gedanken.

Lizzi lächelte Pfeiffer an. »Ja, Ewald, tun Sie das.«

Gerade wandte sie sich Mareike zu, die mucksch die Arme vor der Brust verschränkt hatte, als eine quäkige Stimme hinter ihr fragte: »Kennen Sie hier jemanden?« Lizzi drehte sich um. Hinter ihr stand ein schmaler Kerl mit eingefallenen Wangen und ungesund grauer Haut. Ungleichmäßig wuchsen Bartstoppeln im unteren Teil des Gesichts, während der obere von buschigen Augenbrauen dominiert wurde. Aus den bescheidenen Restbeständen seiner Haare hatte er einen dünnen Zopf gebunden, dessen filziges Ende über die eine Schulter hing. Grimmig blickte er zu einem Haus auf der anderen Straßenseite hinüber, wo ein Polizist die Tür versperrte. Der Mann mit dem Zöpfchen roch nach Zigaretten und alten Pommes. »Ich muss unbedingt in meine Wohnung, aber die Polizei lässt mich nicht durch.«

»Was haben Sie denn da so Wichtiges zu tun, dass es jetzt und sofort sein muss?«, wollte Mareike zickig wissen. Er war offensichtlich nicht ihr Typ.

Überrascht blickte er an Lizzi vorbei zu Mareike.

»Ich bin Künstler. Maler, um genau zu sein. Und dort oben ist ein halbfertiges Bild. Bin nur mal los, um kurz was zu kaufen.« Er blickte wieder zu seiner Haustür hinüber. »Wenn ich nicht die zweite Farbschicht auftrage, kann ich die Sache vergessen. Dann muss ich wieder von vorne anfangen.«

»Ach, ein Maler sind Sie?« Lizzi schien die Leiche vergessen zu haben. »Und wo haben Sie Ihr Atelier?«

»Da!« Sein Blick wanderte zur obersten Etage des Hauses gegenüber dem der Dehlbrücks. »Vierter Stock.«

Zufrieden mit dem Schicksal lächelte Lizzi den Maler an. »Na, das ist aber interessant.«

30

Pfeiffer wusste, dass Lindemann ihn im hohen Bogen vom Tatort jagen würde, wenn er ihn hier zu Gesicht bekäme. In diesem Fall, so hatte Pfeiffer sich vorgenommen, würde er Lindemann daran erinnern, welch unrühmliche Rolle dieser damals im Fall Willi Böttcher gespielt hatte. Er würde nur ein Wort sagen: »Mordsbulle«. Mal schauen, was dann passiert, überlegte Pfeiffer. Pfeiffer war sicher, den Tatbestand der Erpressung zumindest in Teilen damit zu erfüllen. Doch es kümmerte ihn nicht.

Als Pfeiffer im vierten Stock ankam, sah er gerade Lindemann durch die Wohnungstür einer Nachbarin der Dehlbrücks verschwinden, die hinter dem riesigen Beamten ins Schloss fiel.

Glück muss man haben, dachte Pfeiffer und lugte durch die offene Wohnungstür der Dehlbrücks. Dort war die Spurensicherung bei der Arbeit. Einer der weißen Overallmänner, jetzt mit Mundschutz, suchte nach Fingerabdrücken an den Türen, indem er einen Puschelpinsel mit Rußpartikeln darauf über den Rahmen wedelte. Ein anderer durchsuchte Schubladen und Schränke.

»Moin, Ewald«, sagte da jemand hinter ihm.

Pfeiffer fuhr herum.

Ein Uniformierter kam die Stufen vom Dachboden herunter.

»Mensch, Dieter. Noch immer im Fünfzehnten?« Pfeiffer reichte Dieter Meister die Hand. »Lange her, dass wir uns gesehen haben.«

»Ja. Fast sechs Jahre.« Meister nahm die Polizeimütze ab. »Gehe bald in Pension. Einhundertdreiundachtzig Tage noch und …« Er blickte auf seine Armbanduhr. »Vier Stunden, neun Minuten.«

»Hör auf, Dieter! Du kannst doch gar nicht ohne die Davidwache leben.« So wenig, wie er selbst ohne das Präsidium leben konnte. Aber das würde er Meister nicht sagen. Der Kollege freute sich tatsächlich auf seinen Ruhestand, und Pfeiffer wollte ihm diese Freude nicht verderben. Die würde sich noch früh genug legen.

»Was machst du hier, Ewald?« Der Beamte setzte sich zu Pfeiffer auf die Stufen der Treppe.

»War zufällig in der Nähe und wollte mal hallo sagen.«

Meister lachte. »Verstehe. Ein wenig Mordluft schnuppern, was?«

Pfeiffer nickte. »Ja, stimmt irgendwie.« Dann wechselte er schnell das Thema. »Warst du der Erste am Tatort.«

»Ja.«

»Wie sieht es aus? Mord?«

Meister wiegte den Kopf hin und her. »Na ja, ein Briefbeschwerer aus Marmor liegt auf dem Balkon, Blut dran. Die Wohnung sieht aus, als hätte jemand etwas gesucht. Falls die Einbrecher keine Handschuhe getragen haben, müssten wir eigentlich fündig werden.«

»Der Tote?«

»Richard Klüver. Eine kleine Nummer in der Rockerszene.«

Pfeiffer nickte. »Ich weiß. Der kam erst kürzlich in die Stadt. Vorher war er in Hannover. Er saß wegen Totschlags ein.«

Anerkennend pfiff Meister. »Du bist noch im Training, wie ich sehe.«

»Lindemann leitet die Ermittlung?«

»Ja.« Meister kam etwas näher an Pfeiffer heran. »Ich glaube, der will sich beweisen.«

»Was meinst du damit?«, flüsterte Pfeiffer zurück.

»Die Stelle des Leiters der Mordkommission wird demnächst frei. Der jetzige Chef fällt nach oben.«

»Ach, und du meinst, unser Stellvertreter will …«

»Na ja, ich denke schon. So wie der sich in diesen Fall stürzt? Da fällt jemand vom Balkon, und er fährt gleich die großen Geschütze auf. In einer Stunde soll es sogar eine Pressekonferenz geben.«

»Ist denn der Chef nicht da?«

Meister grinste. »Nee, der ist zufälligerweise gerade im Urlaub.«

Ach, wie Pfeiffer dieses Postengetratsche vermisst hatte. Er lächelte selig. »Dann muss Lindemann aber schnell einen Täter vorweisen, wenn er die Lorbeeren für sich alleine haben will.«

Meister nickte. »So ist es. Der Kriminalrat kommt in einer Woche aus Italien zurück, bis dahin muss ein Mörder her.«

In diesem Moment ging die Tür der Nachbarin auf, und Lindemann trat heraus. Ihm folgte ein junger Beamter, den Pfeiffer nicht kannte. Eine Frau im Bademantel machte wortlos die Tür hinter ihnen zu, während sie nervös an einer Zigarette zog.

Lindemann musterte Pfeiffer. »Was machst du hier, Pfeiffer?«

Die beiden Männer erhoben sich eilig von den Stufen, als hätte der Lehrer sie beim heimlichen Rauchen auf der Toilette erwischt.

»Ich habe mich mit einem Freund unterhalten, Manfred.«

»Freund?« Lindemann warf dem Uniformierten einen wütenden Blick zu. »Es gibt zum Stand der Ermittlungen bisher nichts zu berichten. Ich hoffe, dass haben Sie Herrn Pfeiffer gesagt.«

Meister war zu lange im Geschäft und zu nah an seiner Pensionierung, als dass Lindemann ihn hätte verunsichern können. Er schlug Pfeiffer auf die Schulter. »Mach's mal gut, Ewald. Melde dich bei uns im Revier. Für dich hab ich immer 'ne Tasse Kaffee auf der Warmhalteplatte.« Grinsend ging er die Stufen hinunter. »Ich muss dann auch los. Die Arbeit ruft.«

Pfeiffer wandte sich Lindemann zu. »Und, was hat die Nachbarin gesagt, Manfred?«

»Hau ab, Pfeiffer. Das hat dich nicht zu interessieren.« Lindemann wollte gerade in die Wohnung der Dehlbrücks gehen, als er stehen blieb. »Sag mal, Ewald, hat das hier etwas mit den beiden vermissten Alten zu tun?«

»Mit wem?« Pfeiffer versuchte, so harmlos wie möglich zu klingen.

»Beim Fußballspiel hattest du mich nach zwei Rentnern gefragt, die verlorengegangen sein sollen.« Er drehte sich zu Pfeiffer um. »Die Dehlbrücks?«

Pfeiffer nickte vorsichtig. Früher oder später würde sein Exchef es sowieso erfahren. »Wir suchen sie.«

Da lachte Lindemann auf. »Wer ist wir? Du und diese verschrobene Alte? Sind die eifrigen Hobbydetektive wieder unterwegs?«

Da trat Pfeiffer ganz dicht an Lindemann ran. »Ich habe fast vierzig Jahre Polizeierfahrung, Manfred. Sage nie wieder Hobbydetektiv zu mir.« Pfeiffer hatte Mühe, seine Wut zu beherrschen. Warum dachten die Leute nur immer, man sei plötzlich wertlos, sobald man Rente bekam? »Vergiss nicht, man nannte mich mal *Mordsbulle.*«

Zufrieden bemerkte Pfeiffer, dass Lindemann den Hinweis problemlos verstanden hatte, denn der stellvertretende Leiter der Mordkommission wurde eine Spur blasser. Pfeiffer vermutete, dass Lindemann sich bei seinen derzeitigen Karriereambitionen keinen schlechten Ruf im Präsidium erlauben konnte.

»Kennst du diesen Richard Klüver, Ewald?«

»Nicht persönlich. Ich habe nur von ihm gehört. Nichts, was ihr nicht schon wisst.«

»Das war's?«

»Ja.«

Lindemann musterte ihn misstrauisch. »Und warum bist du hier, Ewald?«

Pfeiffer zögerte. Aber er wusste, dass er Lindemann etwas geben musste, damit der Ruhe gab. »Dieser Richie gehörte zu einer Gang namens Dragon Balls.«

»Weiß ich. Und?«

»Die Dragon Balls wollen wissen, wo das Ehepaar Dehlbrück steckt.«

Lindemann horchte auf. »Ach, und warum?«

Pfeiffer zögerte, denn das wusste er eigentlich auch nicht

so recht. Er erinnerte sich an das, was diese Mareike von dem Treffen im *Silbersack* gesagt hatte. »Die Dehlbrücks haben den Jungs wohl ab und zu Unterschlupf gewährt, wenn es mal Ärger gab.«

Lindemann pfiff. »Tatbestand der Strafvereitlung nach Paragraph 258 StGB erfüllt, würde ich sagen. Das bedeutet für die Dehlbrücks bis zu fünf Jahre Gefängnis. Die beiden scheinen alles andere als harmlos zu sein.«

»Ich habe nicht gesagt, dass die Jungs vor der Polizei flüchteten, Manfred. Du kennst die Szene. Da kloppt sich ein Motorradclub mit dem anderen, und keiner weiß nachher mehr genau, warum.«

»Bist du dir sicher, dass die Dragon Balls nicht einen anderen Grund haben, so besorgt um die Dehlbrücks zu sein?«

Jetzt war es Pfeiffer, der aufhorchte. »Was meinst du damit, Manfred?«

Lindemann wies in die verwüstete Wohnung der Dehlbrücks. »Was wollte ein Dragon Ball hier? Warum kehrte er in der Wohnung das Unterste zuoberst? Was suchte er?«

Pfeiffer zuckte mit den Achseln. »Vielleicht hatte er den Einbrecher überrascht. Hat die Nachbarin denn nichts mitbekommen?«

»Die hat mit Stöpseln in den Ohren geschlafen.«

»Sind die Dehlbrücks reich? Ich meine, hätte sich ein Einbruch überhaupt gelohnt?«

Lindemann schüttelte den Kopf. »Nein. Sie scheinen ganz normale Rentner zu sein.«

»Und, wo sind sie?«

»Wir werden sie suchen lassen. Die Nachbarin sagt, sie seien im Urlaub, aber sie weiß nicht, wo.«

»Glaubst du ihr?«, flüsterte Pfeiffer mit einem kurzen Blick zur Tür von Hanne Sieberts. Irgendwie beschlich ihn das Gefühl, sie könnte dahinter stehen.

»Ja«, war die knappe Antwort von Lindemann. Dann verschwand er ohne ein weiteres Wort in der Wohnung der Dehlbrücks.

31

»Leichen. Ich hasse Leichen. Sie erinnern mich an den Tod. Und genau an den will ich nicht denken.« Lizzi ging zwischen Pfeiffer und Mareike die Hein-Hoyer-Straße hinunter. Mareike würde Lizzi gleich mit ihrem Auto in die Residenz zurückbringen. Dort würde Lizzi sich einen starken Kaffee machen, wie ihn die Welt noch nicht gesehen hatte. Dazu würde es eine Scheibe Butterbrot mit Gouda geben. Der Schreck mit dem toten Richie musste irgendwie verarbeitet werden, fand Lizzi. Danach würde das Leben bestimmt schon ganz anders aussehen. »Ich hatte gehofft, dieser Auftrag sei ohne Tote«, klagte sie.

Mareike horchte auf. »Auftrag? Stimmt, es ist ein Auftrag. Unser erster richtiger Auftrag, übrigens.« Sie dachte an das Firmenschild unter ihrem Bett. »Und er hätte uns fast zweitausend Euro gebracht, wenn Sie das Geld nicht zurückgegeben hätten, Frau Böttcher.« Mareike kickte eine leere Getränkedose in den Rinnstein. Aus irgendeinem Grund hatten die Dragon Balls noch immer nicht mitbekommen, dass achtzig Euro fehlten. Vielleicht interessierte es sie nicht, hoffte Mareike. »Egal. Wir finden die Dehlbrücks, und dann bekommen wir das Geld zurück. Es wird Zeit, dass wir endlich anfangen, ein Büro …«

»Nicht jetzt, Kindchen«, unterbrach Lizzi sie. Sie hatten die Reeperbahn erreicht. Plötzlich blieb Lizzi stehen.

»Ewald?« Sie winkte Pfeiffer zu sich heran. Der Exkripomann kam näher. »Könnten Sie dem Herrn dort drüben mal einen Zehner spendieren?« Sie nickte zu dem Obdachlosen hinüber, der vor der Sparkasse saß.

»Zehn? Ist das nicht ein bisschen viel?« Pfeiffer warf einen kurzen Blick zu dem verwahrlosten Kerl auf dem Gehweg.

»Machen Sie schon, Ewald. Er hat mir vor einer Stunde wahrscheinlich einen Mörder, zumindest aber eine Leiche, prophezeit. Ich war nur zu dumm, es zu merken.« Sie war verärgert und fragte sich, ob sie den Tod von Richard Klüver hätte verhindern können. War der Rocker derjenige, der Opa Edel zum Geldautomaten begleitet hatte, oder war es ein anderer Dragon Ball gewesen?

Sie konnte es wenden, wie sie wollte, immer mehr beschlich Lizzi das Gefühl, diese halbseidene Rockertruppe interessierte sich nicht im Geringsten für das Wohl der Dehlbrücks, sondern für etwas ganz anderes. Doch was war es?

Sie beobachtete Pfeiffer, wie er zögerlich sein Portemonnaie aus seinem Jackett holte. »Zehn? Reichen nicht auch fünf Euro?«

»Zehn. Und wenn Sie sich weiter zieren wie eine Jungfrau, werden es zwanzig.«

Schnell legte Pfeiffer den Schein in den Becher, den der Mann hochhielt. Kaum war der Schein drinnen, fischte der Obdachlose ihn raus und ließ ihn, ohne Dank, in seiner abgewetzten Jacke verschwinden.

Als die drei die Reeperbahn überqueren wollten, hörte Lizzi, wie jemand ihnen nachrief. »Werner. Werner Dilling. Aus Hannover.« Es war der Obdachlose vor der Bank. »Früher mal Kfz-Mechaniker.«

Lizzi drehte sich um und winkte ihm zu. »Elisabeth Böttcher aus Hamburg-Altona. Schlachtereiverkäuferin.« Lächelnd ging sie weiter.

»Was war denn das?«, wollte Pfeiffer auf der anderen Straßenseite wissen.

»Der Werner ist ein ganz Netter«, schmunzelte Lizzi und bemerkte aus den Augenwinkeln, wie Pfeiffer sich noch einmal prüfend nach dem Mann vor der Bank umdrehte.

»Ein neuer Verehrer?«, fragte Mareike. »Scheint der etwas unkonventionellere Typ zu sein.« Grinsend blickte sie zu Pfeiffer, der mit zusammengepressten Lippen neben Lizzi herlief. Sie gingen Richtung U-Bahn-Station Reeperbahn.

»Was machen wir jetzt wegen der Leiche?«, wollte Mareike wissen.

»Mich interessiert etwas anderes, Kindchen. Warum hob Opa Edel plötzlich viel mehr Geld von seinem Konto ab als früher?«, gab Lizzi zu bedenken.

»Tat er das?« Pfeiffer pfiff. »Das wirft ein ganz neues Licht auf sein Verschwinden.«

»Erpressung?« Mareike wich einem Lieferanten aus, der ein Wägelchen mit Kartons in einen Laden zog. »Aber, wer sollte Opa Edel erpressen?«

»Vielleicht derjenige, der Opa Edel zum Automaten begleitete. Ein Rocker, wie mein neuer Freund Werner sagte.«

Pfeiffer schnaufte verächtlich. Mareike grinste. »Muckiprinz.«

»Doch warum verschwindet Opa Edel?«, fragte Lizzi. »Er hätte doch zur Polizei gehen können.«

»Vielleicht drohte man ihm«, überlegte Mareike. »Und als er nicht mehr zahlen konnte, haben sie ihn umgebracht.«

»Wer ist sie?« Pfeiffers Ton war scharf. »Sie müssen es sich endlich abgewöhnen, Frau Gödecke, Vermutungen anzustellen und diese dann als Wahrheiten zu verkaufen.« Missbilligend schüttelte er den Kopf, während Mareike zum Protest ansetzte. Pfeiffer unterbrach sie. »Wenn dieser Bettler recht hat, hob Herr Dehlbrück mehr Geld ab als sonst und ließ sich dabei von einem Rocker begleiten. Das scheint mir absolut normal. Ein alter Mann will nicht mit so viel Geld über die Reeperbahn laufen. Warum sollte er einen der Dragon Balls, denen er doch vertraute, nicht bitten, ihn zu schützen?« Mareike wollte gerade widersprechen, doch Pfeiffer hob die Hand zum Schweigen. »Das Geld muss nicht für eine Erpressung gewesen sein. Vielleicht benötigte er das Geld für den Urlaub.«

»Ein Urlaub, den niemand bestätigen kann. Keine Reservierungen, keine Tickets, keine Tourismusbroschüren aus dem Reisebüro im Wohnzimmer. Nichts«, warf Mareike ein. »Unsinn, das war Erpressungsgeld. Doch was hatte Opa Edel getan, um erpresst zu werden?«

Lizzi, die in der Mitte zwischen den beiden ging, hörte ihnen aufmerksam zu. »Das abgehobene Geld scheint zumindest nicht mehr in der Wohnung zu sein«, merkte sie an.

»Na ja, das Geld hat ja auch der Erpresser«, erklärte Mareike. »Und als Opa Edel nicht mehr zahlen konnte oder wollte, hat der ihn und seine Frau umgebracht.«

Pfeiffer warf die Arme gen Himmel. »Wir haben aber keine Leichen!«

Mareike blickte an Lizzi vorbei zu Pfeiffer hinüber. »Ja und?«

»Es gibt nur zwei Möglichkeiten«, meinte Lizzi. »Entweder Opa Edel finanzierte mit dem Geld irgendetwas, zum Beispiel seinen angeblichen Urlaub oder eine ominöse Therapie für seine Frau, oder aber, der alte Mann wurde tatsächlich erpresst. Doch das wirft die Frage auf: Wo ist das Geld jetzt? Offenbar vermutete jemand das Geld noch in der Wohnung. Hätte man sonst die Wohnung auf den Kopf gestellt? Reichtümer haben die Dehlbrücks ja wohl eher nicht. Also, was wollte Richie bei Opa Edel? Und wer hat ihn überrascht? So von ganz alleine fällt niemand über ein Balkongitter.«

Pfeiffer und Mareike schwiegen kurz. Dann platzte es aus beiden zur gleichen Zeit heraus. »Ein zweiter Einbrecher!«

Mareike nickte eifrig. »Genau. Das Geld war doch noch da. Dann bekommen sich Richie und sein Kumpel über die Beute in die Wolle. Und schwuppdiwupp war er unten.« Zufrieden mit ihren Schlussfolgerungen nickte sie erneut. »Ja, so war es.«

Lizzi und die beiden anderen gingen an einem Dönerladen vorbei. Der würzige Geruch stieg ihr in die Nase, worauf ihr Magen laut zu rumoren anfing.

Plötzlich riss der Exkrimsche den Kopf hoch. »Verdammt«, murmelte er und griff nach Lizzis Hand. Schnell zog er sie in den nächsten Laden hinein.

Lizzi schnappte nach Luft. Doch auch Mareike hatte gesehen, was los war. »Shit!« Sie eilte den beiden Alten nach.

Die Glocke über der Tür bimmelte, als sie in den Laden stolperten. Hinter einer Stellwand, welche die Auslagen im Fenster vom Ladeninneren trennten, positionierten sie sich. Vorsichtig lugten sie über die filzbespannte Wand nach draußen. In diesem Moment kamen Lindemann und zwei uniformierte Beamte sowie ein Ziviler. Direkt vor dem Schaufenster blieben sie stehen, während Lindemann offenkundig Anweisungen gab. Schnell duckten sich die drei im Laden.

»Was machen die da?«, wollte Mareike flüsternd wissen.

»Man sucht Zeugen für den Sturz. Sicherlich gehen gerade ein paar Leute in der Hein-Hoyer-Straße von Tür zu Tür. Weil aber das Klima hier auf der Reeperbahn etwas rauer ist, geht ein Uniformierter von der Davidwache mit. Dann reden die Leute vielleicht eher. Man kennt sich hier.«

»Verstehe«, murmelte Mareike. »Eine große Familie.«

Langsam schoben sie ihre Köpfe wieder über den Rand der Wand. Lindemann schickte die Beamten fort. Er selbst jedoch blieb stehen.

»Was meinen Sie, Ewald, soll ich ihm sagen, dass der Bettler vor der Bank sah, wie Opa Edel von einem Rocker eskortiert wurde, als er Geld abhob?«

Pfeiffer nickte. »Ja, dann muss er uns im Gegenzug auch etwas geben.«

»Kann ich Ihnen helfen?« Eine verschnupfte Fistelstimme hinter ihnen ließ sie zusammenzucken.

»Danke, nein«, sagte Mareike dann, ohne Lindemann aus den Augen zu lassen, der sich gerade auf einem kleinen Block Notizen machte. Sie beobachteten den stellvertretenden Leiter der Mordkommission, wie er den Block wegsteckte und sein Handy aus der Manteltasche kramte, kurz auf das Display sah und ein Gespräch annahm.

»Was macht er denn jetzt?«

»Ich nehme an, Frau Gödecke, er telefoniert«, entgegnete Pfeiffer genervt.

»Sehe ich. Bin ja nicht blind.«

»Warum fragen Sie dann?«

»Och, Kinder, nun hört doch auf! Ist euch eigentlich dieses große Motorrad aufgefallen?«, fragte Lizzi flüsternd.

»Wo?«, wollte Pfeiffer wissen.

»In der Hein-Hoyer-Straße. Vor Nummer sieben.«

»Richies Maschine?«

Lizzi legte den Kopf schief. »Ich denke nicht. Sie war nämlich verschwunden, als wir eben zurückkamen.«

Mareike fuhr zu ihr herum. »Das müssen Sie dem Lindemann sagen. Fahndung und so.«

Eine Käufliche sprach Lindemann vor dem Schaufenster mit einem breiten Lächeln an. Ihr fehlte ein Eckzahn.

»Ach, ich weiß nicht. Der Herr Lindemann hat gerade so viel zu tun, und außerdem wird bestimmt jemand anderes ihm das mit dem Motorrad sagen. Ewald meinte doch, dass man dort jetzt die Nachbarn befragt.«

»Das ist nicht in Ordnung, Lizzi«, mahnte Mareike. »Lindemann sollte das wissen.«

Ausnahmsweise stimmte Pfeiffer zu. »Wenn Sie Lindemann nicht informieren, Lizzi, dann haben wir es hier unter Umständen mit Paragraph 258 StGB zu tun. Absatz 1: Wer absichtlich oder wissentlich ganz oder zum Teil …«

»Angeber!«, fiel Mareike ihm ins Wort.

»… wird mit Freiheitsentzug von bis zu fünf Jahren bestraft.«

»Also wollen Sie nun was kaufen, oder nicht?« Der genervten Schnupfstimme hinter ihnen folgte ein Nieser.

Langsam drehte sich Mareike um. »Oh«, hauchte sie, während sie ihren Blick an dem schmalen Kerlchen auf und ab huschen ließ. »Ich glaube eher nicht.«

»Dildos sind diese Woche im Angebot«, näselte der Verkäufer, während er ein riesiges Stofftaschentuch aus seiner hautengen Latexhose klaubte.

Es war klar: Sie konnten nicht rausgehen, ohne Lindemann in die Arme zu laufen. Und er würde sicherlich wissen wollen, was sie in der Gegend taten. Und vor allem in dem Laden.

»Wir werden uns mal bei Ihnen umsehen«, entschied Lizzi vorsichtig, deren Augen immer größer wurden, je länger ihr Blick über die Angebote glitt. Da gab es Netz-Catsuits mit strategischen Auslassungen an gewissen Stellen und Lacklaken in Rot für fünfzehn fünfundneunzig. Sie fragte sich noch, was ein *Love Session Pointer* sein könnte, verzichtete aber darauf, den jungen Mann zu fragen. Zögerlich ging sie auf ein Regal mit noch mehr Erwachsenenspielzeug zu.

Die beiden anderen stellten sich links und rechts neben sie.

»Ich bin mir sicher, dass diese Hanne Angst hat«, flüsterte Lizzi, damit der Verkäufer hinter ihnen nichts mitbekam.

»Aber vor wem denn?« Mareike legte den Kopf fragend schief, während sie eine Klarsichtpackung betrachtete, in der sich eine Art Gummischlaufe befand. »Der Arzt der Dehlbrücks schien beunruhigt, weil Opa Edels Frau seit über sechs Monaten keine Rezepte mehr von ihm bekam. Opa Edel hatte die Rezepte immer abgeholt, doch dann plötzlich nicht mehr. Der Arzt meinte, jemand hätte ihm kürzlich gesagt, Frau Dehlbrück sei wieder fit.«

»Und er glaubt das?«

»Nein. Opa Edels Frau hatte ein schwaches Herz, Diabetes und offene Beine. Da wird man nicht einfach so wieder gesund.«

»Wer sagte dem Arzt das?«

»Eine Nachbarin, die Opa Edel bei der Pflege der Frau half.«

»Ach.« Lizzi wandte sich Pfeiffer zu. »Was meinen Sie dazu, Ewald?«

Pfeiffer schwieg. Erstarrt blickte er auf ein Paar mit pinkfarbenem Plüsch umhüllte Handschellen.

»Herr Kommissar?«

Pfeiffer zuckte zusammen. »Ja, die Nachbarin. Richtig.« Er räusperte sich. »Was um alles in der Welt macht man damit?«

Die Frauen schwiegen. »Ja, also die Nachbarin«, versuchte Pfeiffer den Faden wiederzufinden.

»So weit waren wir schon, Herr Kollege.« Ratlos stellte Mareike eine *Rhapsodia Violetta* zurück ins Regal. »Diese Hanne Sieberts hat doch gesagt, Opa Edel sei nicht reich. Was wäre, wenn er es doch ist?«

»Ein Testament?«

»Das lässt sich über das Amtsgericht herausfinden«, meinte Pfeiffer. »Es sei denn, das Dokument liegt beim Anwalt oder …«

»… in der Wohnung!«, beendete Mareike den Satz. »Das würde jedenfalls den Einbruch erklären.« Mareike schien von dem Gedanken begeistert.

Pfeiffer war vorsichtiger, obwohl ihm diese Idee zu gefallen schien: »Wir müssen das Testament finden oder jemanden, der es aufgesetzt hat. Lindemann wird diese Spur auch verfolgen. Ich bleibe in seinem Windschatten.«

»Der arme Kerl. Verfolgt von Pfeiffer.« Mareike grinste und luscherte zum Fenster hinaus. »Wenigstens ist er jetzt weg.«

»Weg?« Pfeiffer atmete erleichtert auf. Schnell ging er zur Tür.

»Für wen könnte das Testament von Interesse sein?«, fragte Lizzi nachdenklich. »Kinder hatten die beiden doch keine.«

»Na ja, die Hanne könnte Nutznießerin eines Testaments sein. Sie hat doch Opa Edels Frau gepflegt.«

»Aber warum sollte sie die Wohnung durchsuchen. Und wie passt Richie in das Bild?« Lizzi war unsicher.

»Vielleicht hatte er sie bei der Durchsuchung überrascht«, mutmaßte Mareike. »Oder sie ihn.«

Lizzi schlug sich mit der flachen Hand auf die Stirn. »Ich Dösbaddel! Ich Rindvieh!« Die beiden anderen blickten sie fragend an. »Als wir Hanne das erste Mal sahen, sprach sie bereits von Opa Edels Frau in der Vergangenheit! Wie konnte ich das nur übersehen.« Außerdem war ihr aufgefallen, wie sehr sich Hanne für die Ermittlungen interessierte. Die Frau hatte zudem gesagt, sie könne sich bald eine Finca auf Mallorca leisten. Rechnete Hanne Siebert etwa mit einer Erbschaft? Einer Erbschaft, die sie nur antreten konnte, wenn das Testament auftauchte. Das aber setzte voraus, dass die Dehlbrücks tot waren. Woher wusste Hanne, dass die beiden alten Leute tot sein könnten? Lizzi war mulmig zumute.

Das war Pfeiffers Stichwort. »Wir müssen diese Sieberts

observieren.« Er legte seine Hände auf den Rücken, wie er es zu tun pflegte, wenn er mal wieder Kriminalkommissar a. D. Ewald Pfeiffer war. »Natürlich werden wir uns abwechseln müssen. Die ersten drei Stunden ich, dann Frau Gödecke. Lizzi lassen …«

»Warum denn Sie als Erster? Mein Wagen steht fast vor der Tür. Ich könnte sofort …«

»Weil ich die meiste Erfahrung mit Observationen habe.«

Mareike schob ihre Fäuste an die Hüften. »Quatsch. Da macht man nichts anderes als herumzusitzen und zu warten. Das kann jeder Depp.«

»Ach, Kinder«, unterbrach Lizzi die beiden Streithähne. »Hanne Sieberts kennt Mareikes Gesicht. Sie hat sicherlich auch unseren Herrn Pfeiffer am Tatort gesehen, und mich kennt sie so oder so. Nein, so etwas wie eine Observation mit Thermoskanne und Brötchen auf dem Armaturenbrett klappt hier nicht. Das müssen wir ganz anders angehen.« Die beiden schienen enttäuscht zu sein. »Ich denke …«, meinte Lizzi, woraufhin Pfeiffer und Mareike sie erwartungsvoll anschauten, »… ich nehme …«, sie griff in das Regal vor sich, »… das hier.« Lizzi hielt eine Ausgabe des St.-Pauli-Magazins in der Hand, dessen Titelseite zwei riesige Brüste mit ein wenig Frau dahinter zierten. Mareike und Pfeiffer blickten sich entsetzt an, während Lizzi zur Kasse ging, um zu bezahlen.

»Schlimmer Schnupfen?«, sagte Lizzi zu dem Verkäufer mit den rotgeränderten Augen.

»Ja. Habe ich schon seit Monaten. Geht einfach nicht weg. Fünf neunzig.«

Lizzi legte das Geld auf den Tresen. »Lassen Sie sich mal auf eine Latexallergie testen.«

Er blickte sie überrascht an. »Meinen Sie?«

Lizzi lächelte nur. »Sind die Kondome umsonst?«

Er nickte.

Tief griff Lizzi in eine große Glasschale mit vielen kleinen bunten Tütchen darin.

Als sie rausging, bemerkte sie Pfeiffers fassungslosen Blick.

»Man kann nie wissen, Ewald«, raunte sie ihm zu und grinste.

32

Die Sache ging nicht voran. Die Alte hatte noch immer nichts herausgefunden, und das machte ihn verdammt wütend. Mucki ignorierte die durchgezogene Linie mitten auf der Straße. Dann rollte er mit seiner Harley in die Durchfahrt des schäbigen Hauses, in dessen Hinterhof das Clubhaus und die Werkstadt der Dragon Balls lag. Er hatte nur noch vier Stunden, um die Sache zu klären. Mittlerweile ging es nicht mehr nur um die Knete. Jetzt ging es um seine Haut.

Der Chef der Dragon Balls hielt vor dem Tor der Werkstatt, setzte seine Sonnenbrille ab und stieg von der Maschine. Jeder Knochen schmerzte. Er würde drinnen ein paar Pillen einwerfen müssen. Umständlich holte er den Schlüssel für das neue Sicherheitsschloss am Tor aus seiner Kutte. Gerade als er sich vorbeugte, um aufzuschließen, traf ihn ein Schlag genau zwischen den Schulterblättern.

Er sank zu Boden.

»Hör zu, du Scheißkerl! Was hast du mit den Russen zu tun?«

Kalli hielt einen Baseballschläger in der Hand, mit dem er den zusammengesunkenen Mucki auf die Seite drehte. Drohend setzt er ihm den Basi an die Kehle. Schokoschorsch, der sich mit einem langen Schraubenschlüssel bewaffnet hatte und diesen immer wieder in die eine Hand schlug, blickte grimmig auf Mucki hinunter.

»Jemand hat meine Maschine in Klump gehauen und auf den Rest einen Zettel gelegt«, kreischte Kalli. Mit einer Hand zog er einen Notizzettel aus seiner Jacke, zerknüllte ihn und warf ihn Mucki ins Gesicht. Mucki versuchte aufzustehen, doch Kalli drückte ihn mit dem Schläger wieder in den Dreck.

»Was steht drauf?«, krächzte Mucki.

Kalli kam dicht an Muckis Gesicht heran. »Dass wir dich fragen sollen!«

Schokoschorsch trat mit seinem Stiefel gegen Muckis Nieren. Mucki stöhnte auf.

»Ab heute killen die jeden Tag eine Maschine, stand da drauf. Und dann stand da noch, du wüsstest, warum.«

Kalli zerrte Mucki an der Lederjacke hoch. »Also? Warum, du Arsch!«

»Keine Ahnung.« Mucki versuchte aufzustehen. Kalli drückte ihn zurück. Doch Mucki schlug den Baseballschläger zur Seite und war mit einem Satz hochgesprungen. Er war größer als Kalli, doch Kalli war wütender als er. Kalli hob das Knie. Vor Schmerz aufstöhnend, beugte sich Mucki nach vorn, wobei er die Hände zwischen seine Beine presste.

»Denkst du, wir wissen nicht, dass du Geschäfte ohne uns machst? Sind es die Albaner? Die Angels? Die Russen?« Er starrte Mucki an.

»Wer sagt denn, dass ich es bin, Alter?«, stöhnte der.

»Wer denn sonst? Ich vielleicht?« Kalli lachte. »Denkst du wirklich, ich würde meine Maschine in die Tonne kloppen? Bist du irre?«

Kalli hielt noch einmal drohend den Schläger an Muckis

Hals. Mucki richtete sich wieder auf. Langsam drückte er ihn mit beiden Händen weg. »Schorsch!«, rief er dem dicken Rocker zu. »Hast du die kaputte Maschine gesehen?«

Schorsch überlegte. »Nö. Kalli kam nur wütend an und zeigte mir den Wisch.« Schorsch wies auf den zerknüllten Zettel am Boden.

Kalli wollte schon mit dem Schläger ausholen, als Mucki ihm das Holz aus der Hand riss. »Vielleicht bist du es ja, Kalli, der hinter alldem steckt!«

Mucki sprang auf. Er drehte den Baseballschläger kurz in der Luft, so dass er den Griff in der Hand hielt. Dann schwang er den Basi wie eine Keule vor sich her. »Du wolltest doch schon immer die Dragon Balls übernehmen, du kleiner Bastard!« Da zischte die Keule dicht an Kallis Kopf vorbei. Blitzschnell bückte sich Kalli und griff nach dem Schraubenzieher, den Schorsch ihm zuwarf. Das Ding war zwar kleiner als der Basi, aber besser als nichts.

Gebeugt, wie zwei Ringer, begannen die beiden Rocker, sich zu umkreisen. Mit Augen schmal wie Schlitze taxierten sie sich.

»Du willst also die Dragon Balls führen, ja?«, zischte Mucki. Er ließ den Baseballschläger über seinem Kopf kreisen.

»Du hast den Club betrogen. Und du weißt, was darauf steht!«, schrie Kalli.

Mucki lachte auf. »Klar! Die Regeln habe ich ja gemacht!«

Kalli machte einen Ausfallschritt nach vorn. Mucki wich nach hinten aus. Die Keule kreiste noch immer.

»Die Regeln hast du von den Angels geklaut, Blödmann«, schrie Kalli. »Diese bescheuerten Gesetze sind doch nichts als Schwachsinn!« Er lachte verächtlich. »Sergeant at Arms,

Vice President, Road Captain«, äffte er Mucki nach. »Mann, du kannst das ja nicht mal anständig aussprechen!«

Der Basi erwischte Kalli an der Schulter. Mit einem Stöhnen ging er zu Boden. Sofort stellte Mucki sich über ihn. Er hob den Baseballschläger weit über seinen Kopf, als wolle er den Mann zu seinen Füßen totschlagen. Schützend hob Kalli den Arm über seinen Kopf. »Du bist draußen, du Ratte!«, schrie Mucki. »Gib die Kutte her!«

»Ey«, mischte sich Schorsch ein. »Das kannst du doch nicht machen. Kalli ist doch einer von uns.«

»Schnauze!«

Noch immer schwebte die Keule über Muckis Kopf, bereit, auf die kleinste Zuckung seines Muskels hin, auf Kalli niederzusausen.

Doch stattdessen traf ihn Muckis Stiefel hart im Magen.

»Los, du Verräter! Zieh die Kutte aus.«

Die ärmellose Jeansweste mit dem Drachenkopf darauf war das Markenzeichen der Dragon Balls. Wenn Kalli sie jetzt auszog, war er mit seiner Lederjacke darunter nur ein ganz gewöhnlicher Rocker ohne Heimat. Aber nicht nur das. Weil Mucki verdammt viele Regeln der Hells Angels übernommen hatte, war ein ausgestoßenes Mitglied der Dragon Balls auch gleichzeitig Freiwild. Dass die Dragon Balls in der Kiezszene nur eine kleine Nummer waren, konnte Kalli wenig trösten. Jedes hergelaufene Neumitglied der Dragon Balls konnte sich Lorbeeren verdienen, indem es Kalli eines Morgens, irgendwo im Supermarkt oder an der Tanke, ein Messer in die Rippen jagte. Bei Mucki standen derartige Treuebekundungen hoch im Kurs. Kalli musste unbedingt seine Kutte behalten.

»Du kannst mich nicht rausschmeißen. Alle von uns müssen zustimmen.« Der Basi sauste mit einem Zischen runter. Hätte sich Kalli nicht blitzschnell weggedreht, hätte Mucki ihm den Kopf zertrümmert.

Sofort war Kalli wieder auf den Beinen.

»Ich habe die Regeln geändert, Verräter!«, schrie Mucki und rannte auf Kalli zu.

In diesem Moment hörte man die Sirenen mehrerer Polizeiwagen. Schon kam der erste Wagen mit Blaulicht in den Hof gerast. Ein Hüne von einem Polizisten sprang aus dem ersten Wagen, zog die Waffe und brüllte Mucki an, er solle den Baseballschläger fallen lassen. Mucki zögerte.

»Wird's bald! Ich habe einen nervösen Finger.«

Langsam legte Mucki den Schläger auf den Boden und hob seine Hände über den Kopf.

»Na, geht doch«, murmelte Lindemann. Mit noch immer gezogener Waffe ging er auf den Rocker zu, während zwei andere Beamte angelaufen kamen, um Mucki Handschellen anzulegen. »Martin Kleinschmidt, ich nehme Sie vorläufig in Gewahrsam, wegen Verdacht des Mordes an Richard Klüver.«

Die Handschellen machten klick.

»Scheiße«, murmelte Schorsch und blickte Kalli fragend an.

»Richie ist tot?«, fragte Kalli den Kommissar.

»Tja, sieht ganz so aus. Das Motorrad Ihres Bandenchefs stand in der Hein-Hoyer-Straße, als Ihrem Freund Richie erst eins über den Schädel gehauen wurde …«, sein Blick fiel auf den Baseballschläger, »… und man ihn dann auf die Straße kippte.«

»Ja, und?«, schrie Mucki. »Ich kann meine Maschine parken, wo ich will. Das sagt überhaupt nichts!«

Lindemann gab den Kollegen einen Wink. Man führte Mucki zum Polizeiwagen, wo einige Beamte noch immer mit gezogenen Waffen standen, die sie auf die Rocker richteten, als erwarteten sie Ärger. Während man Mucki in den Wagen bugsierte, schrie der zu Schorsch und Kalli hinüber, sie sollten Rechtsanwalt Michelsen anrufen. »Er muss mich da rausholen!«

Doch Kalli zeigte Mucki nur den Mittelfinger.

Als der Wagen bereits die Hofeinfahrt hinausfuhr, hörte man Mucki noch immer krakeelen.

Langsam kam Lindemann auf Schorsch zu. »Und Sie? Wo waren Sie vor einer Stunde?«

Es war eher ein Reflex von Schorsch, als er ihn anschnauzte, dass es niemanden etwas angehe.

Kalli mischte sich ein. »Wir waren hier und haben auf Mucki gewartet.«

Lindemann drehte sich um. »Warum?«

»Geht Sie nichts an.«

»Doch, denn wer sagt mir, dass es nur einer war, der Richard Klüver vom Balkon warf? Vielleicht wart ihr es ja alle drei.«

Kalli, noch immer ein wenig blass von Muckis Attacke, nickte langsam. »Verstehe.« Eine Zusammenarbeit mit der Polizei war für keinen Rocker einfach. Eigentlich war so etwas unmöglich. Es war die mieseste Art von Verrat in diesen Kreisen.

»Schorsch und ich haben seit zwei Stunden auf das Arschloch gewartet. Hier.«

»Zeugen?« Kalli überlegte. »Der Briefträger und die Jungs von der Mülle.«

Schorsch nickte. »Die waren vor 'ner Stunde hier.« Mit ausgestrecktem Finger wies er auf den leeren Müllcontainer.

»Wie kommen Sie überhaupt auf den Mucki?«, wollte Kalli wissen. »Ich meine, dass er den Richie kaltgemacht hat.«

Lindemann grinste. Auch er wusste, dass Rocker dünnes Eis betraten, wenn sie freiwillig mit einem Polizeibeamten so lange sprachen. Die Szene würde schnell Bescheid wissen und derartige Vertraulichkeiten zwischen Gut und Böse bestimmt nicht mögen. Für Kalli und Schorsch war jedes Wort mit Lindemann gefährlich. Lindemann beschloss, den beiden entgegenzukommen. Wer wusste schon, wofür das einmal gut sein würde. »Ihr Kumpel wurde gesehen, wie er das Gebäude betrat. Fünfzehn Minuten später lag Richard Klüver auf der Straße.«

Kurz sahen Kalli und Schorsch sich an.

33

Jemand rüttelte an seiner Schulter. Mirko drehte sich zur Seite, wollte weiterschlafen. Es war gestern mal wieder spät geworden. »Lass mich!«, murmelte Mirko in sein Kissen, doch Pudel ließ nicht locker.

»Los, Alter! Aufstehen!« Das grelle Licht der Sommersonne durchflutete den Raum, als Pudel die Vorhänge aufriss. Er war bester Laune. »Ab heute wird sich einiges ändern, Kleiner.« Er ging zum Couchtisch und suchte zwischen Pizzaschachteln und überlaufenden Aschenbechern ein Feuerzeug, um sich die Fluppe zwischen seinen Lippen anzuzünden. »Ab heute gehörst du zu den Erwachsenen, klar?«

Mirko hörte nur halb hin. Es konnte kaum später als acht Uhr sein. Dann hätte er also gerade mal drei Stunden geschlafen. Mirko drückte das Kissen auf seinen Kopf.

Doch Pudel riss es herunter. »Los, hab ich gesagt. Du stehst jetzt auf und machst dich nützlich!« Die gute Laune in seiner Stimme war verschwunden.

Vorsichtig lugte Mirko nach oben. »Was hast du denn bloß?« Langsam setzte sich Mirko auf.

Pudel antwortete nicht. Er griff nach Mirkos neuer Jacke, die auf dem Boden lag, und durchsuchte die Taschen. Als er Mirkos Handy gefunden hatte, steckte er es ein. Dann kam er zu Mirko und zerrte ihn am T-Shirt hoch. »Du wirst jetzt anfangen, deine Schulden bei mir abzuzahlen«, zischte er Mirko ins Gesicht.

»Schulden? Was für Schulden?« Mirko rieb seine verschlafenen Augen.

Da hielt Pudel ihm einen Zettel vor die Nase. »Das ist eine Liste aller Kosten, die ich durch dich hatte.«

Überrascht schaute Mirko erst die Liste und dann seinen Freund an. »Lederjacke, 499 Euro, drei Jeans, 275 Euro, achtmal essen gehen im *Bella Inn* und vier Flaschen Schampus mit der Nutte im Club, die Nutte geht aufs Haus. Dann noch ein paar Kleinigkeiten, und schon sind wir bei …«

Mirko beugte sich vor. Sprachlos nahm er den Zettel in die Hand. Er schluckte, als er die Summe sah. Über zweitausend Euro. Und unten war seine gekritzelte Unterschrift, an die er sich überhaupt nicht erinnern konnte. »Aber, ich dachte, das waren Geschenke?«, stotterte Mirko.

Pudel lachte. »Sehe ich aus wie die Heilsarmee?« Er warf den Schuldschein auf den Couchtisch. Dann ging er in die Küche.

Langsam rappelte sich Mirko auf. Mit wackeligen Beinen begann er sich anzuziehen. Als er kurz darauf in die Küche kam, saß Pudel am Tisch.

»Ich habe aber kein Geld.«

»Mir doch egal. Wer sich Geld leiht, muss es auch zurückzahlen«, grinste er. »Sonst gibt's nämlich Haue, klar?«

Mirko stützte sich am Türrahmen ab. »Ehrlich, ich habe keine Knete.«

Da sprang Pudel auf. Mit einem Satz war er bei Mirko. Noch bevor Mirko etwas sagen konnte, hatte er schon eine Ohrfeige kassiert, die ihm nicht einmal sein Vater je so verpasst hatte. Mirko flog nach hinten. Konnte sich gerade noch an der Wand im Flur abstützen. Er spürte, wie ihm die Tränen in die Augen schossen. »Aber …«, stotterte er hilflos.

Pudel ging auf ihn zu, wobei er immer größer zu werden schien. »Du hast zwei Wochen Zeit. Dann will ich das Geld hier haben.«

»Aber, ich weiß doch gar nicht …«

Pudel ging zurück zu seinem Stuhl und setzte sich breitbeinig hin. »Frag deine Alte.«

Seine Mutter? Mirko wusste, dass sie keinen Cent übrig hatte. Geschweige denn zweitausend Euro. Für einen Moment schöpfte er Hoffnung, als ihm einfiel, dass er überhaupt noch nicht geschäftsfähig war. Darum konnte dieser blöde Zettel auch nix wert sein. Doch schon im nächsten Moment wusste er ebenso, dass seine Mutter dann den ganzen Ärger mit Pudel abbekommen würde. Und der Mistkerl würde seiner Mutter alles sagen, was Mirko in den letzten Tagen getrieben hatte. Und bestimmt würde Pudel ihr noch sonst was obendrauf erzählen. Mirko traute seinem besten Freund plötzlich alles zu. Während die Tränen über seine Wangen liefen, löste sich der Boden unter seinen Füßen auf. Mirko wurde schwindelig.

Da lächelte Pudel ihn milde an. »Es gibt natürlich eine Lösung, wenn du nicht willst, dass deine Mutter alles erfährt.« Mirko schniefte. »Du machst es wie ein Mann. Verdiene das Geld selber. Ich kann dir helfen, einen Job zu kriegen.«

Etwas in Mirko sagte ihm, dass die Sache jetzt erst richtig dreckig werden würde. Und tatsächlich. Pudel ging zum Küchentisch zurück. Er setzte sich. Dann holte er aus einer alten Keksdose eine Gefriertüte. Es war jene Tüte, die die Typen Pudel in dem Dönerladen gegeben hatten. »Da sind locker ein paar hundert Euro extra für dich drin, Kleiner«, meinte er plötzlich jovial und schüttelte die Tüte mit den bunten Pillen darin.

Vorsichtig ging Mirko näher heran. Er sah, wie Pudel die Gefriertüte mit den Dingern, die aussahen wie kleine Smarties, über den Tisch schob. »Drogen?«

»Richtig. Du wirst gleich damit anfangen, diese kleinen Geschenke an deine lieben Mitschüler zu verticken. Heute noch umsonst, ab morgen fünf Euro das Stück.« Er lehnte sich zurück. »So macht Schule Spaß.«

Mirko schüttelte den Kopf. »Ich kann das nicht machen«, murmelte er, ohne die Tüte aus den Augen zu lassen.

Da schlug Pudel mit der Faust so heftig auf den Tisch, dass Mirko erschreckt zurückfuhr. »Entweder so, oder ich breche dir alle Knochen, Kleiner! Und deiner Alten auch, wenn die deine Schulden nicht bezahlt. Das ist mein Prinzip, verstanden? Ohne Respekt geht nämlich gar nichts, klar?« Dann holte er aus seiner Jeanstasche Mirkos Handy. Mit breitem Grinsen ließ er es auf den Fliesenfußboden der Küche knallen und zertrat mit dem Absatz seines Stiefels das Display.

Mirko blieb die Luft weg.

»Damit du nicht die falschen Leute anrufst, Kleiner.«

Mirko starrte erst Pudel und dann die Tüte auf dem Tisch an. Endlich verstand er, was in den letzten Tagen passiert war. Und ganz langsam ergriff ihn Panik. Nur halb hörte er, wie Pudel ihm mitteilte, dass er ihn jetzt zur Schule fahren werde.

»Ich warte vor der Tür, damit du auch keine Scheiße baust, klar. Und danach sehen wir, wie erfolgreich du warst. Vorerst bleibst du hier wohnen.«

»Hier?«

»Klar!« Pudel kam ganz dicht an Mirkos Gesicht heran. »Du gehörst jetzt mir, Kleiner.«

34

Pfeiffer befürchtete, dass seine häufigen Besuche im Präsidium langsam auffielen. Die dickliche Kantinenhilfe mit den rosa Wangen, die gerade einen Schlag Kartoffelpüree auf den Teller in ihrer Hand knallte, jedenfalls kannte ihn. »Nehm Se man lieber den Fisch. Dat Fleesch vun gistern war ja nich so Ihr Fall, Herr Kommissar.«

Sie hatte recht. Pfeiffer hatte am Tag zuvor das Schweineschnitzel auf dem Teller liegen lassen und nur die Bohnen mit den Kartoffeln gegessen.

»Wozu braucht einer die NSA, wenn man Sie hat?«, murmelte er leise vor sich hin.

Mit einem Stück Bratfisch auf dem Pfannenwender blickte sie ihn streng an. »Dat heff ick hört, mien Seuten.« Sie legte das große Fischstück zurück in die eckige Warmhalteschale und nahm stattdessen ein besonders Kleines heraus. Wahrscheinlich eines mit auffallend vielen Gräten, vermutete Pfeiffer, der mit einem zaghaften Lächeln den Teller in Empfang nahm. Der Kollege neben ihm grinste, als Pfeiffer mit eingezogenem Kopf zur Kasse eilte.

Lindemann saß mit zwei Kollegen auf einem der stylischen aber unbequemen Stühle nahe der hohen Fensterfront.

»Darf ich?« Pfeiffer schickte sich an, den Stuhl gegenüber Lindemann zurückzuschieben.

»Nee, darfst nicht.« Lindemann würdigte ihn keines Blickes.

Neugierig sahen die beiden anderen Kommissare Pfeiffer an. Er kannte sie nicht. Sie mussten nach ihm zur Dienststelle gekommen sein. Pfeiffer setzte sich trotzdem. Lindemanns Kopf fuhr hoch. »Ich hab gesagt …«

»Du willst doch bestimmt über den Klüverfall wissen, was du noch nicht weiß, Manfred?« Pfeiffer faltete seine Papierserviette auseinander, legte sie sorgsam auf seinen Schoß und nahm das Besteck. »Und dafür sagst du mir, was die Obduktion von diesem Richard Klüver ergeben hat.«

Die beiden Männer maßen sich. Hier gab es die Gelegenheit, ihre alte Feindschaft zu pflegen. Man sollte gute Gewohnheiten nie grundlos aufgeben.

»Hör zu, Pfeiffer, du bist keiner mehr von uns.« Das tat weh. »Und ich kann dich jederzeit einbestellen und verhören, wenn ich will. Was also habt ihr herausgefunden?«

Pfeiffer nickte bedächtig, während er sich eine Gabel mit Fisch in den Mund schob. Langsam kauend nickte er weiter.

Dann sagte er: »Ja, das kannst du, Manfred. Aber wird es etwas bringen?« Seine Zunge bohrte im Mund herum und fummelte eine Gräte heraus.

»Ich könnte auch deine Lizzi hierherzitieren.« Lindemann grinste, als er seinen bereits leeren Teller von sich schob und die Arme über dem ausladenden Bauch verschränkte. »Was also habt ihr mit den Dehlbrücks zu tun?«

Pfeiffer wiegte den Kopf hin und her. »Was sagt die Obduktion?«

Die beiden schauten sich an.

»Gibt es ein Testament?«, wollte Pfeiffer wissen.

»Warum?«

Pfeiffer überlegte, ob er Lindemann die Überlegung mitteilen sollte, dass die Nachbarin vielleicht die Nutznießerin sein könnte. Er entschied sich dagegen.

»Nun, weil es doch immer eines gibt«, meinte er ausweichend.

»Kein Testament.«

»Na ja, nur weil ihr noch keins gefunden habt, muss das nicht heißen, dass es keins gibt«, triezte Pfeiffer ihn.

Plötzlich schlug Lindemann mit der Faust auf den Tisch. Die beiden anderen Beamten zuckten zusammen.

Pfeiffer kaute ruhig weiter.

»Ich konnte damals nichts dafür!«, brach es aus Lindemann heraus.

Pfeiffers Oberkörper schoss nach vorn, bis sich die Tischkante in seine Rippen drückte. »Falsch! Du hast deinem Schwiegersohn, diesem Schmierfinken, von der Untersuchung erzählt.«

»Unsinn. Achim ist …« Lindemann stockte. »Du hast den Willi Böttcher zu hart drangenommen, Pfeiffer! So war das.«

Pfeiffer warf seine Gabel auf den Teller, dass das Kartoffelpüree nur so spritzte. »Die Interne hat anderes gesagt. Der Kerl wäre auch ohne mich hinüber gewesen.«

Den beiden Beamten am Tisch schien es jetzt doch zu persönlich zu werden. Eilig standen sie auf, nahmen ihre Tabletts und trollten sich. Die Kollegen an den anderen Tischen aber blickten weiter neugierig zu Lindemann und Pfeiffer, die sich wie zwei Gladiatoren in einer römischen Kampfarena anstierten.

»Kollege Lindemann«, drang plötzlich eine Stimme zu ihnen. »Der Bericht.« Ein dünner Pappordner flog auf den Tisch zwischen Pfeiffer und Lindemann. Ein Mann setzte sich zu den Streithähnen. »Moin. Kevin Klein mein Name.« Pfeiffer hatte den jungen und äußerst dünnen Beamten erst gestern gesehen. Er war mit Lindemann aus der Wohnung der Nachbarin der Dehlbrücks gekommen. »Sie sind Ewald Pfeiffer, richtig?« Auf seinem Teller lagen zwei Hamburger und sehr viele Pommes, ersäuft von einem See aus Ketchup. »Habe von Ihnen gehört.«

Pfeiffer wollte gerade dem jungen Mann erklären, dass ihn das einen Scheißdreck interessiere und die Sache mit dem Willi seit Ewigkeiten vorbei sei, als der Bursche ihn auch schon unterbrach.

»Sie hatten die Idee, der Kellerbande eine Falle zu stellen. Das muss sechsundachtzig gewesen sein.« Verwirrt nickte Pfeiffer. »Den Einsatz sind wir im Unterricht durchgegangen. Ich weiß zwar nicht, wie Sie Ihre Vorgesetzten dazu bekommen haben, so eine Sache durchzuziehen, aber …«, er nickte kauend, »Respekt.« Er schob noch eine volle Gabel in seinen Mund. »Und KHK Fillbinger sagte, man hätte Sie angeschossen, damals, auf der Ost-West-Straße, als Sie den Dingsda verfolgt haben. Also«, plapperte er weiter, »heute geht so etwas nicht mehr. Heute muss man für jede Patrone, die nicht mehr im Lauf ist, zwanzig Formulare ausfüllen. Hatte in meiner ersten Zeit ein halb totgefahrenes Reh zu erschießen. Fünf Kugeln.« Er wischte sich den Mund mit der Papierserviette ab. »Nicht weil ich nicht schießen kann. Nee, das blöde Vieh hat sich ständig bewegt. Der Papierkram hat fast eine Woche gedauert.« Er blickte lächelnd zu Pfeiffer, dann reichte er ihm die Hand, die Pfeiffer ganz automatisch nahm. »Freue mich, Sie kennenzulernen. Sind ja so was wie ein Held in der Polizeischule.«

Lindemann rollte mit den Augen. Erstaunt schwieg Pfeiffer.

Da griff Lindemann nach seinem Tablett. »Das ist Ewigkeiten her«, grunzte er. »Olle Kamellen.« Er stand auf.

Pfeiffer lächelte den jungen Mann an. »Na ja«, meinte er bescheiden. »Ich war ja nicht alleine da. Polizeiarbeit ist immer …«

»Teamarbeit«, ergänzte Klein. »Ich weiß. Hat unser Ausbilder auch gesagt und uns geraten, es nicht so zu machen, wie Sie es damals getan haben.« Er lächelte den pensionierten Pfeiffer an.

Lindemann marschierte zu den Trolleys, wo er sein Tablett hineinschob. Pfeiffer beobachtete ihn aus den Augenwinkeln. Noch fünf Schritte, und Lindemann wäre im Flur. Vier, drei, zwei, eins. Als die Tür hinter Lindemann zufiel, schob Pfeiffer schnell sein Tablett zur Seite und zog den Bericht darunter hervor. Er hatte es auf den Pappordner geschoben, während der junge Mann plapperte und Lindemann noch vollauf mit seiner Wut beschäftigt war.

Pfeiffer klappte den Obduktionsbericht auf und wollte gerade anfangen zu lesen, als sich eine schwere Hand auf seine Schulter legte. »Denke nicht einmal daran, Ewald!«, zischte Lindemann und riss ihm den Ordner aus der Hand.

35

Die Wohnung war eher ein Verschlag unterm Dach. Doch Harro, der Painter, wie er sich nannte, schien damit ganz zufrieden zu sein. »Wie? Ich soll Sie malen?«

Lizzi sah sich in dem wüst aussehenden Raum um. Überall standen Spraydosen, lagen angetrocknete Pinsel und leere Bierflaschen. Die Essensreste auf dem Couchtisch könnten noch vom Weihnachtsfest sein, überlegte Lizzi und schüttelte sich ein wenig. »Ja. Ich möchte ein Porträt von mir. Sie sind doch Künstler? Das haben Sie jedenfalls unten auf der Straße gesagt, als der arme Kerl vom Balkon gefallen war.«

Harro kratzte seinen Kopf. »Ja, aber ich bin doch nicht die Art von Maler.«

»Nein?« Lizzi zog einen Hocker heran und setzte sich drauf.

»Nee, ich mache eher so … Gebrauchskunst.«

»Gebrauchskunst.« Lizzi bemerkte einige Schnappschüsse vom Dom an der Wand. »So etwas?« Mit ausgestrecktem Finger wies Lizzi auf ein Foto, das Harro vor einer Geisterbahn zeigte. Alberne Monster und verzogene Vampirgrimassen zierten die hohe Wand des Fahrgeschäfts hinter ihm. Künstlerisch betrachtet, war das Bild derart grausig schlecht, dass es jedem die Angst in die Knochen zu jagen vermochte.

»Ja. Ich male so was.«

»Och, das sieht doch gut aus«, log Lizzi. »Das ist Kunst. Sogar ich kann erkennen, dass Sie Talent besitzen. Haben Sie Malerei studiert?«

»Öhm, also eigentlich …« Er griff nach einer Flasche, die auf dem Boden stand, und lutschte den letzten Tropfen abgestandenen Bieres heraus. »Ich hatte mich mal beworben. Ist aber schon länger her.«

Harro warf einen Blick auf das Magazin und die Kondome, die Lizzi ihm als Gastgeschenk mitgebracht hatte.

»Fünfzehn Euro pro Sitzung. Reicht das?« Lizzi wusste nicht, ob man so etwas im Voraus zahlen musste und hoffte, dass dem nicht so war.

Zögerlich begann Harro, der Painter, in seiner Wohnung nach einer Staffelei zu suchen, die er irgendwann einmal gehabt hatte, wie er sagte. Als er sie endlich fand, musterte er das eingestaubte Ding kritisch. Das dritte Bein war abgebrochen. Flink ersetzte er es mit Hilfe zweier gestapelter Bierkästen und einiger älterer Ausgaben des St.-Pauli-Magazins.

Eine halbe Stunde später saß Lizzi auf dem Hocker vor einem Fenster und blickte zur anderen Straßenseite hinüber, während Harro, der Painter, sie mit ungelenken Strichen skizzierte.

Die Sonne schien durch die dreckige Scheibe, über deren Schlieren ein paar Fliegen liefen. Der Fensterrahmen mochte vor Jahren einmal weiß gewesen sein. Eine dünne Fettschicht überzog den Griff. Einen Balkon, der den Blick hätte versperren können, hatte die Wohnung nicht, so dass Lizzi problemlos Hanne Sieberts beobachten konnte, wie sie gerade in ihrer Küche Zeitung las, die obligate Zigarette in der Hand.

Der Balkon, der zur Wohnung der Frau gehörte, lag neben dem der Dehlbrücks. Hanne hatte nicht gelogen, als sie gesagt hatte, sie habe kein Händchen für Blumen. Trockene Stängel staken aus einem Blumenkasten heraus, der am Geländer des Balkons hing. Selbst der Efeu, welchen sie in einen Topf gepflanzt hatte, hing braun und schlapp herunter. Lizzi reckte ein wenig ihren Kopf, um besser hinunterschauen zu können. »Vierter Stock«, murmelte sie. Ob die Höhe reichte, um sich selbst oder jemand anderen zu töten? »Vielleicht, wenn man unglücklich fiel …«

Harro blickte auf. »Was?«

»Ach nichts«, wehrte Lizzi lässig mit der Hand ab. »Ich habe nur laut gedacht.«

Harro widmete sich wieder dem Blatt auf der Staffelei.

Lizzi überlegte weiter. »Der Richie war nicht sehr groß. Viel kleiner als Mucki«, murmelte sie vor sich hin. Sie schätzte, dass Richard Klüver nicht mehr als siebzig Kilo, vielleicht fünfundsiebzig, gewogen haben mochte. »Ob jemand nachgeholfen hatte?«

»Mir braucht keiner zu helfen«, sagte Harro.

Lizzi schüttelte den Kopf. »Nein, nicht Sie.« Sie lächelte ihn entschuldigend an. »Sie waren einkaufen, als der arme Kerl da drüben runterfiel. Richtig?«

Harro nickte. Er griff zu einem Radiergummi.

»Haben Sie vorher etwas in der Wohnung gesehen?«

»Ham die Bullen mich auch gefragt. Nee. War gerade erst aufgestanden. Da bin ich noch nicht so fit.«

Lizzi nickte. »Verstehe.« Sie drehte sich wieder zum Fenster und beobachtete Hanne, wie diese die Zeitung zusammenfaltete und sich vom Tisch erhob. Offenbar hatte sie

Besuch, denn Lizzi glaubte gesehen zu haben, wie sich ihre Lippen bewegten. Vielleicht sang die Nachbarin aber auch nur ein Lied.

»Lebt Hanne Sieberts eigentlich alleine?«

»Wer?«

»Die Frau von drüben. Vierter Stock.«

Harro schien sich nicht für sie zu interessieren. Konzentriert zeichnete er, während die Staffelei gefährlich unter seinen festen Strichen wankte. »Ach die. Na ja, die hat manchmal Typen da. Immer andere. Schätze, die arbeitet im Milieu. Vielleicht Freiberuflerin, oder so.«

»Hat sie einen Zuhälter?«

»Keine Ahnung. Geht mich nichts an.«

Ohne den Blick von der Wohnung gegenüber zu wenden, zweifelte Lizzi das an. »Hier im Viertel weiß jeder alles. Das schließt Sie ein, Harro.«

Der Maler hob den Kopf. »Was meinen Sie damit?«

»Dass Sie Polizisten nicht mögen, aber eine alte Frau, die ein wenig tratschen will, schon.« Sie schaute ihn mit dem harmlosesten aller Blicke an. »Ach, gönnen Sie doch einer alten Frau ein wenig Aufregung«, zwitscherte sie. »So nah bin ich noch nie einer Leiche gekommen.« Das war eine glatte Lüge, aber das musste Harro, der Painter, ja nicht wissen.

Er lachte. »Na ja, der Typ ist nicht von dem Balkon da drüben runtergefallen.« Er wies mit dem ausgestreckten Finger zu Hannes Balkon. »Das war der Balkon daneben.«

Nun, das war für Lizzi nichts Neues. »Und?«

Er stellte sich neben Lizzi und wies zur Wohnung der Dehlbrücks hinüber. »Da lebten zwei Alte. Die Frau habe ich seit mindestens einem halben Jahr nicht mehr gesehen. Und er ist seit drei Wochen weg. Spurlos verschwunden, sagen die Nachbarn.«

»Oh«, hauchte Lizzi, Interesse vortäuschend. »Und wie haben sich die beiden Herrschaften mit ihrer Nachbarin vertragen?«

»Keine Ahnung. Aber die da«, er wies zu Hanne, die gerade aus der Küche schlurfte und im Flur verschwand, »die hat 'ne Zeitlang die Alten besucht. Jeden Tag. Manchmal sogar mehrmals.«

»Ach, und was hat sie in der Wohnung der Dehlbrücks gemacht?«

Harro überlegte. »Bügeln, putzen und so.«

Das deckte sich mit Hannes Aussage, sie habe bei der Pflege der alten Frau geholfen. »Mehr nicht?«

»Ein bisschen neugierig, würde ich sagen.« Er ging zu seiner Staffelei zurück.

»Was heißt das?«

»Na ja, die hat in den Sachen der beiden Alten gewühlt, wenn die es nicht merkten. Schubladen durchsucht und so.«

»Oh!« Diese Information schien Lizzi wertvoll. Doch was hatte die Frau bei den Dehlbrücks gesucht? Lizzi blickte zur anderen Straßenseite hinüber. Offenbar hatte Hanne Kundschaft, denn die roten Gardinen im verdunkelten Nebenzimmer bewegten sich kurz.

36

Heute war er seit längerem mal wieder in der Schule. Na ja, zumindest lungerte er dort herum, erzählte den anderen eine blöde Geschichte über eine Gehirnerschütterung, die er gehabt habe. Mirko wusste ja nicht, was seine Mutter Frau Gundert erzählt hatte. Die Lehrerin schwieg nur zu seiner Ausrede. Mit eiserner Miene schaute sie ihm nach, als er sich an seinen Platz setzte. Er hatte keine Schulsachen dabei, behauptete nur, er habe sie im Bus liegenlassen. Die Frau glaubte ihm auch das nicht, er konnte es in ihrem Gesicht lesen. Nach dem Unterricht solle er zu ihr ins Lehrerzimmer kommen, hatte sie nur gesagt. Dann fing sie mit Deutsch an.

Alles, was da vorn abging, rauschte an Mirko vorbei. Die meiste Zeit starrte er aus dem Fenster. Er wusste, dass er wieder nach Hause musste, aber er hatte Angst, seiner Mutter in die Augen zu sehen. Er hatte sich wie ein Idiot benommen. Und nun steckte er tief in der Scheiße und wusste nicht, wie er da wieder rauskommen sollte. Pudel würde ihn fertigmachen, wenn er für ihn den Stoff nicht verkaufte. Seine Mutter würde ihn fertigmachen, wenn er ihn verkaufte. Die Bullen konnte er nicht rufen, weil Pudel ihn dann erst recht fertigmachen würde. Seine Kumpels von der Schule? Die würden überhaupt nicht begreifen, wovon er redete. Wahrscheinlich würden die alles brühwarm ihren Eltern erzählen. Konnte Frau Gundert, die Lehrerin, helfen? Fast hätte

Mirko losgelacht. Da fiel ihm plötzlich ein Spruch ein, den er bei der alten Frau, für die seine Mutter arbeitete, irgendwann einmal hatte herumliegen sehen: Es sind Persönlichkeiten und nicht Prinzipien, die die Zeit in Bewegung bringen, oder so ähnlich. Und da fragte sich der Schüler Mirko Gödecke, ob Pudel nicht Scheiße erzählte, wenn er von Respekt laberte und doch nur erwartete, dass Mirko kuschte. Mirkos Mutter mochte die Alte. Sie sagte immer, dass diese Lizzi mehr Mumm im kleinen Finger habe als jeder Mann. Und sie würde Dinge bemerken, die keinem anderen auffielen. Letztens hatte diese Lizzi sogar einen Mörder überführt. Jedenfalls stand das damals in der Zeitung.

Plötzlich hatte Mirko einen verrückten Gedanken, und er wusste, wie er seiner Misere entkommen konnte. Es gab eine ganz einfache Lösung! Polternd fiel sein Stuhl um, als er aufsprang und ohne ein Wort das Klassenzimmer verließ.

37

»Was machen Sie denn hier?«, fragte Lizzi, als Pfeiffer plötzlich im Atelier des Gebrauchskünstlers Harro stand.

»Ich habe Sie mal wieder gesucht. Warum schalten Sie ihr Handy nie ein?«

Lizzi blickte auf ihre große Handtasche, die am Hocker zu ihren Füßen lehnte. »Habe ich doch!«

»Na, dann ist wohl der Akku leer. Sie müssen ihn aufladen.«

»Das schwarze Ding mit dem Kabel dran?«

Pfeiffer nickte, während er sich neugierig in der Bude unterm Dach umschaute. »Wie kann man bloß so leben?«, murmelte er und schob mit dem Fuß einen ausgetrockneten Pinsel zur Seite.

»Das ist das Atelier eines Künstlers, lieber Ewald«, sagte Lizzi. »Diese Leute sind anders als wir.« Sie setzte sich ein wenig aufrechter auf den Hocker, der vor dem sonnendurchfluteten Fenster stand, und hoffte, die Strahlen des Lichtes würden ihren grauen Haaren einen besonderen Silberschein geben.

Da hörten sie die Toilettenspülung rauschen. Gleich würde Harro, der Painter, zurückkommen. Pfeiffer ging zu Lizzi ans Fenster und blickte hinaus. Auf der anderen Straßenseite konnte man das Küchenfenster von Hanne Sieberts sehen. »Und? Hat sich schon was getan?«

»Nein«, meinte Lizzi, rutschte vom Hocker und tat es ihm gleich. »Bisher nichts Verdächtiges.«

»Hm, schade.«

»Ja, schade.«

So standen sie eine Weile da und blickten gemeinsam hinaus.

»Störe ich?«, ließ Harros Stimme die beiden Alten aufschrecken.

Lizzi fuhr herum. »Nein, nein, lieber Herr Painter. Bestimmt nicht.«

Der Künstler griff zum Pinsel. Pfeiffer verstand den Wink und verabschiedete sich. Doch bevor er ging, flüsterte er Lizzi noch schnell etwas ins Ohr.

»Damit Sie mir nicht noch einmal verlorengehen, Lizzi, werde ich im Wagen unten auf Sie warten.«

Erstaunt blickte Lizzi ihm in die Augen. Gerade wollte sie widersprechen, ihm sagen, dass sie kein kleines Mädchen sei und er sich um sie bestimmt keine Sorgen machen müsse, als er sie flehentlich ansah. »Bitte, Lizzi. Laufen Sie nicht noch einmal weg.«

Lizzi schluckte.

38

Die Touristen hatten den Kiez fest im Griff. Jedenfalls glaubten sie es. Natürlich war es andersherum, denn die käuflichen Frauen am Straßenrand gegenüber der Davidwache wussten genau, was man tun musste, um den Vertretern aus Gau-Bischofsheim, die an einem dreitägigen Verkaufsseminar in Hamburg teilnahmen, und anderen einsamen Männerherzen das Geld aus der Tasche zu ziehen. Die Türsteher in der Großen Freiheit waren seit Stunden mit flotten Sprüchen dabei, leicht angeschickerte Frauen und Männer in die Etablissements zu locken, wohin kaum einer von ihnen nüchtern gegangen wäre. Ein mitternächtlicher Sightseeing-Tross latschte einem fast zwei Meter großen Transvestiten in glamourösem Las-Vegas-Look hinterher, der eine Zote nach der anderen riss, und alles andere als beiläufig die Frauen der Gruppe darauf hinwies, dass man anschließend in seinem Club noch ein Gläschen oder zwei zu sich nehmen könne. Hinter ihm wurde gegiggelt und getuschelt. Dann war klar, wo der Betriebsausflug der Erzieherinnen des Kindergartens Eppendorf enden würde.

In all dem Gewühle und Gewimmel schoben sich die Spaßhungrigen die Reeperbahn auf und ab, während aus offenen Türen rockige Bässe oder schmalzige deutsche Schlager dröhnten.

Es gab Gäste, die Hunderte von Kilometern gefahren waren, nur um einmal diesen sündigen Pfuhl erleben zu dürfen. Ihnen wurde ein Rundum-glücklich-Paket geboten. Für jeden Geschmack etwas. Dann gab es noch die üblichen Schattengestalten, die man jedes Wochenende hier sah, und all jene, welche die abgetakelte Menschenkulisse des Kiezes ausmachten.

Keiner von ihnen bemerkte den schwarzen Mercedes Sprinter, der langsam die Davidstraße entlangfuhr. Nur einige der Prostituierten wechselten einen schnellen Blick. Doch wenn man sie später fragte, würden sie natürlich nichts sagen, es sei denn, ihre Zuhälter erlaubten es. Besser also, man schaute schnell weg. Und das taten sie.

Der Lieferwagen ohne Aufschrift rollte gemächlich auf die Kreuzung bei der Davidwache zu. Ein Teil der Fußgänger blieb stehen, die anderen torkelten auf die Fahrbahn. Der Fahrer gab ein Zeichen in den hinteren Teil des Wagens, dann öffnete jemand von innen die Seitentür und schubste etwas Großes auf den Fußweg. Mit quietschenden Reifen fuhr der Wagen an. Der Fahrer hupte ein paar Besoffene vom Asphalt, die sich nur mit einem Satz retten konnten. Dann raste der Sprinter über die Kreuzung und war fort.

Einen kurzen Moment blickten die Leute auf den Mann am Boden.

»Der isch b'soff'n«, sagte jemand.

Der Mann auf dem Fußweg krümmte sich unter Stöhnen.

Erst als das Blut unter dem Körper zum Vorschein kam, schrie eine Frau gellend. Schon kamen die ersten Beamten aus der Davidwache gelaufen.

39

Er hatte ihn mitgenommen. Das war keine Frage von Freundschaft, sondern Ausdruck tiefsten Misstrauens. »Solange ich dich in meiner Nähe habe, Kleiner, weiß ich, was du tust.«

Sein absolut nicht mehr bester Freund Pudel hatte ihm ja das Handy abgenommen. Seit Mirko für Pudel Pillen auf dem Schulhof verkaufen musste, hatte ihn der Kerl nicht mehr aus den Augen gelassen. Das machte es Mirko schwer, an ein Telefon zu kommen. In der Schule hatte er es noch geschafft, vom Apparat im Schulsekretariat aus diese Grufteinrichtung anzurufen und nach Lizzi zu fragen. Aber die Frau am Telefon sagte, Lizzi sei nicht da, er solle es später noch einmal versuchen.

Mirko musste unbedingt diese Lizzi erreichen. Wenn ihm überhaupt noch jemand helfen konnte, dann sie. Er musste nur verhindern, dass sie seiner Mutter alles sagte. Jedenfalls nicht, bevor die Sache nicht ausgestanden war. Seine Mutter würde nur unnötig hysterisch werden. Das konnte er jetzt absolut nicht gebrauchen.

Mirko hatte schon einiges unternommen, um an ein Telefon zu kommen. Das letzte Mal hatte Pudel ihn erwischt, als er oben bei den Nachbarn geklingelt hatte, um »mal eben zu telefonieren«. Seitdem nahm Pudel Mirko überallhin mit. Wie einen Schoßhund. Ohrfeigen und Kopfnüsse bekam Mirko kostenlos und extra oben drauf. Pudel meinte, er müsse Mirko erst einmal zeigen, was Respekt sei.

Jetzt waren sie im *Bella*. Der Club war für Mirko mittlerweile nicht mehr annähernd so cool wie noch vor ein paar Tagen.

Mirkos linke Rippe schmerzte, als er aufstand, um auf Klo zu gehen. Er presste die Hand auf die Seite und wollte sich gerade durch die wogende Menge der Tanzenden drängeln, als Pudel ihn festhielt. Sie konnten nicht reden, das Wummern aus den Lautsprechern war zu laut. Mirko schaute zum Gang, der zu den Toiletten führte. Pudel schüttelte den Kopf. Er zog Mirko zurück an den Tisch, an dem noch drei andere Typen und ein paar Mädchen saßen. Keine von denen war älter als achtzehn, da war Mirko sicher. Selbst wenn sie mit Schminke und Glitzershirt, Push-ups und hochhackigen Schuhen so taten, als seien sie Mitte zwanzig. Mirko sah sie an und fragte sich, ob man sie auch schlug, wenn sie nicht wollten, wie ihre *Beschützer*. Beschützer hatte Pudel sich selbst allen Ernstes genannt, als er Mirko die Faust in die Rippen jagte. Mirko sah sich im Club nach einer Fluchtmöglichkeit um. Die Tür war zu weit entfernt. Bis dorthin würde er es niemals schaffen. Und selbst wenn, hätte er nicht gewusst, wie er den Kiez heil verlassen sollte. Er hoffte inständig, dass die Polizei hier heute Abend eine Razzia machen würde. Doch keine Uniformierten kamen ins *Bella* gestürmt und nahmen diese Kerle fest. Niemand fragte nach seinem Ausweis.

Die Musik dröhnte in Mirkos Eingeweiden. Blitze zuckten auf, bis sein Kopf schmerzte. »Wenn ich nicht gleich aufs Klo kann, pisse ich unter den Tisch!«, schrie Mirko über zu Pudel rüber. Die Mädchen lachten dämlich. Ein bulliger

Typ fragte Pudel, was der Kleine gesagt habe. Pudel zögerte. Dann nickte er Mirko kurz zu.

Schnell stand Mirko auf und eilte zu den Toiletten. An der Tür sah er, dass Pudel ihm einen feisten Kerl hinterherschickte, der nur widerwillig das Mädchen in seinem Arm losließ und ihm folgte.

Gleich nach Mirko kam der Kerl rein. Kurz schaute Mirko sich nach einem Fenster um. Der Typ grinste. Offenbar konnte er Mirkos Gedanken lesen. Hier gab es kein einziges Fenster. Mist. Mirko schloss sich in einer Kabine ein und überlegte. Er wollte nicht zu Pudel zurück. Panisch suchte er nach einer anderen Möglichkeit, hier zu verschwinden, aber er fand sie nicht.

Da klopfte es an der Tür. »Ey, mach mal schneller. Ich will wieder raus.«

»Jaja, komme gleich. Mir ist was auf den Magen geschlagen. Könnte gleich stinken.«

»Ey, Mann, Scheiße, ich warte draußen.«

Der Typ war draußen. Wenigstens hatte Mirko jetzt seine Ruhe. Ruhe, um eine Lösung für sein Problem zu finden, das er sich ganz allein eingebrockt hatte. Er war wütend auf sich. Wie hatte er nur in die ganze Sache reinrutschen können? Da hörte er, wie die Musik lauter wurde. Erst dachte er, der Kerl sei noch einmal zurückgekommen, doch das stimmte nicht. Jemand stand am Urinal. Schnell ging Mirko aus der Kabine und stellte sich neben ihn.

Der Mann neben ihm hatte wohl schon einiges getrunken. Er schwankte leicht.

»Ähm, 'schuldigung. Kann ich mal kurz dein Handy haben? Ich müsste mal telefonieren. Meins ist leer.«

Der Typ war etwa so alt wie Mirkos Mutter, Marke Hübschling. Er brauchte einen Moment, bis er begriff. »Klar. Wenn es nicht zu lange dauert.«

Dankbar nahm Mirko das Handy und wählte die Nummer, die er mittlerweile auswendig wusste. Es klingelte. Gespannt lauschte er. »Geh ran!«, murmelte er wieder und wieder. Nach dem zehnten Klingeln wurde der Typ etwas nervös. »Okay, es reicht. Ich muss wieder rein.« Er griff nach seinem Telefon, doch Mirko drehte sich weg.

»Gleich. Moment noch.«

Es bimmelte weiter. Da hörte Mirko eine Frauenstimme aus dem Handy. Doch er konnte nichts mehr sagen. Pudel hatte ihm das Telefon aus der Hand gerissen. Mit dem Gerät in der Hand gab er Mirko eine heftige Ohrfeige. »Versuch das nie wieder!«, zischte er.

Mirkos Wange schmerzte. Etwas Warmes lief an seinem Gesicht herunter. Blut. Mirko konnte die Tränen nicht zurückhalten.

40

Als sie in das Foyer der Residenz trat, tat ihr vom vielen Sitzen alles weh. Wirklich alles. Vorsichtig schlurfte Lizzi zur Rezeption, wo Jessica heute Abend Dienst hatte.

»Himmel! Frau Böttcher!« Die junge Frau in der adretten Uniform der Residenz kam um den Tresen geeilt. Sie griff nach Lizzis Arm. »Haben Sie Schmerzen?«

»Ach, ich bin nur ein wenig steif in den Knochen.« Mit einem Stöhnen ließ Lizzi sich auf das weiße Ledersofa in der Sitzecke fallen, wo sie die Beine weit von sich streckte. »Aber, was sagte meine Mutter früher so schön? Wer in unserem Alter noch Schmerzen hat, ist zumindest nicht tot.«

Draußen vor der Tür sah Lizzi Pfeiffers Granada die beleuchtete Auffahrt hinunterfahren. Sie winkte. Bald schon verschwand der Wagen hinter den Bäumen, die das Gelände von der Elbchaussee trennten. Auch für ihn war es ein langer Abend gewesen, den er geduldig in seinem Auto verbracht hatte. Die Sitzung bei Harro hatte länger gedauert, als von Lizzi geplant. Heute war offensichtlich Hannes freier Tag gewesen, denn sie ging nicht wie üblich um halb acht zur Arbeit. Und so musste Lizzi bei Harro, dem Painter, sehr viel länger aushalten, als es ihren Knochen recht gewesen war. Dem Künstler hatte sie ihren langen Aufenthalt in seinem Atelier damit erklärt, dass sie das Bild schon bald brauche. Stunde um Stunde hatte sie auf dem Hocker gesessen und zu Hannes Fenstern hinübergestarrt.

Jessica holte Lizzis Appartementschlüssel. »Ich bringe Sie nach oben.« Sie nahm den Schlüssel mit der Nummer 312 vom Haken und kam zurück. »Ach, bevor ich es vergesse. Jemand versuchte mehrmals, Sie zu erreichen.«

Lizzi schaute auf. »Ach, wer denn?«

»Das weiß ich leider nicht. Er hinterließ weder einen Namen noch eine Telefonnummer.« Sie half Lizzi auf.

Gemeinsam gingen sie zum Fahrstuhl. »Hatte der Anrufer einen Akzent oder eine besondere Art zu sprechen?« Lizzi dachte an die tiefe Stimme von Muckiprinz oder Schokoschorsch, der immer ein wenig lispelte.

Jessica drückte auf den Nach-oben-Pfeil. »Ich würde sagen, es war ein Jugendlicher.«

Lizzi holte tief Luft. »Ein Jugendlicher? Sind Sie sicher?«

Jessica überlegte. Dann nickte sie. »Doch, ich bin mir sicher. Auch wenn er sehr leise sprach.«

Oje, das könnte Mirko gewesen sein, überlegte Lizzi. Doch warum rief er sie an? War etwas mit Mareike? Unwahrscheinlich. Wenn Mareike Probleme hätte, dann würde sie sich selbst bei ihr melden.

Sie stiegen ein. »Er wirkte irgendwie … ich weiß nicht, ängstlich?«, fuhr Jessica fort.

Das war nicht gut. Überhaupt nicht gut, denn ein Gefühl in ihrem Bauch sagte Lizzi, dass es nicht Mareike, sondern der Junge sein musste, der in Schwierigkeiten steckte, sofern es überhaupt Mirko am Telefon gewesen war. Die Wahrscheinlichkeit war aber recht hoch, da Jugendliche nicht unbedingt zu Lizzis Bekanntenkreis gehörten.

Lizzi begann, in ihrer großen Handtasche zu wühlen.

»Was suchen Sie denn, Frau Böttcher?«

Tief beugte sich Lizzi über den Beutel. »Dieses Ding.« Portemonnaie, Taschentücher, Pfefferminzbonbons, Kassenbelege, eine Taxiquittung und mehrere Papierservietten mit Notizen, die sie mit einem Bleistift bekritzelt hatte. »Ah! Da!« Lizzi zog das kleine Telefon heraus. »Machen Sie mir das mal eben an.« Sie reichte Jessica das Handy. »0815. Das müssen Sie da reintippen.«

Überrascht nahm Jessica das Handy und schaltete es für Lizzi ein. Als das Display aufleuchtete, wollte Lizzi wissen, ob jemand angerufen habe.

»Tut mir leid«, entgegnete Jessica. »Keine Anrufe in Abwesenheit. Auch keine SMS.«

Enttäuscht nahm Lizzi das Telefon zurück. Nachdem Jessica sich verabschiedet hatte, schloss Lizzi die Appartementtür. Unruhig begann sie, in ihrem Wohnzimmer auf und ab zu gehen. Was sollte sie jetzt tun? Sie ging in ihrem schmalen Flur zurück zum alten Telefon mit der Wählscheibe. Immer wieder nahm sie den Hörer in die Hand, doch dann legte sie ihn zurück auf die Gabel. Es war kurz nach zehn, als sie sich endlich überwinden konnte, Mareike anzurufen. Erleichtert hörte sie deren Stimme.

»Ist etwas passiert?«

»Nein, Kindchen. Ich wollte nur wissen, wie es euch geht.«

»Uns?«

»Ja, dir und Mirko.« Das Schweigen am anderen Ende der Leitung sagte viel. »Wie läuft es so in der Schule? Beschwert er sich, weil du wegen der Dehlbrücksache so oft weg bist?«

»Ähm, nein, der findet es ganz gut, glaube ich.« Ihr Lachen klang unsicher. »Na ja, die Mutter eine Detektivin, das kommt bei seinen Freunden bestimmt besser an als eine Altenpflegerin.«

Lizzi ging nicht darauf ein. Das mit der Detektei war Mareikes fixe Idee. Sie durfte sie darin nicht noch unterstützen. »Ist der Junge zu Hause?«, fragte sie darum schnell.

Mareike räusperte sich. »Ja, natürlich. Er badet gerade.«

»Badet«, wiederholte Lizzi langsam.

Stille in der Leitung. Deutlich konnte Lizzi Mareikes Atem hören.

»Hat Mirko etwas angestellt?«

Lizzi wurde klar, dass die Mutter sich Sorgen machte. Und das gefiel ihr überhaupt nicht. »Sag mal, Kindchen, gab es letztens einen Grund für deine Frage, ob wir auch verschwundene Jugendliche suchen?«

»Was meinen Sie?«

»Du hast mich doch im Treppenhaus gefragt, ob …«

»Jaja, ich weiß, was ich gefragt habe.«

»Und?« Lizzi horchte lange in den Hörer hinein. »Mareike, wenn du Probleme mit dem Jungen hast …«

»Probleme? Ich? Nein! Wie kommen Sie darauf, Frau Böttcher?«

Oha, jetzt war Lizzi »Frau Böttcher«. Das war ein ganz schlechtes Zeichen. So würde sie nicht an Mareike herankommen.

»Hat das Jugendamt sich etwa gemeldet? Oder diese Lehrerin?«, fragte Lizzi.

»Jugendamt? Um Gottes willen! Nein! Warum sollten sie?«

Das Schweigen in der Leitung war kaum auszuhalten.

»Mirko war ein paar Tage nicht in der Schule. Ich hatte davon keine Ahnung.« Aufmerksam hörte Lizzi zu. »Die Lehrerin hat gedroht, das Jugendamt zu informieren. Aber das mit dem Jungen ist doch nur die Pubertät. Da muss man doch nicht …«

Lizzi, die die Erziehung ihrer Tochter auch hatte allein meistern müssen, ahnte, wie sich Mareike fühlte. Die Ärmste hatte keine richtige Arbeit mehr, die ordentliches Geld bringen konnte. Sie hatte einen Exmann, der gerade mal den Unterhalt für den Jungen zahlte. Sie hatte ein pubertierendes Kind und schien keine Ahnung zu haben, wo sich der Junge befand, denn dass Mirko in der Badewanne planschte, glaubte Lizzi im Leben nicht.

Irgendwo an einer Hauswand hatte Lizzi kürzlich den aufgesprühten Spruch gelesen: Egal, was du tust, sag es nie deiner Mutter.

Es schien Lizzi, als liege hier genau dieser Fall vor.

Lizzi musste der verzweifelten Mareike versprechen, nichts zu unternehmen. »Ich habe alles im Griff«, versicherte Mareike mehrmals und versprach, Lizzi um Hilfe zu bitten, wenn es so weit war.

Nachdem Lizzi aufgelegt hatte, starrte sie noch lange das Telefon an. Sollte sie nicht doch Pfeiffer bitten, bei seinen alten Kollegen mal nachzufragen, ob etwas gegen den Jungen vorlag? Nein! Der Kriminalkommissar a. D. könnte dieses Wissen in einer der hitzigen Streitigkeiten mit Mareike ausplaudern und Lizzi damit schrecklich kompromittieren. Nein, sie musste warten, dass sich der Junge noch einmal bei ihr meldete. Oder, bis seine Mutter um Hilfe bat.

Lizzi holte den Hocker aus der Küche und stellte ihn vor

die Kommode mit dem Telefon. Daneben legte sie ihr Handy. Sie würde warten müssen, bis eines von beiden klingelte.

Ein Klopfen ließ Lizzi hochschrecken. Sie war mit dem Kopf auf der Kommode eingeschlafen.

»Lizzi! Machen Sie auf!« Eine Frauenstimme. Mareike.

Benommen rappelte sich Lizzi hoch und schloss die Tür auf. »Was ist denn Kindchen?«, murmelte sie verschlafen.

»Pfeiffer hat versucht, Sie zu erreichen.«

»Mich? Aber ich saß doch …«

Mareike stürmte in den Flur, wo sie fast über den Hocker gestolpert wäre. »Haben Sie etwa hier übernachtet?« Erstaunt blickte Mareike das Kissen auf dem Telefon an.

»Na ja, es hätte doch sein können, dass jemand anruft. Und weil es so unbequem war, habe ich ein Kissen geholt.«

»Aber Lizzi!« Sie schob das Kissen zur Seite und fand das Handy darunter. »Elf Anrufe! Haben Sie denn nichts gehört?«

Lizzi glättete ihre Bluse. »Meine Ohren sind noch ganz hervorragend, Mareike.«

Doch Mareike hatte schon den Grund gefunden. »Sie müssen doch den Klingelton anlassen!« Ihre Stimme hatte den Ton einer genervten Lehrerin. »Hier.« Sie reichte ihr das Handy.

Lizzi grummelte vor sich hin. »Stell erst einmal den Stuhl zurück, Kindchen. Ich mach uns einen starken Kaffee. Und dann erzählst du mir, was so dringend ist.«

»Dieser Muckiprinz ist halbtot vor die Davidwache gelegt worden. Sieben Stichwunden.«

»Muckiprinz? Ich dachte, der ist bei der Polizei?«

»Sie haben ihn entlassen. Egal, Pfeiffer hat Angst um Sie. Er will, dass wir den Fall hinschmeißen.«

»Ach, will er das?« Lizzi stellte sich vor Mareike. »Und was willst du?«

»Ich will, dass wir die Dehlbrücks finden. Vielleicht sind sie in Gefahr.«

»Oder tot.«

41

Dass Muckiprinz im Krankenhaus lag, beunruhigte Lizzi. Natürlich musste ein Rocker, oder was auch immer seine Berufsbezeichnung sein mochte, stets mit so etwas wie körperlicher Gewalt rechnen, doch Lizzi fand den Zeitpunkt der Messerstecherei äußerst verdächtig. Warum hatte man den Kerl gerade jetzt niedergestochen? War es jemand von den Dragon Balls? Wenn die dachten, Mucki habe etwas mit Richies Tod zu tun, würde das die Messerstecherei erklären. Oder ging es nur um die Macht in einem mäßig talentierten Gangsterclub?

Das Quietschen der bremsenden U-Bahn riss Lizzi aus ihren Gedanken. Mit einem leichten Ruck kamen die Waggons an der Station *Landungsbrücken* zum Stehen. Lizzi schob sich mit einer Horde französischer Touristen auf den Bahnsteig hinaus. Der Eingang zur Station lag oberhalb der Straße. Nur wenige Meter dahinter war der Hafen.

Lizzi folgte den Franzosen in die Halle. Von hier führte eine Fußgängerbrücke hinüber zu den Landungsbrücken, wo die Schiffe für die Hafenrundfahrten lagen. Lizzi verließ über einen unscheinbaren Nebeneingang den Bahnhof. Von dort führte eine Treppe einen Hang hinauf zur Jugendherberge. Auf halber Strecke lag ein breiter Balkon. Von hier aus hatte man den schönsten Blick über den Hafen. Dort lag auch der einzige Weinberg der Hansestadt Hamburg. Nur wenige Flaschen konnten aus den Reben in jedem Jahr gewonnen werden. Wie der Wein schmeckte, hatten die Hamburger bisher nicht erfahren, denn die Flaschen wurden als besonderes Geschenk des Hamburger Senats an ausländische Staatsgäste überreicht. Das schmeckte so manchem Hamburger überhaupt nicht.

Es dauerte ein wenig, aber dann hatte Lizzi die Stufen bis zum Balkon bewältigt. Oben angekommen, sog sie tief die abgasgeschwängerte Luft ein und ließ ihren Blick über den Fluss gleiten, wo Dutzende kleiner Barkassen auf Wellen hin und her schaukelten. Rechts vor ihr lagen die aus Tuffstein gebauten alten Landungsbrücken mit dem eckigen Turm. Er zeigte zum Hafen hin den Pegelstand des Wassers und zum Land hin die Uhrzeit. Im hinteren Teil des Gebäudes befand sich der Eingang zum alten Elbtunnel, der die Hamburger früher auf die andere Seite des Flusses brachte. Heute übernahmen das die vier Röhren des neuen Elbtunnels an der A7. Etwas weiter links von Lizzi lag der grüne Dreimaster *Rickmer Rickmers*. Dahinter die weiße *Cap San Diego*. Lizzi hatte den alten Frachter damals oft von ihrem Küchenfenster aus gesehen, als er in den sechziger und siebziger Jahren die Route zwischen Hamburg und Südamerika gefahren war. Heute war die *Cap San Diego* ein schmuckes Museumsschiff.

Jetzt drehte Lizzi dem Hafen ihren Rücken zu und marschierte einen schmalen Weg hinauf, der in den Alten Elbpark alias Bismarckpark führte. Hatte Hanne nicht gesagt, es sei Opa Edels einziger Luxus gewesen, jeden Tag mit seiner Frau hier spazieren zu gehen? Vielleicht hielten sie dem Park die Treue, weil Opa Edel hier seiner Gertrud den Heiratsantrag gemacht hatte.

In der vagen Hoffnung, hier einen Hinweis zu finden, was mit Opa Edel und seiner Frau geschehen war, ging sie den asphaltierten Weg weiter. Sie versuchte, den Park mit den Augen der Dehlbrücks zu sehen. Von wo waren die beiden in den Park gelangt? Waren sie die Davidstraße entlang und dann am südlichsten Ende des Parks über die Straße gekommen, um das Grün zu erreichen? Oder hatten sie sich über die Reeperbahn zum Millerntor aufgemacht, die große Kreuzung überquert, um von dort in den Park zu gelangen? Es konnte natürlich auch sein, dass die beiden Alten überhaupt nicht hier, sondern hinter dem Heiligengeistfeld entlangspaziert waren. Dort begannen die Wallanlagen mit ihren vorbildlich gepflegten Beeten und sauberen Bänken, der Eisbahn im Winter und den Wasserspielen im Sommer. Dort war alles ganz anders als im Alten Elbpark zwischen Kiez und Landungsbrücken. Während in den Wallanlagen das brave Bürgertum zwischen picobello hergerichteten Beeten und exotischen Blumen flanierte, lagen im Alten Elbpark Glasscherben auf dem Weg, Taschentücher im Gebüsch, waren die Blumen von Leuten niedergetrampelt worden, die ungestört im dunklen Dickicht ihren heimlichen Geschäften nachgehen wollten. Nein, hübsch war es hier schon lange nicht mehr. Wenn es den Dehlbrücks also nicht um die Schönheit des Parks ging, blieben nur noch persönliche Gründe für einen Besuch. Ein romantischer Heiratsantrag unter einer großen Kastanie schien Lizzi Grund genug zu sein. Wenn die beiden hier jeden Tag waren, hatte vielleicht jemand sie gesehen oder gar gesprochen. Diesen Jemand galt es zu finden.

Das letzte sommerliche Licht fiel durch das Blätterdach

der hohen Bäume, während Lizzi nachdenklich unter ihnen entlangspazierte. Die Idee, besagte Kastanie zu finden, schien Lizzi im ersten Moment gar nicht so schlecht, bis sie jedoch bemerkte, dass hier verdammt viele Kastanien standen.

Doch dann fand sie die größte von ihnen. Weit ragte die Krone des Baumes in den Hamburger Himmel hinein. Von dort oben hätte man den schönsten Blick auf den Fluss, den man sich wünschen konnte. Im Schatten des Baumes standen drei Bänke. Lizzi beschloss, sich dort eine kleine Pause zu gönnen. Unter den weiten Ästen war es angenehm kühl. Als Lizzi an dem Baum vorbeiging, um sich zu setzen, bemerkte sie die Reste eingeritzter Herzen in der Rinde. Kleine Narben, die kaum noch zu erkennen waren. Ob sie hier die Initialen von Hans Dehlbrück und seiner Gertrud finden würde? Lizzi trat ein wenig näher an den breiten Stamm heran. Sie zählte mindestens zwanzig mehr oder weniger verwachsene Herzen in der Rinde, die hier vor Jahren und Jahrzehnten eingeritzt worden waren. Lizzi musste sich auf ihre Zehenspitzen stellen und genau hinsehen, als ihr ein Herz etwas weiter links auffiel, dessen Buchstaben HD + GF noch deutlich zu erkennen waren. So wie es aussah, hatte sie den Ort gefunden, wo Opa Edel seiner Gertrud den Heiratsantrag gemacht hatte. Nur dass er damals wohl noch ein stattlicher junger Mann gewesen war und Gertrud ein hübsches Ding.

Zufrieden setzte sich Lizzi auf die Bank mit dem wenigsten Graffitigeschmiere darauf. Mit wohligem Seufzen streckte sie ihre schmerzenden Beine aus.

Obwohl sich der Park mitten in der Stadt befand, trotz des Mülls und Drecks, der Graffiti und der verwahrlosten

Gestalten, die sich hier herumtrieben, war er noch immer ein schöner Ort. Irgendjemand hatte sogar ein Blumenbeet im Schatten des Baumes angelegt, ganz in der Nähe einer blühenden Hortensie. Ein paar vertrocknete Narzissen standen dort inmitten eines aus Kieseln gelegten Herzens. Lizzi lächelte zufrieden, während sie auf das Rauschen des Verkehrs hörte. Irgendwo fuhr ein Polizeiwagen im Einsatz vorbei. Ein Lachen drang von der Jugendherberge zu ihr herüber. Das langgezogene Tuten einer Schiffssirene fand seinen Weg vom Hafen zum Park herauf. Lizzi schloss die Augen. Wenn sie ganz genau hinhorchte, konnte sie das Schlagen der Hämmer auf einen Schiffsrumpf hören, drüben auf der Werft. Vielleicht hatte sich in ihrer Stadt doch nicht so viel geändert, wie sie immer dachte.

Lizzi musste kurz eingedöst sein, denn als sie aufwachte, war etwas anders als vorher. Sie brauchte einen Moment, doch dann fiel ihr das Blumenbeet auf. Jemand hatte die vertrockneten Narzissen durch drei lippenstiftrote Geranien ersetzt.

Jemand musste also hier gewesen sein, während Lizzi gedöst hatte. Sie wurde neugierig, wer die Blumen ausgewechselt haben mochte. Da sah sie eine junge Frau mit langem blond gefärbtem Haar, die den Weg Richtung Millerntor entlangeilte. Sie war die einzige Person weit und breit. Vielleicht hatte sie gesehen, wer die Geranien eingepflanzt hatte, vielleicht war sie es selbst gewesen. Lizzi stemmte sich von der Bank hoch, um die junge Frau zu fragen, ob sie öfter hierherkomme und vielleicht ein Ehepaar namens Dehlbrück kenne.

»Hallo!«, rief Lizzi ihr nach. »Bitte warten Sie. Ich möchte Sie etwas fragen.« Kurz drehte die Frau sich um. Doch statt stehen zu bleiben lief sie noch schneller. »So warten Sie doch!«

Doch nach wenigen Metern musste Lizzi schnaufend eine Pause einlegen. Warum lief die junge Frau vor ihr weg? Es war doch nichts dabei, durch einen Park zu gehen. Und Lizzi bezweifelte, dass sie auf junge Menschen gefährlich wirkte.

Einer Eingebung folgend, entschied Lizzi, der Flüchtenden zu folgen und sie zu fragen, warum sie vor ihr weglief.

Zu Fuß war das unmöglich. Lizzi schaute sich nach einem Taxi um. Doch wie immer, wenn man eines brauchte, war keins da. Was in diesem Moment aber die Straße hochfuhr, würde als Ersatz reichen.

»Halt!«, schrie Lizzi dem Rikschafahrer entgegen, der mächtig treten musste, um seinen leeren Anhänger die zur Reeperbahn hin ansteigende Helgoländer Allee hochzuziehen. Entsetzt blickte er Lizzi an, die sich direkt vor seinem Gefährt aufgebaut hatte.

Kurz darauf saß sie hinter ihm, die Handtasche auf dem Schoß umklammert, während der Fahrer sich vorn redlich abmühte, die für ihn hochalpin anmutende Steigung hinaufzukommen.

»Sie müssen schon ein wenig schneller treten, wenn Sie ein Trinkgeld haben wollen, junger Mann.«

Der Mann, dem der Schweiß bereits über den Rücken lief, stellte sich auf die Pedale und strampelte, was das Zeug hielt. Oben angekommen, wies sie ihn an, bei den *Tanzenden Türmen* nach links auf die Reeperbahn einzubiegen. Diese beiden dicht nebeneinanderstehenden Hochhäuser schienen irgendwie beim Bau aus der Fasson geraten zu sein. Vielleicht aber hatte der Architekt auch nur einen Schluckauf bei der Planung gehabt. Während sie langsam auf die Reeperbahn fuhren, ging der Atem des Fahrers stoßweise.

»Geht das nicht ein wenig schneller? Ich weiß ja, dass Sie Ihr Leben noch vor sich haben«, rief sie. »Meine Zeit aber ist schon so gut wie abgelaufen. Wenn Sie also nicht wollen, dass ich in Ihrem Gefährt …« Sie hielt sich die Optionen offen, denn in diesem Moment sah sie die Frau mit dem langen blonden Haar.

»Langsamer! Fahren Sie langsamer!« Erschrocken hob der Mann den Kopf. Schweiß tropfte von seinen Haaren. Erschöpft sackte er auf den Sattel zurück. »Richtig so, junger Mann. Und jetzt folgen Sie der Frau dort drüben!« Mit ausgestrecktem Arm wies Lizzi zu der Blondine hinüber, die soeben am Tivoli Theater vorbeieilte. Die Verfolgte blickte starr zu Boden, als wollte sie nicht erkannt werden. Einige Bummler schauten neugierig zu der Rikscha mit der dicken Frau. Jemand lachte, doch Lizzi kümmerte es nicht. »Folgen Sie unauffällig der Blondine.«

Der Fahrer seufzte erschöpft. Lizzis Mitleid hielt sich allerdings in Grenzen, denn sie hatte ihm den dreifachen Preis geboten. Da könne man schon ein wenig Engagement erwarten, fand sie.

Noch hatte die Dunkelheit sich nicht über die Stadt gelegt. Erst in ein oder zwei Stunden würde das Zwielicht langsam auf den Kiez herabschweben, um, wie von Zauberhand, oberhalb der Leuchtreklamen von St. Pauli klebenzubleiben. Dann erhellten die blinkenden Lichter mehr und mehr die Straße, bis der Kiez endgültig in sein schrilles Flimmern gehüllt sein würde. Dieses allnächtliche Schauspiel würde erst beim nächsten Sonnenaufgang enden.

Schon jetzt quollen die Touristen in fetten Trauben aus den Ausgängen der U-Bahn, rollten Busse von allen Seiten der Stadt heran und warfen ihre Fracht am Spielbudenplatz aus. Die Musik der Kneipen wurde lauter, der stampfende Beat begann sich mit der offensiven Anmache der Prostituierten im Sperrbezirk zu mischen. Die ersten Damen des horizontalen Gewerbes waren an ihrem Platz, und die Nachtschicht in der Davidwache würde bald ihren Dienst antreten.

Langsam rollte die Rikscha die Straße entlang, während Lizzi den Hals reckte, um die junge Frau nicht aus den Augen zu verlieren.

Diese eilte an der Wache vorbei und bog in die Davidstraße.

»Links!«, rief Lizzi ihrem Fahrer zu. Langsam, sehr langsam, rollte die Rikscha um die Ecke, wo erst letzte Nacht ein schwerverletzter Mann aus einem fahrenden Auto geworfen worden war. Lizzis Mitleid mit Muckiprinz hielt sich jedoch in Grenzen.

Ihr Blick huschte über den Gehsteig, vorbei an den Kneipen und Läden. Die Blondine war verschwunden! Lizzi reckte sich, doch sie konnte die Frau nicht entdecken. »Mist!«

Ihr Fahrer schnaufte erschöpft, während sie im Schritttempo die Straße entlangfuhren.

»Sie können anhalten, junger Mann«, dirigierte Lizzi ihn enttäuscht an den Straßenrand. »Es hat keinen Sinn.«

Die Rikscha hielt direkt vor der Einmündung in eine kleine Seitenstraße, die mit einer massiven Wand versperrt war.

Die sündige Herbertstraße! Diese Straße war des Nachts der Gral der Sexhungrigen und die letzte frauenfreie Bastion der westlichen Welt, denn hier hatten Damen keinen Zutritt! Dass dem so war, bescheinigte ein Schild, welches man an der zwei Meter hohen Metallwand am Eingang der Straße angebracht hatte. Lizzi wusste, dass das Schild keine freundliche Empfehlung an neugierige Frauen war, sondern ein Befehl. Lizzi hatte von Damen gehört, die, neugierig wie Lots Weib, gegen dieses Verbot verstoßen hatten. Sie waren trotz der Warnung in die kleine Straße mit den Schaufenstern voll nackter Mädels getreten. Doch nie hatte Lizzi von einer Frau gehört, die bereit gewesen wäre, diesen Mut noch einmal unter Beweis zu stellen. Hier in der Herbertstraße arbeitete Hanne. Welch ein Zufall, dachte Lizzi.

Sie stützte sich auf dem schwitzenden Rücken ihres Fahrers ab und blickte die Davidstraße noch einmal rauf und runter.

Wohin war die junge Frau verschwunden, fragte sich Lizzi. Wahrscheinlich hatte die junge Frau bemerkt, dass sie von einer verrückten Alten in einer Rikscha verfolgt wurde. Vielleicht hatte sie sich in einer der Kneipen, die Tag und Nacht aufhatten, in Sicherheit gebracht. Unsinn, überlegte Lizzi. Da gibt es harmlosere Etablissements, wo eine einzelne Frau Zuflucht suchen konnte.

»Nun«, überlegte Lizzi ganz im Stile eines Sherlock Holmes, »wenn man das Unmögliche ausgeschlossen hat, muss das, was übrigbleibt, die Wahrheit sein, so unwahrscheinlich sie auch klingen mag.« Lizzi blickte zum Eingang der Herbertstraße hinüber. Sie vermutete, dass die junge Frau dort hinein verschwunden war. Und das sicherlich nicht als Touristin. »Clever, sehr clever«, murmelte Lizzi, denn sie selbst durfte die Straße ja nicht betreten. Vielleicht sollte sie Pfeiffer bitten, sich hinter der Wand einmal nach der jungen Frau umzuschauen.

Seufzend erkannte Lizzi, dass sie hier und jetzt nichts weiter tun konnte. Und plötzlich ärgerte es sie, dass sie der Unbekannten spontan hinterhergeeilt war. Wer sagte denn, dass die Blondine jemals etwas von den Dehlbrücks gehört hatte?

Wieder einmal hatte sie sich hinreißen lassen, ohne zu denken etwas zu tun. Na ja, wenigstens war es dieses Mal nicht lebensgefährlich gewesen.

»Wie viel Uhr ist es, junger Mann?«, wollte sie von dem erschöpften Rikschafahrer wissen.

»Zehn nach acht«, keuchte er und drückte die Faust auf seine Brust.

»Oh, dann müssen wir uns beeilen. Fahren Sie mich bitte in die Hein-Hoyer-Straße. Ich habe dort einen Termin.« Sie würde auf dem unbequemen Hocker im vierten Stock Platz nehmen und Hanne Sieberts' Wohnung beobachten, während ein talentfreier Kulissensprayer sie porträtierte. Mehr als zwei Stunden aber konnte sie sich nicht leisten. Dann war sie endgültig pleite.

42

Es war ein Puzzle. Und Lizzis Aufgabe war es, die Teile zu finden und zusammenzusetzen. Heute saß sie ein letztes Mal bei Harro und ließ sich malen. Sie beobachtete die leere Wohnung der Wirtschafterin, schaute träge auf die Straße, zählte die Blüten in den Balkonkästen der Dehlbrücks und machte sich Sorgen um Mirko. Alle zehn Minuten blickte sie auf ihr Handy, doch der Junge meldete sich nicht. Es war zum Schreien. Hin und her gerissen, ob sie nicht doch Mareike von dem Anruf erzählen sollte, rutschte sie auf dem Hocker herum.

Als die zwei Stunden vorüber waren, bezahlte Lizzi den Painter zähneknirschend. In zwei Tagen könne sie ihr Bild abholen, sagte er und steckte die Scheine in seine Jeanstasche. Der Tag war teuer und nicht sehr erfolgreich gewesen. Lizzi beschloss, zu Hause ein Bad zu nehmen und in einem der Magazine von Mareike zu blättern, denn heute war kein Jauchtag.

Jetzt stand Lizzi mit schmerzendem Rücken auf der Hein-Hoyer-Straße und blickte zur Reeperbahn hinunter. Sie seufzte, als sie sich auf den Weg zum Bus Nummer 36 machte, der sie nach Hause bringen würde. Es war eine Art soziologischer Quantensprung, den sie mit der Fahrt in dieser Buslinie hinlegte. Hier, auf St. Pauli gab es billigen Sex, halbseidene Geschäfte, hektischen Nachtbetrieb, Touristenhorden und eine Menge Armut. Doch dort, wo Lizzis Zuhause war, im vornehmen Blankenese, fand man ruhige Parks, weiße Villen und gehobenes Ambiente, bei feiner Küche, Zweit- und Drittautos in den Garagen und Kindern, die allesamt das Gymnasium besuchten.

Dorthin würde Lizzi jetzt fahren und beim Flüstern ihrer geliebten Elbe noch einmal über alles nachdenken, denn seit gestern hatte sie dieses unangenehme Gefühl, etwas übersehen zu haben. Die Observierung von Hanne Siebert hatte wenig gebracht. Eigentlich gar nichts. Damit war diese Spur finito, erledigt und aus.

Lizzi schickte Pfeiffer eine SMS, so wie Jessica es ihr gezeigt hatte. Sie schrieb ihm, er solle noch heute Abend bei ihr in der Residenz vorbeischauen. Lizzi wollte mit ihm noch einmal alles durchsprechen. Außerdem mussten sie dringend über Mareike und Mirko reden, was der Grund dafür war, dass Lizzi Mareike nicht zu diesem Treffen bitten wollte. Außerdem wollte Lizzi heute Abend nicht allein sein. Nie hätte sie es zugegeben, doch es tat ihr gut, wenn Pfeiffer in der Nähe war.

Gerade setzte sie ihren Fuß auf die Straße, um die Seite zu wechseln, als vor ihr ein schwarzer Lieferwagen hielt. Die Seitentür wurde von innen aufgerissen, und ein riesiger Kerl mit Glatze sprang heraus. Das Messer in seiner Hand hielt er Lizzi direkt vor die Nase.

»Einsteigen«, zischte er mit rauer Stimme.

Noch bevor Lizzi etwas sagen konnte, hatte er sie schon zum Wagen geschubst. Sie spürte die Klinge an ihrem Hals. Sie wollte schreien, doch ließ es bleiben.

Im Wagen ließ sie sich auf eine Holzbank fallen, die man

dort eingebaut hatte. Mit verkniffenem Mund blickte sie den Glatzkopf an, der die Schiebetür zuwarf. Er setzte sich auf zwei Kisten, die am Boden standen. Lizzi musterte den Mann genau und sah, dass er ein blaues und ein braunes Auge hatte. Mit einem Ruck fuhr der Wagen an.

»Wohin bringen Sie mich?«, hörte Lizzi ihre eigene krächzende Stimme. Sie fragte sich, was sonst in diesem Wagen transportiert wurde, wenn nicht gerade alte Frauen entführt wurden.

Der Kerl antwortete nicht, sondern riss Lizzi die Handtasche vom Schoß. Sie wollte danach greifen, doch der Riese grunzte nur gefährlich. Lizzi schluckte.

Er begann, den Inhalt von Lizzis Tasche zu durchsuchen, fand das Handy und nahm es. Jetzt öffnete er den hinteren Teil des kleinen Telefons und nahm den Akku sowie die kleine Karte heraus, von der Lizzi nicht wusste, wozu sie gut sein sollte.

»Machen Sie mir das ja nicht kaputt«, sagte Lizzi. »Das ist ein Geschenk.«

43

»Sie treibt mich in den Wahnsinn!«, schrie Pfeiffer in sein Handy. »Das können Sie ihr gerne bestellen, Frau Gödecke!«

Mareike hatte ihm gesagt, er solle vor der Davidwache auf sie warten. »Ich bin gleich da. Zwanzig Minuten, höchstens!« Dann hatte sie aufgelegt.

Das war vor einer halben Stunde gewesen. Pfeiffer lief vor der Polizeistation auf und ab. Seine Hände schwitzten.

Hinter ihm fotografierte gerade eine Mutter aus Süddeutschland ihre fünf Kinder der Reihe nach unter dem blauweißen Polizeischild an der Klinkerwand des Eckhauses, während der Vater mit krauser Stirn den Hamburger Stadtplan studierte. Pfeiffer beachtete sie nicht.

Er wusste, er konnte einfach in die Wache gehen, um den Kollegen zu sagen, dass Elisabeth Böttcher verschwunden war. Doch er hatte Angst, Lizzi könnte einen Grund für ihr Verschwinden haben. Dann würde sie ihn zum Teufel jagen, und das war das Letzte, was er wollte. Außerdem kannte er die Antwort der Kollegen. Dass Lizzi ihn zur Residenz gebeten hatte, aber nicht gekommen war, würde die Beamten zu keiner besonderen Eile bewegen. Da mussten schon ein paar mehr Stunden ins Land gehen, bevor jemand in der Stadt als vermisst galt, vor allem, wenn es sich um eine erwachsene

Person handelte. Außerdem war die Davidwache nicht zuständig. Falsches Revier.

Pfeiffer hatte Angst um Lizzi. Er wusste zur Genüge, dass sie anders als andere war. Sie brachte ihn regelmäßig an den Rand seiner Toleranz mit ihren verrückten Ideen, doch ihre SMS klang für ihn, als hätte sie etwas Wichtiges auf dem Herzen gehabt. *Sofort, dringend, müssen reden.* Das schreibt man doch nicht, wenn nichts los ist. Ganz abgesehen von der Uhrzeit! Ging es um die Detektei? Hatte sie sich endlich durchgerungen, die Sache in Angriff zu nehmen? Oder hatte es etwas mit dem Fall zu tun? Vielleicht hatte sie etwas Wichtiges entdeckt. In diesem Fall wäre ihr Verschwinden umso besorgniserregender.

Wie ein Tiger in einem Käfig lief Pfeiffer vor den Streifenwagen der Davidwache hin und her, die Hände auf dem Rücken verschränkt. Zehn Schritte nach links und dann wieder zehn zurück.

Pfeiffer stoppte, griff ein weiteres Mal in seine Jackentasche und wählte Lizzis Mobilnummer. Noch immer tot.

Plötzlich kamen Uniformierte aus der Wache gerannt. Pfeiffers Herz setzte für den Bruchteil einer Sekunde aus. Einer von ihnen zog sich noch im Laufen die Jacke über. Es waren sechs Mann. Sie sprangen in die Wagen und ließen die Sirenen aufheulen. Dann parkten sie, wie von geheimer Hand dirigiert, der Reihe nach aus und preschten in Kolonne davon.

Normalerweise hätte Pfeiffer sie um den Einsatz beneidet. Dieses Adrenalin, das in die äußersten Spitzen des Körpers drang, wenn es losging, der rasende Puls, die Gewissheit, irgendwo gebraucht zu werden, die Dinge wieder ins rechte Lot zu bringen, Schlimmes zu verhindern … Doch jetzt dachte er nur an Lizzi. Er fragte sich, ob sie der Grund für den Einsatz gewesen sein könnte. Schon wollte er in die Wache treten, um es herauszufinden, als ein Wagen mit quietschenden Reifen auf dem jetzt leeren Parkplatz der Polizei zum Stehen kam.

»Springen Sie rein, Pfeiffer!«, rief Mareike durch das offene Fenster. »Ich darf hier nicht parken.«

Pfeiffer ließ sich auf den Beifahrersitz fallen. »Ich kann sie nicht erreichen. Sie geht nicht ans Telefon«, platzte es aus ihm heraus.

Mareike wendete den Wagen und fuhr in die Hein-Hoyer-Straße. »Das ist doch nichts Neues.«

»Sie hatte mich aber zu sich bestellt!«

Mareikes Kopf fuhr herum. »Warum?«

»Ich weiß es nicht.«

Mareike konzentrierte sich wieder auf den Verkehr. »Lizzi war doch bei diesem verrückten Maler, weil sie dachte, eine normale Observation sei zu auffällig.« Sie wich einem Betrunkenen aus, der gerade über die Straße torkelte. »Porträt! Verrückte Idee.«

Pfeiffer hielt sich am Griff über der Tür fest und knirschte mit den Zähnen. »Wir müssen zu diesem Harro. Vielleicht ist sie noch dort.«

»Und warum geht sie dann nicht ans Telefon?« Mareike musste langsamer fahren, weil jetzt eine Horde Touristen die Straße überquerte.

»Ihr Handy klingelt nicht einmal.«

»Hat sie den Akku denn nicht geladen? Ich habe es ihr extra gesagt!«

»Möglich. Aber ich habe ein ungutes Gefühl.«

Sie hielten vor dem Haus des Malers, wo sie aus dem Wagen sprangen. »Warum haben Sie nicht besser auf sie aufgepasst, Pfeiffer?«

»Weil sie nicht wollte. Darum!«, rief er zurück. Tatsächlich hatte Lizzi sich einen Bodyguard, wie sie es nannte, verbeten. Und jetzt war sie verschwunden!

Kurz darauf standen Pfeiffer und Mareike gemeinsam auf der Straße und blickten an der Fassade gegenüber dem Haus der Dehlbrücks zum vierten Stock hoch. Bis auf ein paar Lichter im ersten und zweiten Stockwerk war das Haus dunkel. »Zimmer auf der Rückseite?«, fragte Mareike.

»Möglich.« Pfeiffer suchte im dunklen Eingang die Klingel des Malers. Er drückte den Knopf. Als niemand öffnete, versuchte er es drei weitere Male. Am Schluss klingelte er sogar Sturm.

Mareike legte ihre Hand auf seinen Arm. »Lassen Sie es gut sein, Herr Pfeiffer. Der Mann ist nicht da.«

Pfeiffer schüttelte den Kopf. »Oder er will nicht aufmachen.« Noch einmal ging er auf den Fußweg und schaute hinauf. »Was ist, wenn sie da oben ist und er sie festhält?«

»Unsinn. Warum sollte er das tun?«

Wieder klingelte er. »Wir müssen da hoch!«

Mareike schüttelte den Kopf. »Langsam, Herr Kollege. Was ist, wenn er bloß ausgegangen ist? Und Lizzi auch. Vielleicht sitzt sie schon im Bus Richtung Blankenese, und ihr Akku ist einfach nur leer.« Sie schaute Pfeiffer an, als er zitternd wieder und wieder den Klingelknopf neben dem verblichenen, handgeschriebenen Schild drückte. Sie konnte ihn gut verstehen, denn auch sie machte sich Sorgen. Doch die Angst um Mirko war größer als um Lizzi. Die alte Frau konnte gut auf sich allein aufpassen.

Mareike zog Pfeiffer von dem Haus fort. »Sie setzen sich jetzt in mein Auto und warten, bis der Maler zurückkommt. Irgendwann muss er wieder auftauchen. Und dann fragen Sie ihn. Unterdessen können Sie in der Residenz anrufen und finden heraus, ob Lizzi schon zurück ist.«

»Und Sie?«

»Ich sehe mich auf dem Kiez um.« Vielleicht hatte sie Glück und fand wenigstens einen der beiden Ausreißer.

Pfeiffer blickte zur anderen Straßenseite hinüber. »Ob sie zu der Hanne gegangen ist?« Er schaute hoch, doch die Wohnung war dunkel, bis auf einen rötlichen Schein, der durch die Vorhänge aus dem Zimmer neben der Küche drang.

Warum müssen die Fenster von Professionellen nur immer rot beleuchtet sein?, überlegte Mareike. War Rot verrucht? Für sie waren alle anderen Farben des Regenbogens ebenso viel oder wenig verrucht wie Rot. Überhaupt verstand sie die ganze Szene in dieser Gegend nicht. Warum verkauften sich Frauen? Warum gingen sie nicht einfach weg von ihren Zuhältern? Warum schlugen die Männer sie und zwangen sie, ihren Körper für Geld herzugeben? Was musste das für ein elendes Leben aus Erniedrigung und Wut sein? Warum gingen die anderen Männer überhaupt zu diesen Frauen? Und warum glaubten manche von ihnen allen Ernstes, die Prostituierten hätten Spaß an ihrer Arbeit? Sie verstand es nicht.

Mareike war am Ende ihrer Kraft. Sie wollte nur noch nach Hause, zurück in ihre Wohnung. Sie wollte mit ihrem

Sohn einen Tatort im Fernsehen schauen, dazu Knabberzeug in sich reinstopfen und wissen, dass das Böse draußen war und niemals in ihre kleine Welt eindringen konnte. Doch das Böse war schon längst in ihr Leben getreten. Sie fragte sich, ob sie für diese Detektivarbeit überhaupt geeignet war. Sie setzte Pfeiffer in ihr Blümchenauto und machte sich auf den Weg, um Mirko und Lizzi zu suchen.

44

Er war sicher gewesen, dass es nicht schlimmer werden konnte. Doch er hatte sich geirrt. Mal wieder. Pudel hatte ihn in die Abseite auf dem Flur gesperrt. Hier war es stockdunkel. Zu Hause hatten sie auch so einen begehbaren Wandschrank. Da roch es nach Sauberkeit und Putzmitteln. Hier aber nach dreckiger Wäsche und leeren Schnapsflaschen. Mirko wurde übel.

Die Zeit in diesem Kabuff schien stillzustehen. Mirko konnte nicht sagen, wie lange er schon hier war. Anfangs hatte er noch gegen die Tür geschlagen und geschrien, dass er rauswolle. Natürlich wusste er, dass Pudel ihn nicht rauslassen würde, aber er hatte gehofft, die Nachbarn riefen bei dem Radau irgendwann die Polizei. Doch dann fiel ihm der Typ ein, der fast jeden Abend seine Frau verprügelte. Keiner würde die Polizei rufen, nur weil jemand schrie. Mit schmerzenden Fäusten ließ Mirko die Arme sinken. Tränen traten in seine Augen.

Er konnte nicht mehr stehen, versuchte, sich auf einen Koffer zu setzen, aber das Ding fiel immer wieder um. Also blieb er stehen. Etwas drückte in seinen Rücken. Ein Besen vielleicht. Wie lange würde Pudel ihn hier festhalten? Morgen sollte er wieder zur Schule gehen, um die Pillen mit dem höhnischen Smiley darauf zu verkaufen. Ganz in seiner Nähe würde ein Typ sein, der für seinen Schutz zuständig sei, hatte Pudel gesagt, aber natürlich etwas ganz anderes gemeint. Doch Mirko wusste, dass die Schule der einzige Ort war, wo er, wenn überhaupt noch, auf Hilfe hoffen konnte. Noch nie hatte er so sehr seine Lehrerin herbeigesehnt, die ihn mit ihrem »Ist alles in Ordnung?« ständig genervt hatte. Noch nie hatte er die anderen aus der Klasse so vermisst, die er bisher für strunzblöd und feige gehalten hatte. Anders als er konnten sie immerhin heute Nacht in ihrem Bett schlafen. Vielleicht war ja er, Mirko Gödecke, der Strunzblöde. Mirko schämte sich. Er dachte an seine Mutter. Sofort krampfte sich sein Magen zusammen. So einen Sohn wie ihn hatte sie nicht verdient. Er war das Letzte.

Immer mehr Tränen liefen über seine Wangen. Schniefend wischte er sie mit seinem Ärmel weg.

Da hörte er, dass es an der Wohnungstür klingelte. Mirko lauschte. Männerstimmen. Es waren mindestens zwei, vielleicht auch drei. Pudel begrüßte sie auf diese aufgeregte Art, die er an sich hatte, wenn er mal wieder eine Line gezogen hatte, was in letzter Zeit immer öfter passierte.

Die Stimme des einen kam Mirko bekannt vor. Sie war kratzig, wie einer dieser metallischen Topfschwämme, die seine Mutter in der Küche hatte. Der Akzent schien Mirko russisch zu sein. Die Männer gingen ins Wohnzimmer. Mirko presste sein Ohr an die Tür, doch er konnte nicht viel hören. Ab und zu drang Pudels leicht hysterisches Lachen in den Flur. Mirko hätte viel darum gegeben zu wissen, wie viel Uhr es war. Irgendeine Orientierung wäre gut gewesen. Sie hätte ihm vielleicht den Druck von der Brust genommen.

Gerade wollte er sein Ohr wieder an die Tür legen, da wurde sie aufgerissen. Grelles Licht schoss ihm in die Augen.

»Und, wie gefällt er euch?« Pudel riss ihn aus dem Kabuff. Mit festem Griff hielt er Mirko am Oberarm fest. Es schmerzte. Dann drehte er Mirko um, schlug ihm mit der flachen Hand auf den Hintern und lachte. »Süßes Kerlchen, oder?«

Die Russen, es waren tatsächlich drei, grinsten Mirko dreckig an. Panische Angst kroch in ihm hoch. »Nein«, murmelte er. »Lasst mich in Ruhe!«

Pudel grinste Mirko an, dann schob er ihn wieder in den Schrank zurück, so wie man einen Staubsauger wegstellte. Zitternd kroch Mirko in die äußerste Ecke. Er hörte, wie Pudel sagte: »Er wird für mich morgen noch einmal arbeiten müssen. Schulden abbezahlen. Aber als Dealer ist er eine Pflaume. Ihr könnt ihn morgen Abend abholen.«

Die Männer berieten sich. Mirko traute sich nicht, Luft zu holen. Offenbar hatte Pudel vor, ihn zu verkaufen!

Er hatte davon gehört, dass Mädchen zur Prostitution gezwungen wurden, aber Jungs? Mirko musste sich übergeben.

45

Sie waren mit ihr durch ganz Hamburg gekurvt. Der Glatzkopf mit dem Messer sprach kein Wort, starrte sie nur an. Es schien ihr, als warte er nur darauf, dass sie sich bewegte, damit er zustechen konnte.

»Ist das das Messer, mit dem Sie Herrn Prinz verletzt haben?«, fragte Lizzi vorsichtig. Der Mann antwortete nicht. Doch Lizzi bemerkte, dass die schwere Falte zwischen seinen Augen noch tiefer wurde. Ihr Mund war trocken und die Hände schwitzig. »Haben Sie vor, mich zu töten?« Er sagte nichts. »Wo fahren wir hin?«, wollte sie wissen. »Ach so, natürlich, wie dumm von mir. Das ist bestimmt geheim.«

Sie schluckte. Würde man sie irgendwann irgendwo in der Elbe treibend wiederfinden? Das Dumme war nur, sie hätte zu gern gewusst, warum man sie entführte. Sie musste über etwas gestolpert sein, ohne es zu wissen.

Der Wagen fuhr um eine Ecke. Lizzi fiel fast von der Bank, auf der sie saß. Mittlerweile hatte sie aufgegeben, den Weg des Wagens in Gedanken nachzufahren. Sie hatte von Fällen gehört, bei denen das Opfer der Polizei später helfen konnte, das Versteck der Gangster zu finden.

Die Zeit schien immer langsamer zu vergehen. »Können Sie mir wenigstens sagen, wie viel Uhr es ist?« Konnte dieser Grobian nicht.

Da stoppte der Wagen abrupt. Lizzi wurde zur Seite geschleudert. »Aua!« Sie hatte sich den Kopf an der Wand des Wagens gestoßen. Der Kerl erhob sich und holte mit der Hand aus. Lizzi fuhr zurück. Doch statt sie zu schlagen, fasste er nach dem Griff oberhalb der Tür und öffnete diese.

»Raus!«

Draußen war es mittlerweile stockdunkel. Die blaue Stunde, wie Gottfried Benn die Dämmerung zwischen Tag und Nacht genannt hatte, hatte sich schon längst verabschiedet und der Nacht Platz gemacht.

Lizzi lugte aus dem Wagen. Vor ihr war der Eingang eines Hotels, wie es schien. Der schwarze Teppich vor dem hohen gläsernen Eingang sagte ihr, dass es sich um das *Sea View* handelte.

»Wollt ihr mich veralbern?«, fuhr Lizzi den Glatzkopf an. Sie stieg aus. »Ihr habt mich stundenlang durch die Gegend kutschiert, nur um mich dann wieder zurückzubringen?«

Das *Sea View Hotel* lag an der Bernhard-Nocht-Straße, nur wenige Meter von der Reeperbahn entfernt. Es war einer dieser gläsernen Neubauten, wo man Cocktails im zwanzigsten Stockwerk schlürfen konnte.

Lizzis versuchte, sich zu recken, doch der Schmerz, der ihr von der Wirbelsäule in die Beine fuhr, war höllisch. Sie stöhnte kurz auf. Der Glatzkopf verzog keine Miene. Sie sah sich um. Dann ging sie humpelnd auf ihren Entführer zu.

»Seid ihr Typen eigentlich alle nur plemplem? Was soll das?«

Der Glatzkopf drückte Lizzi wortlos die Handtasche vor den Bauch. »Und die Dinger, die Sie aus meinem Telefon gefummelt haben?«, fragte sie. »Behalten Sie die etwa?«

Ein livrierter Bediensteter des Hotels kam aus dem Gebäude gelaufen. »Frau Böttcher?«, fragte er.

Lizzi fuhr herum. »Was ist?«, fauchte sie ihn an. Das professionelle Lächeln in seinem Gesicht verschwand.

»Wenn Sie mir bitte folgen wollen.« Er drehte sich um, doch Lizzi blieb stehen.

»Einen Teufel werde ich. Man hat mich entführt! Ich will sofort nach Hause!« Sie machte einen Schritt zur Seite, doch der Glatzkopf stellte sich ihr in den Weg. Sie versuchte, um ihn herum zu gehen, aber er schnitt ihr den Weg ab.

»Du gehst nach oben«, raunte seine tiefe Stimme, und er schob die eine Seite seines Lederjacketts zur Seite. Lizzi schluckte, als sie das Messer sah.

»Nix da. Ich gehe nach Hause«, sagte sie nun schon etwas leiser.

Da spürte sie, wie dieser Grobian sie an ihrem Oberarm packte und zum Eingang schob. Er bugsierte sie durch das Foyer in einen komplett verspiegelten Fahrstuhl, wo sein Kopf fast die Decke berührte. Sie fuhren ins oberste Stockwerk. Das letzte Mal, als Lizzi mit einem Mann allein in einem Aufzug gewesen war, hatte dieser sie umbringen wollen. Ihre Abneigung gegen Fahrstühle wurde fraglos immer größer.

Mit einem leichten Ruck hielten sie an. Als die Türen aufgingen, schubste der Mann sie hinaus. Sie hatten den Eingang der Cocktailbar »Skyline« erreicht. Interessanterweise waren jedoch die hohen Barhocker hinter der Garderobe und dem Empfang unbesetzt. Kein einziger cocktailschlürfender Besucher war zu sehen.

Die Einrichtung der Bar hatte man in dunklem Holz und schwarzem Leder gehalten. Eine langgestreckte Bar verlief parallel zur riesigen Fensterfront, an der viele hohe Tische mit je vier leeren Hockern standen.

Der Mann schob Lizzi an dem dezent beleuchteten Tresen vorbei. Am Ende des langen Tresens öffnete sich plötzlich ein mindestens fünf Meter hoher Raum. Seine Fenster reichten von unten bis nach ganz oben zur spiegelnden Decke hinauf.

Atemlos blieb Lizzi vor dem Panoramafenster stehen. Unter ihr lag in all seiner nächtlichen Pracht das Lichtermeer des Hamburger Hafens. Sie trat an die riesige Scheibe und legte ihre Hand auf das kühle Glas. So etwas Schönes hatte sie noch nie gesehen. Das hier war ein Ausblick, der seinesgleichen suchte. Im Wasser der Elbe tief unter ihr blitzten die Lichter der Werft, glitzerten die Lampen der Barkassen, funkelten die Reklamen der Musicaltheater auf der anderen Flussseite. Die Landungsbrücken mit ihrem eckigen Turm, illuminiert wie eine mittelalterliche Burg, lagen zu Lizzis Füßen. Egal, warum man sie hierher gebracht hatte, für diesen Ausblick war sie dankbar.

»Gefällt es Ihnen, Frau Böttcher?«

Die Stimme des Mannes hinter ihrem Rücken war weich wie Samt. Sie hatte einen leichten östlichen Einschlag, der in ihr Bilder der Taiga wachrief, oder des Kremls.

Der Zauber des Augenblicks war verschwunden.

Langsam drehte sie sich um. »Mit wem habe ich die zweifelhafte Ehre?«

»Wladimir Denissow.« Der kleine Mann mit der Halbglatze und dem teuren Anzug deutete eine Verbeugung an. Manikürte Fingernägel, Siegelring, glattrasiert, klarer Blick und ein Bauch, der von gutem Essen zeugte. Die Slipper an seinen Füßen glänzten, wie die Hochzeitsschuhe ihres verstorbenen Mannes. Lizzi wusste, dass der gefährliche Teil des Abends jetzt erst begann.

»Darf ich Sie zu einem Drink einladen, liebe Frau Böttcher?« Ohne ihre Antwort abzuwarten, wies der Mann zu einem Tisch, wo bereits eine Flasche Champagner in einem Kühler auf Eis lag. Zwei leere Gläser standen daneben.

»Warum haben Sie mich entführen lassen?« Lizzi bewegte sich keinen Zentimeter auf den Tisch zu.

Er lächelte. »Ich hörte schon, dass Sie anders sind als andere Frauen Ihres Alters.«

»Meines Alters?«

»Nehmen Sie es nicht persönlich, aber alte Frauen sind normalerweise nicht …«

»Soll das etwa heißen, Sie trauen mir nicht zu, dass ich mit einem Mafiamann überteuerten Sekt trinke?« Sie ging zum Tisch, zog sich an dem hohen Hocker hoch, rutschte auf der kleinen Sitzfläche herum, bis sie bequem saß, und schaute ihn auffordernd an. »Ich habe nur eine mickrige Rente und nichts mehr zu verlieren. Solange Sie bezahlen, trinke ich auch den Sekt. Nur kaufen lasse ich mich nicht. Also, worüber reden wir?«

Er schien amüsiert. Mit einer kurzen Handbewegung scheuchte er seinen glatzköpfigen Lakaien fort. Lizzi und Wladimir waren allein. Der Mann goss den Schampus in die Gläser, ohne dass auch nur ein Tropfen danebenging.

»Ich möchte mit Ihnen über unseren gemeinsamen Freund reden.« Er reichte ihr ein Glas.

»Wir haben gemeinsame Freunde? Das wusste ich ja gar nicht.« Sie verzichtete auf das Anstoßen und nahm einen kräftigen Schluck. Sofort bereute sie es, denn die Wohlstandsbrause kitzelte erst in ihrer Kehle und dann in der Nase. Sie musste husten. »Wen meinen Sie? Den Herrn Prinz?«

»Ja, Muckiprinz. Bevor er starb, meinte er noch, Sie könnten mir helfen, etwas wiederzufinden, das mir gehört.«

»Starb? Ist er denn tot?«

Der Mann senkte den Blick. »Ja, leider. Er erlag heute Morgen seinen schweren Verletzungen«, sprach er in einem bedauernden Ton, der einem Bestatter alle Ehre gemacht hätte.

Für einen kurzen Moment suchte Lizzi in sich einen Funken des Mitleids für den jungen Mann. Doch da war nichts. »Haben Sie ihn …?«

Denissow hielt die Hände in die Luft. »Ich? Aber, meine Liebe, warum sollte ich so etwas Schreckliches tun?«

»Nun, weil er ebenso wenig Ihr Freund war wie meiner.«

Er lachte. »Ja, das stimmt wohl.«

»Also? Warum bin ich hier? Soll ich auch abgestochen werden?«

»Aber, nein!« Der Russe tat beleidigt, als sei es ein Affront gegen ihn, dass Lizzi ihm so etwas zutrauen könnte.

Doch Lizzi mochte dieses Theater nicht. »Hören Sie auf, mich zu veralbern. Worum geht es?« Ihr Ton war härter, als sie es sich in dieser Lage eigentlich hätte erlauben dürfen.

»Ein Päckchen.« Der Russe griff nach seinem Glas und nahm einen Schluck, während er Lizzi aufmerksam über den Rand des Kristalls hinweg beobachtete. »Oder haben Sie es bereits gefunden?«

Lizzi beugte sich über den Tisch. Der Mann roch nach

teurem Aftershave. »Sie müssen schon genauer sagen, was Sie wollen, Herr Denissowitsch.«

»Denissow. Ich habe nichts mit Alexander Solschenizyn und seinem Roman zu tun. Das alte Mütterchen Russland liegt mir nicht.« Er lächelte entschuldigend.

Lizzi sagte nichts, sondern nahm noch einen Schluck, um ein wenig Zeit zum Denken zu haben.

»Wenn Sie das Päckchen haben, Frau Böttcher, dann sollten Sie es mir geben.« Seine Augen wurden kleiner. Der Samt in seiner Stimme war plötzlich einer eisigen Kälte gewichen.

»Himmel! Was für ein Päckchen?« Sie stellte das Glas ab, während sie hinter dem Russen ein Kreuzfahrtschiff durch den Hafen gleiten sah. Sie musste sich anstrengen, ihren Blick von dieser strahlenden Schönheit abzuwenden. »Geht es um Drogen?«

Er lachte auf. »Worum sonst, meine Liebe? Also, haben Sie es? Mucki sagt, Sie hätten es.«

»Wie kam dieser Frechling dazu, so etwas zu behaupten? Ich interessiere mich nicht für Drogen. Ich suche zwei alte Leute. Mehr nicht.« Ihr kam ein Gedanke. »Hat Ihr Schlägertyp«, sie wies mit dem Kopf in die Richtung, in welche der Glatzkopf verschwunden war, »Richard Klüver vom Balkon der Dehlbrücks geworfen?« Für den wuchtigen Kerl wäre es eine Leichtigkeit gewesen, den schmächtigen Richie über die Brüstung zu schubsen. Andererseits wäre so eine Figur in der Hein-Hoyer-Straße vielleicht aufgefallen.

»Nein, denn Richie arbeitete für mich. Ich töte nicht meine besten Mitarbeiter.«

»Was sollte dieser Richie denn für Sie machen?«

Denissow leerte sein Glas. »Er sollte mir zuverlässige Leute vermitteln, damit ich meine Geschäfte hier ausbauen kann.«

»Kuriere? Dealer?«

»Oh, nicht nur das. Ich brauche auch Buchhalter und Rechtsanwälte.« Er lachte. »Und Nutten.«

»Verstehe. Richie sollte dafür sorgen, dass die Dragon Balls verschwinden, damit Sie an die Leute dahinter kommen können.«

Er nickte. »Er besorgte mir den Schlüssel, damit wir Muckiprinz einen Besuch abstatten konnten. Richie versorgte uns mit Informationen, wann und wo Deals ablaufen würden. Ja, Richie war ein guter Spion. Ich musste wissen, wie dieser Muckiprinz an den Stoff kommt, wer sein Verkäufer ist, mit welchen Konkurrenten ich zu rechnen habe.«

»Mucki beschaffte für Sie Drogen?«

Der Russe lächelte und schwieg.

»Verstehe. Sie wollten direkt an die Verkäufer kommen. Kein Zwischenhändler wie Mucki.«

Er nickte anerkennend. »Sie verstehen schnell. Nun, ich weiß jetzt alles, was ich wissen muss. Jetzt fehlt nur noch die letzte Lieferung. Die wollte mein Zwischenhändler nicht rausrücken.«

»Ich nehme an, er dachte, das Paket könnte seine Lebensversicherung sein.«

»Wer weiß, vielleicht dachte er das tatsächlich. Geholfen hat es ihm wenig.«

Jetzt verstand Lizzi, warum so viele Rocker dabei waren, als man Lizzi von der Musikhalle abholte. Mucki wollte den großen Gangster mimen, um zu verhindern, dass der Russe ihn sich zur Brust nahm. »Und da Sie jetzt alles wissen, war Muckiprinz überflüssig«, schloss Lizzi. »Nur die Ware ist Ihnen abhandengekommen, richtig?«

Bedauernd nickte der Russe. »Auch wenn ich nicht dafür bezahlt habe, gehört sie mir. Rein moralisch betrachtet, schuldete er mir die Ware. Er sah es anders.« Bedauernd hob er eine Augenbraue. »Doch ich werde mein Eigentum bekommen.« Die Stimme des Russen war wieder wie Samt. »Und Sie werden es für mich finden, sonst ...«

Lizzi verstand und lachte auf. »Sie wollen mir drohen? Wissen Sie eigentlich, wie alt ich bin? Glauben Sie allen Ernstes, Sie könnten mir mit dem Tod einen Schrecken einjagen?«

Langsam griff Denissow in die Innenseite seines Jacketts. Lizzis Atem stockte. Doch statt einer Waffe holte er ein besonders flaches goldenes Handy heraus.

Bedächtig schaltete er es ein, wischte ein wenig auf dem Display herum und reichte es dann Lizzi. »Ich möchte nur, dass Sie verstehen, wie wichtig mir mein Eigentum ist.«

Zögerlich nahm Lizzi das Handy in die Hand. Ihr Mund wurde immer trockener, die Hände waren noch verschwitzter als vorhin.

Es war ein Video. Es zeigte einen Schulhof mit lärmenden Kindern. Eigentlich hätte Lizzi erleichtert sein müssen, denn der Junge in der Bildmitte war Mirko. Wenn aber ein Gangster so ein Video zeigte, bedeutete das nichts Gutes. Sie schaute genauer hin und sah, wie Mirko einem Jungen etwas reichte, während er mit der anderen Hand verstohlen einen Geldschein in seine Jeanstasche stopfte. Beide Kinder blickten sich immer wieder ängstlich um. Dann eilte der Jüngere davon. Weit und breit war kein Lehrer zu sehen, der dieses Geschäft hätte unterbinden können.

Danach kam ein anderes Video. Mirko beim Sex mit einer kaum bekleideten Frau. Im Hintergrund lachten Leute.

»O Gott!« Schnell schob sie das Handy über den Tisch zurück. »Wo ist der Junge?«

Der Russe hob die Augenbrauen. »Dort, wo ich ihn jederzeit erwischen kann.«

»Seine Mutter sucht ihn! Sie wird zur Polizei gehen.«

Denissow grinste. »Das glaube ich kaum.« Dann beugte er sich zu Lizzi. »Wenn Sie mir mein Eigentum nicht bringen können, Frau Böttcher, dann werde ich erst den Jungen fertigmachen und danach die Mutter.« Er schob einen Zettel über den Tisch und stellte Lizzis Sektglas darauf.

Es waren Mareikes Adresse und deren Telefonnummer.

Lizzi schluckte.

Jetzt schnippte der Russe mit den Fingern. Sofort kam der Glatzkopf um die Ecke. »Sergej wird Sie nach Hause bringen. Sie haben zwölf Stunden.« Lizzi wollte etwas sagen, doch Denissow unterbrach sie. »In zwölf Stunden wird Sergej anfangen, dem Jungen die Finger abzuschneiden. Pro Stunde einen.«

46

»Drogen?« Mareike schaute zu Pfeiffer hinüber, der mit den Achseln zuckte. Dann blickten beide auf Lizzi, die im Fernsehsessel in ihrem Appartement der Residenz Hanseatica saß und trübe vor sich hinstarrte.

»Woher wissen Sie das, Lizzi?«, wollte Pfeiffer wissen.

Lizzi zögerte. »Ein Bekannter«, murmelte sie dann ausweichend.

»Kennen wir Ihren neuen Bekannten?« Mareikes Stimme zitterte ein wenig. Sie hatte Lizzi noch nie in so einem Zustand gesehen. Es schien fast, als sei die alte Frau gar nicht anwesend.

Lizzi schüttelte den Kopf.

»Sie wollen uns also nicht sagen, wo Sie die letzten Stunden gewesen sind?« Pfeiffer fühlte sich ausgelaugt und alt. Die Angst um Lizzi war ihm an die Nieren gegangen.

Lizzi schüttelte erneut den Kopf.

Da ging Mareike in den kleinen Flur des Appartements und griff zum Telefon. Lizzi blickte auf.

»Hallo Jessica«, begrüßte Mareike die Rezeptionistin unten im Foyer. Lizzi schloss ermattet ihre Augen. »Wie kam Frau Böttcher vorhin in die Residenz? Mit einem Taxi?« Während Mareike Jessica zuhörte, ließ sie Lizzi nicht aus den Augen. Ihr Blick wurde immer härter. Dann legte sie auf.

»Nun, Herr Kollege«, wandte sie sich an Pfeiffer, »die gute Nachricht ist, dass Lizzi nicht bei unseren Rockerfreunden war.«

Besorgt sah sie zu der alten Frau im Sessel. »Die schlechte Nachricht ist, dass ein schwarzer Lieferwagen mit verdunkelten Scheiben sie vor der Tür abgesetzt hat.«

Pfeiffer wurde noch eine Spur blasser. »Ein Mercedes?«

Mareike nickte. Beide schauten Lizzi streng an.

Pfeiffer beugte sich zu ihr hinunter. Er nahm ihre kalte Hand. »Waren es die Leute, die diesen Mucki vor der Davidwache … abgelegt hatten?«

Doch statt zu antworten, schaute Lizzi plötzlich Mareike an. »Kindchen, kannst du mir sagen, wo dein Sohn ist?«, flüsterte sie.

Mareikes Gesicht erstarrte zu einer Maske. Sie schluckte. »Was meinen Sie damit?«

»Sag mir bitte, dass es ihm gutgeht«, flehte Lizzi leise.

Verwirrt blickte Pfeiffer zwischen den Frauen hin und her. »Was ist mit Ihrem Sohn, Frau Gödecke?«

»Das geht niemanden etwas an!«, rief Mareike. Ihre Stimme überschlug sich, die Adern an ihren Schläfen pochten. »Das hat nichts mit dem Fall zu tun! Es sind die üblichen Probleme einer alleinerziehenden Mutter mit ihrem pubertierenden Sohn.« Die Worte fielen aus ihrem Mund, schienen sich gegenseitig zu überholen.

»Seit wann ist er weg?«, fragte Lizzi und stemmte sich aus dem Sessel. Langsam ging sie auf Mareike zu und legte ihre Hand auf deren Arm. Doch Mareike stieß die Hand weg.

»Er wohnt für ein paar Tage bei Freunden. Eine Auszeit nehmen, sagt er.«

»Frau Gödecke! Der Junge ist erst sechzehn!«, fuhr Pfeiffer dazwischen.

Mareikes Stimme wurde immer schriller. »Das weiß ich!« Plötzlich fuhr sie zu Lizzi herum. »Woher wissen Sie das? Von Ihren neuen Freunden? Wer sind die Männer? Haben die meinen Sohn?« Sie packte Lizzi an den Oberarmen und schüttelte die alte Frau. Lizzi wehrte sich nicht. Doch Pfeiffer drängte sich dazwischen.

»Ganz ruhig, Frau Gödecke«, sagte er leise. »Das stehen wir gemeinsam durch.« Er schob sie zum Sofa hinüber, wo sie sich setzen musste. Mareike starrte angstvoll zu Pfeiffer hoch. »Bitte, helfen Sie mir!«

Pfeiffer seufzte. »Und nun zu Ihnen, Lizzi.« Pfeiffer drehte sich zu Lizzi, die traurig zu ihrer Assistentin auf dem Sofa blickte.

»Es ist meine Schuld«, murmelte die alte Frau. »Ich hätte nie mit dieser Detektivsache anfangen dürfen.«

Lizzi starrte auf ihre faltigen Hände. Was sollte sie den beiden sagen? Wie viel konnte sie sagen, ohne den Jungen zu gefährden? Schwere Stille lag im Raum.

»Muckiprinz hatte, so wie es aussieht, ein Geschäft mit gewissen … Herren, doch die Drogen gingen … verloren. Darum musste der Dragon Ball sterben.«

»Was ist mit Mirko?«, fragte Mareike dazwischen. »Woher wissen Sie das mit ihm?«

Lizzi zögerte nur eine Sekunde. »Ich war vorhin am Hafen. Oben bei den Landungsbrücken glaubte ich, ihn gesehen zu haben«, log sie. Sie konnte Mareike nicht sagen, dass Mirko ins Visier eines russischen Drogenbosses geraten war.

Mareike sprang auf. Hoffnung erhellte ihr Gesicht. »Dann müssen wir sofort dorthin.«

Pfeiffer legte seine Hand auf ihren Arm. »Er ist bestimmt nicht mehr dort. Lassen wir Lizzi ausreden.«

Zögernd setzte sich Mareike wieder, wobei sie nervös ihre Hände knetete.

»Was dann?«

»Nun, der … Muckis Geschäftspartner bat mich, ihm bei der Suche nach seiner Ware zu helfen.«

Pfeiffer blickte erschreckt zu Mareike, die aufgesprungen war. »Einem Drogenhändler? Wir sollen einem Drogenhändler helfen, seinen Stoff zu finden?« Sie kam hinter dem Tisch hervor und stellte sich vor Lizzi, die betreten zu Boden blickte. »Wenn Sie das machen, Lizzi, kündige ich!«

»Wir haben keine Detektei, Kindchen. Du kannst gehen, wann immer du willst.« Lizzis Stimme war kaum zu hören.

Mit in die Hüften gestemmten Fäusten funkelte Mareike Lizzi an. »Das ist nicht wahr. Erst lassen Sie sich von diesen Rockern kaufen und dann von Drogenhändlern.«

Lizzi schwieg.

»Verdammt! Was ist los mit Ihnen? Ich dachte, Sie sind ein anständiger Mensch.«

Lizzi sagte kein Wort zu ihrer Verteidigung. Was hätte sie auch sagen sollen? Nur, wenn sie es schaffte, dieses Paket zu finden, hatten sie eine Chance, den Jungen lebend wiederzufinden. Hilflos sah sie Pfeiffer an.

Der schien zu verstehen. »Frau Gödecke.« Er drehte die junge Frau sanft zu sich. »Haben Sie schon versucht, Ihren Sohn auf dem Handy zu erreichen? Er hat doch bestimmt so ein …«

»Natürlich! Für wie blöd halten Sie mich eigentlich?«

Pfeiffer überhörte die Frechheit.

»Der Teilnehmer sei nicht erreichbar, heißt es.«

»Akku leer?«

»Möglich. Aber ich glaube es nicht.«

Pfeiffer nickte langsam, so, als müsse er die nächsten Worte gut überlegen. »Ihrem Sohn scheint es gutzugehen, Mareike. Lizzi hat Mirko an den Landungsbrücken herumstromern sehen.« Er schob sie auf den Flur hinaus. »Vom Hafen aus fährt die S3 Richtung Elbgaustraße. Und ab da geht ein Bus zu Ihnen nach Hause, richtig? Vielleicht war er auf dem Weg nach Hause. Vielleicht ist Mirko bereits dort.«

Mareike zögerte. Dann wurde ihr Blick grimmig entschlossen. »Ich rufe sofort an.«

Pfeiffer schob das Handy in ihrer Hand weg. »Nein. Beruhigen Sie sich! Wenn Sie am Telefon ein falsches Wort sagen, ist er wieder weg, bevor Sie da sind.«

Sie nickte zögerlich. »Und wenn er gar nicht zu Hause ist?«, fragte sie leise.

»Dann wird er kommen. Lizzi und ich nehmen die Sache ab jetzt in die Hand.«

»Keine Polizei!«, rief Mareike. »Keine Polizei! Wenn mein Ex das erfährt, nimmt er mir meinen Sohn weg. Die Lehrerin hat schon das Jugendamt informiert!« Sie fasste Pfeiffer am Jackett. »Bitte, versprechen Sie mir: keine Polizei!«

Pfeiffer blickte in ihre flehenden Augen. Nach dem Jungen suchen zu lassen war seine erste Idee gewesen. Doch, wie sollten Lizzi und er das Kind in einer Stadt wie Hamburg finden? Natürlich musste er die Kollegen informieren.

»In Ordnung, keine Polizei.«

47

Nachdem Mareike gegangen war, kam Pfeiffer zu Lizzi ins Wohnzimmer zurück. »Und jetzt mal Butter bei die Fische, meine Liebe. Was ist hier los?«

Aufmerksam hörte er zu, während Lizzi von ihrem Besuch im *Sea View Hotel* berichtete.

»Wladimir Denissow«, murmelte er. »Kenne ich nicht. Er scheint neu in Hamburg zu sein.« Pfeiffer stand auf und legte die Hände auf den Rücken. »Wenn er hier Geld machen will, muss er sich Respekt in der Szene verschaffen«, murmelte er vor sich hin. »Das ist nicht gut.«

»Aber das hat er doch schon mit Muckis Tod erreicht, oder nicht?«

»Denissow muss unter den harten Brüdern der Härteste sein. Da reicht es nicht, einen kleinen Rocker abzustechen. Das Blut muss immer wieder fließen.«

Lizzi stöhnte auf. »Oje, das hatte ich befürchtet.«

»Sie haben sich mit Typen eingelassen, Lizzi, denen ein Leben nicht viel wert ist.« Er schaute sie an. »Wir müssen die Kollegen informieren.«

Lizzi sprang auf. »Nein!« Sie griff nach seinem Arm.

Er zuckte mit den Achseln. »Das schaffen wir niemals alleine, Lizzi.«

»Doch! Wir werden dieses Paket finden, und dann werden wir es dem Russen geben.«

Pfeiffer lachte. »Glauben Sie wirklich, der Kerl wird so nett sein, den Jungen dann an uns auszuliefern?« Er schüttelte den Kopf. »Mein Gott, wie naiv Sie sind.«

Enttäuscht sah Lizzi ihn an. Dann schnaufte sie verächtlich. »Hätte ich gewusst, dass Sie so eine Memme sind, Herr Kommissar, dann hätte ich nichts gesagt.« Sie stapfte in den dunklen Flur ihres Appartements.

»Wohin wollen Sie gehen, Frau Böttcher?«

Lizzi nahm ihr Kopftuch und legte es um. Dann schlüpfte sie in ihren Trenchcoat, griff nach der Handtasche und öffnete die Wohnungstür. »Ich werde das Problem alleine lösen.«

Noch bevor Pfeiffer etwas sagen konnte, hatte sie die Wohnungstür hinter sich geschlossen. Schnell fuhr ihr Schlüssel ins Schloss, und sie drehte ihn zweimal um.

»Lizzi! Was soll das?«, hörte sie Pfeiffer aus ihrem Appartement rufen. »Lizzi? Machen Sie sofort auf!«

Als sie am Fahrstuhl stand, klopfte er wild gegen die Tür. »Hören Sie mit dem Unsinn auf!«, schrie Pfeiffer.

Sie trat in den Fahrstuhl. Als Erstes würde sie das ominöse Paket suchen und danach ein ernstes Wörtchen mit Opa Edel sprechen müssen, denn sie wusste längst, wo er war. Was sie jedoch wegen Mirko unternehmen wollte, wusste sie noch nicht.

48

Es hatte zu regnen begonnen. Schwere Tropfen fielen vom Himmel, klatschten in die Pfützen, spritzten das dreckige Wasser darin auf, bildeten kleine Kreise in der schmutzigen Lache und wurden eins mit ihm. Der Regen prasselte auf das Dach der einsam im Wald gelegenen Bushaltestelle des 36er. Das Rauschen des Schauers unterdrückte jedes andere Geräusch um Lizzi herum, die, tief in Gedanken versunken, auf der Bank saß. Die Bügel ihrer Handtasche auf dem Schoß umklammernd, starrte sie vor sich hin. Die Dinge hatten eine ungute Wendung genommen. Dass sie die Polizei nicht einschalten konnte, lag auf der Hand.

Sie musste das Paket finden. Doch Pfeiffer hatte recht, wenn er sagte, der Russe würde sich an keine Abmachung halten. Nur das Paket zu finden würde also nicht reichen, um Mirko in Sicherheit zu bringen.

In Lizzis Kopf schwirrten tausend Stimmen, die alle gleichzeitig auf sie einredeten. Doch eine von ihnen war lauter als alle anderen: Sie hatten den Jungen!

Konzentriert versuchte sich Lizzi das kleine Filmchen in Erinnerung zu rufen, das ihr der Russe im Hotel gezeigt hatte. Mirko, der verstohlen einem Schüler etwas in die Hand drückte, während er selbst einen Geldschein in seiner Tasche verschwinden ließ. Ein anderer Jugendlicher, nur wenige Meter von Mirko entfernt, beobachtete jede Bewegung

Mirkos. Ein Bewacher? Jemand, den der Russe dort postiert hatte? Wie dicht waren diese Kerle an Mirko wirklich dran?

Mirko hatte versucht, Lizzi zu erreichen. Er habe geflüstert, hatte Jessica gesagt. Das konnte bedeuten, dass er unter Beobachtung stand. Das aber erschwerte es, den Jungen da herauszuholen.

Warum hatte er überhaupt sie angerufen? Warum nicht seine Mutter oder die Polizei? In was hatte der Junge sich nur hineinmanövriert, dass er so verzweifelt Hilfe brauchte?

»Du lenkst ab«, mahnte Lizzi sich halblaut. Sie schloss die Augen. Da war ein Backsteingebäude auf dem Film zu sehen gewesen. Eine Schule. Mirkos Schule?

Plötzlich wusste Lizzi, was zu tun war. Sie riss die Augen auf.

»Ja!«, murmelte sie.

Während sie ihr Handy in der Handtasche suchte, kam der 36er durch den Regenschleier die Straße entlanggerollt. Er stoppte. Die Türen öffneten sich. Ein paar Sekunden blickte der Fahrer auffordernd zu Lizzi hinüber, die noch immer in ihrer Tasche wühlte und ihn nicht bemerkte.

In dem Moment, in dem sich die Türen schlossen, fand Lizzi ihr Mobiltelefon. Sie hob den Kopf. »Oh.« Erstaunt blickte sie dem wegfahrenden Bus hinterher.

Egal. Sie fummelte in der Jackentasche ihres Regenmantels, wo sie ein Zettelchen fand. Sie faltete es auseinander, und begann, die Nummer darauf zu wählen.

Kalli war Mareike noch immer einen Gefallen schuldig. Und Lizzi gedachte, diesen jetzt im Namen von Mirkos Mutter einzufordern. In der Ferne hörte Lizzi eine Polizeisirene.

49

»Ich sollte dich verhaften, Pfeiffer!«, rief Kommissar Lindemann über die Schulter des Mannes vom Schlüsseldienst hinweg, der vor der Appartementtür im dritten Stock der Residenz Hanseatica kniete.

»Wenn es dich glücklich macht, Manfred, dann tu es«, kam es durch die verschlossene Tür zurück. »Vorher aber müssen wir Lizzi suchen.« Endlich ging die Tür auf. Sofort kam Pfeiffer herausgestürmt, wobei er über den Mann vom Schlüsseldienst fast gestolpert wäre. »Wir müssen sie finden, Manfred. Sie bringt sich schon wieder in Gefahr!«

Die Männer liefen an Jessica vorbei, die beim Fahrstuhl stand und unglücklich auf den Generalschlüssel in ihrer Hand schaute. »Ich habe wirklich nicht gewusst, dass Frau Böttcher ihr Schloss ausgewechselt hat, Herr Kommissar«, murmelte sie entschuldigend. Die Männer rannten an ihr vorbei, eilten ins Treppenhaus und hasteten durch das Foyer hin zu Lindemanns Dienstwagen. Mit Blaulicht raste der Audi die Auffahrt entlang und bog auf die Elbchaussee Richtung Innenstadt. Konzentriert lenkte Lindemanns Kollege den Wagen durch den Hamburger Verkehr.

»Wie kommst du darauf, dass die verrückte Alte in Gefahr schwebt?«, fragte Lindemann nach hinten, wo Pfeiffer unruhig auf der Bank hin und her rutschte.

»Sie hat mich eingeschlossen.«

Lindemann, der auf dem Beifahrersitz saß, lachte trocken auf. »Das hätte ich auch getan.«

»So etwas macht sie immer, wenn sie mich los sein will.« Er klang mächtig gekränkt. Pfeiffer hatte Lindemann am Telefon die Sache mit den Drogen erzählt, ihn über Muckis Russengeschäfte informiert und vom Verschwinden des Jungen berichtet. »Ich weiß, dass Lizzi ahnt, wo sie ihn suchen muss.«

»Wo?«

»Wir müssen sofort in die Hein-Hoyer-Straße. Dort will sie garantiert hin.«

»Warum?«

»Weil alles mit den Dehlbrücks anfing.«

Wenig überzeugt schüttelte Lindemann den Kopf. »Ich hätte euch beide einsperren und den Schlüssel wegwerfen sollen«, murmelte er.

50

Schrill tönte die Schulglocke durch die leeren Flure. Fast zeitgleich begann ein Höllenlärm in den Klassen. Mit lautem Gegröle rannten und stolperten die Kids aus den Räumen, die schweren Taschen über ihre Schultern werfend. Auf allen Etagen strömten sie zum Treppenhaus hin, flossen hinunter in die Pausenhalle, der Freiheit entgegen, wo Sommersonne und Schwimmbad auf sie warteten. An Hausaufgaben dachte schon jetzt keiner mehr. Doch als die Ersten den Hof betraten, wurden ihre Schritte vor Überraschung langsamer.

Neugierig blickten sie zum Schultor hinüber, wo eine Gruppe knatternder Motorräder nebeneinanderstand. Die Typen auf den Maschinen waren in Leder gekleidet und trugen einen finsteren Blick zur Schau. Sie starrten die Schüler an, die in den Türen stehen blieben und gafften.

Schon schoss der Hausmeister aus einer Seitentür des Gebäudes. Im Blaumann eilte er auf die Rocker zu, in der Hand einen Besen schwingend. Doch mitten auf dem Hof blieb er stehen. Unentschlossen blickte er zu den Kerlen, dann zu den Kindern, die ihn auffordernd angrinsten.

Ein Typ mit breitem Kreuz erhob sich von seinem Bike.

»Ey, ihr Nieten!«, grölte er über seinen Lenker hinweg. »Heißt einer von euch Mirko?«

Allgemeines Kopfschütteln. Einer jedoch erinnerte sich, Mirko gesehen zu haben. »Da drüben!«, quäkte der Schüler mit brechender Stimme und zeigte auf Mirko, der gerade hinter dem Gebäude hervortrat, wo er mit seinem *Beschützer* auf den Schulschluss gewartet hatte. Den feisten Typ, der neben Mirko stand, kannte keiner. Jetzt legte er seine Hand auf Mirkos Schulter und flüsterte ihm etwas ins Ohr. Mirko wurde blass.

Da trat Frau Gundert durch die Menge der Schüler. »Was ist hier los?« Sie sah den Hausmeister unschlüssig mitten auf dem Schulhof herumstehen und dahinter die Motorradgang.

Immer mehr Kinder schoben sich neugierig nach draußen. Da bemerkte Frau Gundert Mirko ein wenig abseits an der Hausecke. Sie bahnte sich einen Weg durch die Kinder, um zu dem Jungen zu gelangen. »Mirko! Wo bist du gewesen?« Wachsam blickte sie zu dem Typen neben Mirko. »Und wer bist du? Wer ist dein Klassenlehrer?«

Der Typ grinste nur. Plötzlich stand der Lehrerin Angst ins Gesicht geschrieben. Mirko schämte sich. »Sind die deinetwegen hier?«, wollte Frau Gundert von Mirko wissen und warf einen Blick über die Schulter zum Schultor hinüber, wo die röhrenden Maschinen standen. »Brauchst du Hilfe?«

Mirko warf einen kurzen Blick zu seinem Bewacher. »Nee, ist schon gut. Hab alles im Griff.«

Sie glaubte ihm kein Wort. »Wir können die Polizei holen, wenn du willst.«

Da kam der Typ neben Mirko einen Schritt näher auf die Lehrerin zu. »Verpiss dich, Alte!«, zischte er, wobei er seine Jacke ein wenig öffnete, um ihr sein Messer im Gürtel zu zeigen.

Frau Gundert wurde blass. Sie stolperte rückwärts zu den Schülern zurück, die von der Sache nichts mitbekommen hatten, denn ihre Blicke klebten an den donnernden Maschinen vor dem Schultor. Einige feuerten mittlerweile den Hausmeister an, es mit den Ledertypen aufzunehmen. Doch der Mann machte keinen ernsthaft entschlossenen Eindruck mehr, die Schule mit dem Besen gegen die Rocker zu verteidigen.

Da winkte einer der Harley-Fahrer durch den knatternden Lärm der Maschinen zu Mirko herüber, der einfach nicht wusste, was er tun sollte. »Ey, Kleiner. Lizzi lässt dich schön grüßen!«

Lizzi? Woher wusste die alte Frau, dass er hier war? Egal!

Mirko begriff, dass das hier die einzige Möglichkeit zur Flucht war. Er fuhr herum, schubste seinen Bewacher fort und rannte los. »Ich bin Mirko!«, schrie er, während er an den verblüfften Kindern vorbeilief. »Wartet auf mich!« Mirko hörte seinen Bewacher schreien, er solle sofort stehen bleiben.

»Nehmt mich mit!«, schrie Mirko den Rockern entgegen.

Die Männer auf den Maschinen wechselten einen kurzen Blick, dann rollte ihr Anführer vor, drehte eine Runde auf dem Schulhof. Der Hausmeister stolperte nach hinten, als die röhrende Maschine dicht an ihm vorbeizog.

Der Typ auf dem Motorrad hielt zwischen Mirko und seinem Bewacher. »Tach! Ich bin Kalli. Lizzi sagt, du hast Ärger?«, fragte er Mirko, während er den anderen Typen musterte. »Will der was von dir?«

»Bringt mich hier weg! Bitte!«, schnaufte Mirko und stieg hinten auf die Maschine.

Als Mirko saß, raunte Kalli dem Typen zu: »Hör zu, du Weihnachtsmann. Ab heute lasst ihr meinen Freund in Ruhe oder es setzt was! Klar?«

Der Typ hob beschwichtigend die Hände. »Ja, klar! Ich mach das ja nur für Geld. Kenne den da überhaupt nicht.« Er ging ein paar Schritte nach hinten.

»Richtig, du Lusche, du kennst ihn nicht. Und du willst ihn auch niemals kennenlernen, klar?« Der Typ nickte eifrig. Langsam ließ Kalli sein Motorrad vom Schulhof rollen.

Die anderen Kinder blickten Mirko und dem Rocker hinterher, wobei sie unschlüssig schienen, ob die Szene jetzt cool oder doch eher beängstigend war.

Draußen auf der Straße sah Mirko Pudel aus dem BMW springen und mit hochrotem Kopf pöbelnd zum Schultor herüberlaufen.

»Wer ist das?«

»Der Kerl, dem ich die ganze Scheiße verdanke!«

Ein kurzes Nicken von Kalli, und drei Maschinen lösten sich aus dem Konvoi. Gemächlich rollten sie Pudel entgegen, der wie angewurzelt stehen blieb. Mit höllischem Lärm knatterten sie um Pudel herum. Der Boden schien zu beben. Ein vierter Rocker fuhr los. In seiner Hand blitzte etwas auf.

»Scheiße!«, murmelte Mirko entsetzt.

Doch statt Pudel mit einer Waffe an die Kehle zu gehen, wie Mirko befürchtete hatte, fuhr der Typ auf Pudels BMW zu. Mit dem Schraubenzieher fuhr er an der Flanke des Wagens entlang. Pudel schrie auf und rannte zu seinem Auto zurück.

Mirko krallte sich an die Kluft seines Fahrers, als die Harley unter ihm aufröhrte und sie losfuhren. In aller Ruhe überholten sie den BMW, wo Pudel jammernd immer wieder mit der Hand über den Kratzer fuhr. Als Mirko mit Pudel auf gleicher Höhe war, schrie er seinem ehemals besten Freund zu: »Deinen Scheißrespekt kannst du dir sonst wohin.« Dann hielt er seinen Mittelfinger hoch.

Mirko war sich sicher, dass Pudel ihn ab jetzt in Ruhe lassen würde. Und er wusste, dass alles, was von nun an kommen würde, nicht halb so schlimm war wie das, was hinter ihm lag.

51

Weil der Schnellbus von Blankenese zum Kiez nur alle fünfzehn Minuten fuhr und für die Strecke knapp eine halbe Stunde brauchte, war es bereits kurz nach zwölf, als Lizzi vor Hanne Sieberts' Haustür stand. Sie klopfte leise an die Tür im vierten Stock und wartete. Aus dem Inneren der Wohnung drang kein Laut. Lizzi hoffte, dass Hanne nicht da war. Auch eine Puffmutter musste irgendwann einmal einkaufen gehen oder all die Dinge tun, die man nun einmal tagsüber tat. Sicherheitshalber hatte sie eine Zeitlang das Haus beobachtet. Es war Lizzi wichtig, dass Hanne sie hier nicht entdeckte. Und ebenso hoffte Lizzi, dass Pfeiffer nicht Lindemann ins Vertrauen gezogen hatte, weil dann nämlich ihr schöner Plan nicht aufgehen würde.

Lizzi klopfte noch einmal. »Ich kann Ihnen helfen, Herr Dehlbrück«, flüsterte sie gerade laut genug, dass der alte Mann auf der anderen Seite der Tür sie hören konnte. Sie war sicher, dass Opa Edel dort stand und horchte. »Das mit Ihrer Frau tut mir leid. Aber ich kann verstehen, warum Sie es getan haben.«

»Nein, können Sie nicht«, drang eine krächzende, dünne Stimme zu Lizzi heraus. Sie war erleichtert. Opa Edel hatte sich tatsächlich bei Hanne Sieberts versteckt. Wahrscheinlich lebte er im roten Zimmer, wo das Licht abends brannte, auch wenn die Mieterin nicht zu Hause war.

»Bitte, Herr Dehlbrück«, flüsterte Lizzi dicht an der Tür. »Lassen Sie uns reden. Sie können doch nicht für immer in dem schrecklichen Zimmer wohnen.«

Langsam wurde die Tür geöffnet, und ein runzliger alter Mann spähte durch den Spalt. Sein Rücken bog sich weit vor, konnte die schmalen Schultern kaum halten. Das faltige Gesicht war nachlässig rasiert, so dass die Stoppeln an einigen Stellen mehr sprossen als an anderen. Die wenigen Haare auf seinem Kopf hingen über die viel zu großen Ohren. Opa Edel trug ein zu großes kariertes Oberhemd, dessen Zipfel halb in den Bund seiner Hose gestopft waren, die er mit einem Paketband um die dürren Hüften gebunden hatte. Aus trüben Augen blickte er Lizzi an. »Sind die anderen weg?«

Lizzi kam näher. »Wer?«

»Die Polizei war hier. Sie suchen eine Frau Böttcher. Sind Sie das? Die Detektivin?«

Lizzi nickte vorsichtig. Dann trat sie ein.

Kurz darauf saßen Opa Edel und Lizzi in Hannes Küche am Tisch. Der alte Mann schaute auf seine fleckigen Hände, die er nebeneinander auf den Tisch gelegt hatte. Lizzi stellte ihm einen Becher Kaffee hin. »Mit Milch?« Sie hatte im Kühlschrank einen angebrochenen Liter gefunden. Er reagierte nicht. Lizzi setzte sich an den Tisch und wartete, dass er anfangen würde.

»Ich mag nicht mehr«, flüsterte er so leise, dass Lizzi es fast nicht gehört hätte.

»Wie ist es passiert?« Sie nahm seine kalte Hand in ihre.

Er schwieg. Lizzi erzählte ihm von den Dragon Balls und

dem Auftrag. »Die Rocker machen sich Sorgen um Sie, Herr Dehlbrück.«

Das stimmte zwar nicht für jeden in der Gang, aber mit Sicherheit für Kalli, der seit Muckis Tod der neue Boss der Dragon Balls war.

Opa Edel schaute auf. »Ja, das sind gute Jungs. Vielleicht ein wenig wild, aber das waren wir doch alle in unserer Jugend, oder?« Er lächelte kurz. Dann sackten seine Schultern nach unten.

Plötzlich stand Hanne Sieberts in der Küchentür. Die beiden Einkaufstaschen in ihren Händen ließ sie zu Boden fallen, als sie auch schon auf Lizzi losging. »Was wollen Sie hier? Das ist Hausfriedensbruch.«

Lizzi war aufgesprungen. »Holen Sie die Polizei, Frau Sieberts! Dann wird sich alles klären.«

Hanne lachte. »Polizei? Ich bin nicht blöd!« Sie griff zum Telefon, das auf dem Küchentisch lag. »Ich habe Freunde. Die wissen, wie man mit neugierigen Alten umgeht.«

Opa Edel blickte erschreckt auf. »Aber sie ist nett, Hanne. Wirklich.«

Die Nachbarin hörte nicht auf ihn, sondern tippte eine Nummer ein. Dann aber starrte sie das Telefon in ihrer Hand verwirrt an. Lizzi zog den Akku aus ihrer Manteltasche. »Ohne so ein Ding funktioniert kein Telefon.«

Noch bevor Hanne mit dem Zetern erneut beginnen konnte, schob Lizzi ihr den Becher Kaffee hin, den sie eigentlich für sich eingegossen hatte. »Nun setzen Sie sich erst einmal.« Sie nahm sich einen neuen Becher. »Ich bin froh, dass es Herrn Dehlbrück gutgeht. Es ist mächtig anständig von Ihnen, Hanne, dass Sie sich um ihn gekümmert haben.«

Opa Edel nickte eifrig. »Bist ein gutes Kind, Hannelein.«

Langsam fiel die Anspannung von Hanne Siebert ab. Zögerlich griff sie zum Becher, der vor ihr stand, und nahm einen Schluck. »Was wollen Sie hier?«

»Eigentlich habe ich nur wissen wollen, wo Herr Dehlbrück und seine Frau sind.«

Opa Edel und Hanne warfen sich einen kurzen Blick zu.

Lizzi lächelte. »Aber ich weiß jetzt, was los ist.«

»Pah!« Hanne stellte den Becher zurück auf den Tisch. »Sie wissen gar nichts. Wie sind Sie überhaupt darauf gekommen, dass Opa Edel bei mir wohnt?«

Lizzi wies zum Fenster hinaus, rüber auf die andere Straßenseite. »Harro, der Painter, hat mich die letzten Tage porträtiert.«

Hannes Blick folgte Lizzis Finger. »Der? Der kann doch gar nicht richtig malen. Der hantiert doch nur mit Sprühdosen rum, und so.«

»Nun, zumindest konnte ich so Ihre Küche im Blick behalten, Frau Sieberts.« Hanne wollte protestieren, doch sie riss sich zusammen.

»Ich bemerkte, dass jemand die Blumen auf dem Balkon der Dehlbrücks gegossen haben musste. Sie aber sagten, Sie hätten es nicht so mit Blumen. Daraus schloss ich, dass Sie es wohl nicht waren, die den Balkon nebenan in Schuss hielt.« Sie lächelte Opa Edel zu.

Er nickte. »Früher hatten wir einen Schrebergarten. Und die Blumen auf dem Balkon waren doch Gertruds ganzer Stolz, nachdem sie nicht mehr rauskonnte.«

Hanne fuhr zu ihm herum. »Aber Opa Edel, ich habe dir doch gesagt, du sollst nicht rübergehen!«

»Seien Sie nicht so streng, Frau Siebert. Außerdem sah ich Sie mit jemandem in Ihrer Wohnung sprechen.«

»Ja und? Es hätte ein Kunde sein können.«

Lizzi schüttelte den Kopf. »Unwahrscheinlich, denn niemand hatte zuvor das Haus betreten. Mit wem auch immer Sie gesprochen hatten, Hanne, er war bereits seit Stunden in Ihrer Wohnung.«

Hanne schnaufte. »Okay, jetzt haben Sie ihn gefunden. Dann können Sie ja nun gehen.«

»Nicht ganz. Ich möchte noch wissen, wo seine Frau Gertrud ist.«

Wieder huschte ein Blick zwischen Hanne und Opa Edel hin und her. »War es wegen der Rente?«, fragte Lizzi den Alten am Tisch leise.

»Sag nichts, Opa Edel!«, rief Hanne dazwischen.

Der alte Mann zögerte, während er zwischen Hanne und Lizzi hin und her blickte. »Eines Morgens lag sie da«, flüsterte er. »Ganz kalt.«

Die Nachbarin schüttelte den Kopf. »Du machst alles nur noch schlimmer, Opa Edel.« Sie seufzte. Dann beichtete die Nachbarin. »Er hatte mich rübergeholt. Wir überlegten, was man mit der Gertrud machen kann. Opa Edel ist nicht reich, wissen Sie. Der Kiosk an den Landungsbrücken hat über die Jahre nicht viel eingebracht. Seine Rente ist lachhaft.«

Traurig blickte Opa Edel wieder auf seine Hände. »Und so eine Beerdigung kostet eine Menge Geld. Man wird mich jetzt bestimmt einsperren, oder?«, wollte er leise wissen.

»Die Kastanie im Park?«, fragte Lizzi. Sie erinnerte sich an die Blondine, die dort Blumen hingelegt hatte und dann einfach verschwunden war.

Opa Edel nickte. »Es war Gertruds Lieblingsplatz. Und weil ich nicht vor die Tür darf…«

Hannes Mund wurde bockig schmal. »Da sind dann meine Mädchen aus der Herbertstraße zu Gertrud gegangen.«

Opa Edel nickte mit einem leisen Lächeln. »Meine Gertrud liebte Blumen. Wir hatten viele im Schrebergarten, damals.« Doch dann blickte er auf. »Es war meine Idee gewesen! Nicht ihre.« Er sah Hanne an. »Die Hanne kann nichts dafür. Sie und ihre Freundinnen haben mir geholfen, die Gertrud dort zu beerdigen.«

Irgendwie überraschte Lizzi das nicht. Sie runzelte die Stirn. »War das nicht etwas … schwierig?«

Hanne grinste. »Nein, nicht wenn man sich hier auskennt. Die Penner im Park schoben Wache. Dafür haben sie ein paar Euro bekommen. Ich bin mit vier meiner Damen hierhergekommen. Wir haben die Gertrud mit dem Auto in den Park gebracht. Es hatte vorher seit Tagen heftig geregnet. Der Boden war einigermaßen weich. Wir buddelten abwechselnd das Loch.«

»Und niemand hat es bemerkt?«

Hanne schüttelte den Kopf. »Bei dem Schietwetter ging keiner freiwillig vor die Tür. Nicht einmal die Junkies hingen da rum. Außerdem sollte der Spazierweg beim Baum gerade neu asphaltiert werden. Den Weg hatten sie schon abgesperrt, aber wegen des Regens noch nicht angefangen. Nein, da kam keiner.«

Opa Edel lächelte sie zärtlich an. »Zwei Tage. Zwei Tage hat es gedauert, dann konnte Gertrud beerdigt werden.« Seine Stimme versagte, und Tränen traten in seine Augen. »Geld für einen Sarg hatten wir nicht. Der alte Perserteppich kostete aber bestimmt genauso viel.« Hanne legte eine Hand auf Opa Edels Arm.

Lizzi blickte sie entsetzt an. »Sie haben die Verstorbene in einem Teppich ...?« Lizzi wusste aus eigener Erfahrung, wozu Armut einen bringen konnte. Aber das? »Warum haben Sie nicht das Sozialamt um Hilfe gebeten?«

Vehement schüttelte Opa Edel den Kopf. »Ich habe noch nie um Almosen gebeten. Ich bin kein Bettler!« Es war der alte hanseatische Stolz, den man nicht nur bei den reichen Pfeffersäcken fand. Ein Hamburger beugte niemals das Knie vor der Obrigkeit, und er blieb niemals etwas schuldig.

Lizzi legte den Kopf schief. »Und die Rente Ihrer Frau? Die haben Sie behalten, richtig?«

Er räusperte sich und blickte schweigend auf seine Hände.

Lizzi nickte langsam. »Verstehe.« Sie bemerkte Hannes Blick. Besorgt schaute sie Opa Edel an. Wenn ihr Bauchgefühl stimmte, war noch eine andere Sache im Spiel. Denn eigentlich ging es hier nicht um eine illegale Beerdigung in einem öffentlichen Park, sondern um Drogen. Und dieses Problem hatte Lizzi noch nicht gelöst.

Hanne unterbrach Lizzis Gedanken. »Opa Edel brauchte Gertruds Rente! Auch wenig Geld ist Geld. Seien Sie nicht arrogant.« Die Nachbarin stand auf. »So, jetzt kennen Sie die Geschichte. Und nun können Sie gehen.« Sie zog Lizzi am Arm vom Stuhl hoch.

Doch Lizzi entwand sich Hannes Griff. »Es stimmt, diese Frage ist geklärt: Herr Dehlbrück hat seine Frau nicht ermordet.«

Hanne und der Alte sahen sich überrascht an. Dass jemand einen Mord vermuten könnte, schien ihnen nicht in den Sinn gekommen zu sein. »Doch, was ist mit Richard Klüver?«

»Wer?«

»Richie. Der Tote auf der Straße.«

»Das interessiert doch keinen«, rief Hanne. »Los, hauen Sie jetzt endlich ab.« Energisch schob sie Lizzi auf den Flur hinaus.

»Hat er Sie erpresst, Herr Dehlbrück?«, rief Lizzi dem Alten am Tisch zu, bevor Hanne sie auf den Flur schob. Sie sah noch, wie Opa Edel nickte. »Er hat das mit der Rente Ihrer Frau erfahren. Stimmt's?«

»Fünfhundert!«, rief Opa Edel Lizzi nach. »Ich musste ihm jeden Monat fünfhundert geben.«

Richie war also jener, der Herrn Dehlbrück zum Geldautomaten begleitet hatte. Und der Grund dafür war eine banale Erpressung. Richies Tod tat ihr ebenso wenig leid wie Muckis Tod.

Als Hanne gerade die Wohnungstür öffnen wollte, befreite sich Lizzi aus ihrem Griff. »Wo ist das Paket mit den Drogen? Mucki muss es in der Wohnung nebenan versteckt haben. Doch dann war das Paket plötzlich weg. Mucki wurde panisch. Er kam, um es zu suchen. Aber Richie hatte die Wohnung bereits auf den Kopf gestellt. Also, wo ist es?«

»Ich weiß nicht, wovon Sie reden.« Hanne griff zur Türklinke. »Ich habe den Opa hier nur wohnen lassen, weil dieser Richie ihn erpresst hat.«

Lizzi lächelte. »Und warum wohnt er noch immer hier? Richie ist tot. Herr Dehlbrück hätte zurück in seine Wohnung gekonnt. Also: Wo ist das Paket, Hanne?«

Dann ging alles ganz schnell. Die halboffene Tür wurde von außen aufgestoßen. Drei große Männer in Anzügen stürzten herein, packten die Frauen an den Armen und schubsten sie zurück in die Küche, wo Opa Edel angstvoll aufblickte.

Brutal drückte der mit der Glatze Lizzi auf einen Stuhl. »Die Zeit ist noch nicht um!«, zischte Lizzi ihn an und rieb sich ihren Arm.

Der andere Kerl hielt eine Waffe, die er auf Hanne und Opa Edel richtete. Es war eine Röhm Vector CP1, Kaliber neun Millimeter mit zwölf Schuss. Lizzi erinnerte sich an das Bild einer solchen Pistole in dem Magazin für Detektive, in dem sie geblättert hatte. Jetzt aber fragte sich Lizzi, was es ihr brachte, dieses schwarze Ding in der Hand des Killers beim Namen nennen zu können. Nichts.

Dann kam Wladimir Denissow in die Küche stolziert. Er trug einen feinen Kaschmirmantel und hielt lässig ein Paar schwarze Wildlederhandschuhe in seiner Hand. Handschuhe im Sommer? Warum musste der Russe nur immer so protzen? »Ihre Zeit ist um, Frau Böttcher«, sagte er in tiefem Bass. »Wo ist meine Ware?«

»Unsinn! Ich habe noch vier Stunden.« Kaum hatte sie die Worte gesagt, nickte der Russe Sergej zu. Der Glatzkopf schlug mit der flachen Hand in Lizzis Gesicht. Ein heißer Schmerz raste in ihren Kiefer, ihr Kopf flog zur Seite. Opa Edel schrie auf. Hanne verzog keine Miene.

»Man schlägt keine Frau!«, rief Opa Edel. »Wovon reden Sie überhaupt? Wer sind Sie?«

Denissow ignorierte den am ganzen Leib zitternden Alten. Der Russe beugte sich zu Lizzi hinunter, die mit ihren Tränen kämpfte. Es war weniger der Schmerz in ihrem Gesicht als die Demütigung und das Wissen, nichts tun zu können. »Ich höre«, raunte er.

»Sie haben Mundgeruch«, zischte Lizzi zurück. Sie zuckte zusammen, als sie aus dem Augenwinkel sah, wie die Hand des Glatzkopfes sich hob. Doch Denissow hielt seinen Schläger zurück.

»Sie wird uns auch so sagen, was sie weiß«, meinte er lächelnd und setzte sich auf den freien Stuhl am Tisch, den er zuvor mit einer wischenden Bewegung seiner Handschuhe von unsichtbarem Staub reinigte. »Ich gebe ihr fünf Minuten. Dann tötest du den Alten. Danach die da.« Er wies mit dem Kopf zu Hanne, die plötzlich blass wurde.

»Ich habe damit nichts zu tun«, versicherte Hanne. »Lasst mich gehen.«

Der Russe ignorierte sie. »Ich warte, Frau Böttcher.«

Lizzi schluckte. Sie wusste nicht, ob Mirko noch von Denissow bedroht wurde, ob die Rettung des Jungen erfolgreich gewesen war. Den einzigen Erfolg, den sie bisher vorzuweisen hatte, war ein Rentner, der wieder aufgetaucht war und der, so wie es aussah, kein Mörder war. Doch von den Drogen gab es weit und breit keine Spur.

»Ich muss nachdenken«, sagte sie, während sie ihre schmerzende Wange rieb.

»Tun Sie das, Frau Böttcher«, lächelte der Russe. »Ihre Zeit läuft.«

Lizzi versuchte sich zu konzentrieren. »Muckiprinz sollte Ihnen ein Paket Drogen geben. Doch es kam nicht zu der Übergabe. Erstens, weil das Paket plötzlich verschwunden war, und zweitens, weil sie Mucki töteten.« Der Russe beobachtete sie aufmerksam. Zwei tiefe Falten traten zwischen seine Brauen. »Was ist in dem Paket?«, wollte Lizzi wissen. »Ich meine, wenn wir schon dafür sterben sollen …« Sie blickte den Kerl mit der Waffe in der Hand an. »Dann sollten wir wenigstens wissen, wofür.« Sie fixierte Denissow. »Kokain? Man sagte mir, dass das am meisten nachgefragt würde.« Lizzi räusperte sich. Sehr viel mehr als das wusste sie jedoch nicht. Ab jetzt musste sie improvisieren.

Denissow lehnte sich auf dem Stuhl zurück und begann, die Handschuhe in seiner Hand rhythmisch in die andere zu schlagen. »Weiter.« Er schaute auf seine Uhr.

»Mucki beauftragte mich, Opa Edel zu finden, von dem er annahm, dass dieser die Drogen in seiner Wohnung gefunden hatte und mitgehen ließ.«

»Ich? Was für Drogen denn? Ich will mit so etwas nichts zu tun haben.« Opa Edels Stimme überschlug sich.

Lizzi erklärte ihm, dass Mucki die Wohnung als Versteck für seine Ware benutzt hatte.

»Bei mir?« Erschöpft sank Opa Edel auf seinem Stuhl zurück.

»Dass Sie aber noch hier sind, Herr Dehlbrück, zeigt mir, dass Sie mit dem Paket nichts zu tun haben können«, erklärte Lizzi. Sie wandte sich wieder an den Russen. »Was ist so ein Paket Kokain eigentlich wert? Mehr oder weniger als eine halbe Million?«

Der Russe lachte. »Weniger. Aber es geht nicht um Geld. Es geht um Respekt.«

Lizzi seufzte. »Ach ja, stimmt. Die anderen sollen Angst vor Ihnen haben.« Sie schüttelte den Kopf. »Primitiv, wenn Sie mich fragen.«

Der Russe schnellte nach vorn. »Ich frage Sie aber nicht,

alte Frau!«, zischte er. »Eine Minute noch.« Der Glatzkopf holte schon mal sein Messer unter der Jacke hervor und begann, damit seine Fingernägel zu reinigen.

Lizzi schluckte. Die Sache lief aus dem Ruder. Warum hatte sie nur Pfeiffer in ihrem Appartement eingeschlossen? Der und Lindemann wären jetzt wirklich sehr hilfreich.

»Ich höre.« Der Russe setzte sich wieder auf den Stuhl und starrte Lizzi an.

»Ja, also Muckiprinz fuhr in die Wohnung der Dehlbrücks, um die Ware zu finden. Doch Richie war bereits dabei, das Paket zu suchen. Muckiprinz überraschte Richard Klüver. Dass Mucki dort war, bestätigen Zeugen, die ihn sein Motorrad an der Straße haben parken sehen.«

»Weiter, weiter!«

Lizzi schloss die Augen und stellte sich die Szene in der Wohnung von Opa Edel vor: die herausgerissenen Schubladen, die aufgeschlitzten Kissen, Pullover und Socken, auf dem Boden verstreut. »Er und Richie kämpften. Vielleicht hatte Richie die Drogen schon gefunden, und Mucki nahm sie an sich.« Lizzi stockte. »Ach nein, dann wäre er ja noch am Leben und wir säßen nicht hier.« Mist, was war in der Wohnung der Dehlbrücks geschehen? Da sah Lizzi Hannes Blick. Die Nachbarin beobachtete Lizzi sehr genau. »Haben Sie den Kampf gehört, Herr Dehlbrück?«, wandte sich Lizzi an Opa Edel. Er nickte. »War Hanne hier?«

Er zögerte einen Moment. Dann schüttelte er den Kopf.

»Sie lügen, Opa Edel.«

Der alte Mann sackte tiefer in sich zusammen.

»Als Hanne in die Wohnung kam, war Richie wahrscheinlich bewusstlos. Er war sehr viel kleiner und schwächer als

Mucki, gegen den er keine Chancen im Kampf gehabt hatte.« Sie wandte sich an Hanne, die ihre Arme vor der Brust verschränkt hielt. »Sie hatten die beiden über die Drogen streiten hören und gerieten in Panik, Hanne. Als Mucki weg war, sind Sie leise rübergegangen, wo Sie Richie bewusstlos vorfanden. Dann gingen Sie zu dem Versteck, wo Sie die Drogen deponiert hatten, nachdem Sie sie zufällig vor zwei Wochen gefunden hatten.« Ja, so musste es gewesen sein. »Sie kannten sich in der Wohnung gut aus. Schließlich hatten Sie monatelang Opa Edels Frau gepflegt. Außerdem ist die Wohnung der Dehlbrücks baugleich zu Ihrer Wohnung, Hanne. Nur spiegelverkehrt. Sie wussten, wo Sie das Drogenpaket verstecken konnten.« Ein Blick in Hannes bleiches Gesicht sagte Lizzi, dass sie recht hatte. »War es wegen der Finca auf Mallorca? Haben Sie deshalb die Drogen vor Mucki versteckt?«

Hanne nickte. »Das Paket war meine einzige Chance, hier rauszukommen.« Sie blickte von einem zum anderen. »Ich fand es, weil beim Staubwischen eines der Bilder hinter die Kommode gefallen war. Als ich das alte Ding wegschob, war da ein Loch in der Wand.« Der Russe hatte jetzt Hanne ins Visier genommen. »Ich nahm es und habe es woanders versteckt.«

»Aber nicht in Ihrer Wohnung, sondern bei Opa Edel.«

Hanne nickte. Sie wusste, dass sie verloren hatte.

»In seiner Küche. Ich wollte das Zeug nicht bei mir haben, solange ich nicht wusste, wem ich es verkaufen konnte.«

»Und als dann dieser Richie das Paket suchte, war Ihnen das Versteck nicht mehr sicher genug, und Sie haben es in Ihrer eigenen Wohnung versteckt.«

»Wo ist es?«, raunzte der Russe sie an.

Hanne wies mit dem Kopf zu einem alten Abzug, wie man ihn früher für den Kohleherd in diesen alten Wohnungen gebraucht hatte. Heute war der Kaminzug außer Funktion und nur über eine kleine Klappe erreichbar, die die Leute seit Jahren übertapezierten. Bei Hanne aber sah man die Klappe deutlich, denn die Ränder waren mit einem Messer aufgeschlitzt worden. »Da oben.«

Der Glatzkopf reckte sich zur Klappe hoch, die etwa zweieinhalb Meter über seinem Kopf in der Wand lag.

»Und Richie?«, wollte Lizzi wissen.

»Ach, der lag bewusstlos im Wohnzimmer auf dem Boden.« Hanne schnaufte abfällig. »Und als ich gerade das Paket bei Opa Edel aus dem Versteck holte, um es wegzubringen, stand er plötzlich in der Küche.«

»War Ihnen denn nie in den Sinn gekommen, dass Sie damit Opa Edel in Gefahr bringen könnten, Hanne?«

»Darum habe ich ihn doch in meine Wohnung geholt!«, schrie Hanne zurück. »Ich konnte ihn doch nicht dalassen. Mucki oder Richie hätten ihn fertiggemacht.«

»Unsinn!«, rief Lizzi. »Sie hatten nur Angst, dass der alte Mann Sie verpfeift! Mit etwas Hirnschmalz wären die Rocker bald darauf gekommen, dass nur Sie die Drogen haben konnten!«

Hanne schwieg.

Lizzi wurde aus der Frau nicht schlau. Einerseits kümmerte sie sich aufopfernd um die Dehlbrücks, und dann wieder brachte sie Opa Edel in Gefahr, von Kriminellen bedroht zu werden. War es das Leben im Rotlichtmilieu, das einen so werden ließ? Es gab noch ein paar Fragen, die diese Frau klären musste. »Was passierte, als Richie Sie in der Küche überraschte?«

»Ich behauptete, es gäbe noch ein anderes Paket auf dem Balkon.« Hanne holte tief Luft. »Typen wie der sind gierig. Wir gingen hinaus, er drehte mir den Rücken zu, und ich nahm den Marmorengel vom Regal. Der Balkon ist eng. Als er zu Boden sackte, musste ich ihn nur zum Geländer schubsen. Da hing er dann. Ich nahm seine Beine, und er war unten.«

»Über Fingerabdrücke brauchten sie sich keine Sorgen zu machen, stimmt's?«, wollte Lizzi wissen. »Von denen waren ja noch genug in der Wohnung, als Sie dort putzten.«

Mit einem siegreichen Gebrumm zog der Glatzkopf jetzt ein eng in Plastikfolie gewickeltes Paket an einer Schnur aus dem Kaminabzug. Er reichte es dem Russen.

»So, so. Das ist eine feine Geschichte.« Zufrieden blickte Denissow auf das Paket in seinen Händen. »Dann sollten wir jetzt gehen.«

Lizzi fuhr hoch. »Aber Sie haben doch Ihre … Ware. Jetzt können Sie uns doch gehen lassen.«

Hanne lachte. »Was haben Sie denn gedacht, Sie Hobbydetektivin? Man wird uns auf irgendeiner Müllhalde finden.« Einer der Kerle schob Hanne und Opa Edel in den Flur. »Und schuld daran sind Sie allein!«, schrie Hanne.

52

Man hatte sie in den schwarzen Van verfrachtet, den Lizzi schon von ihrem ersten Besuch kannte. Die zwei alten Leute und die Puffmutter saßen auf der Holzbank, ihnen gegenüber hockten auf umgedrehten Getränkekisten der Glatzkopf mit seinem Messer in der Hand und der Typ mit der Vector CP1. Die beiden Frauen hatten Opa Edel in ihre Mitte genommen und stützten den alten Mann, so gut es ging, wenn mal wieder eine Kurve kam oder der Wagen bremsen musste.

»Wo bringen Sie uns hin?«, fragte Lizzi den Glatzkopf. Wie schon beim letzten Mal hüllte der sich in Schweigen.

Denissow selbst war verschwunden. Lizzi hatte noch gesehen, dass er in eine dunkelblaue Limousine stieg und in die entgegengesetzte Richtung wegfuhr. Sie nahm an, dass er bei der Drecksarbeit nicht dabei sein wollte. Der Mann hatte, was er wollte, das Paket. Den Rest würden seine Handlanger erledigen. Mit Muckis Tod hatte sich Denissow den fragwürdigen Respekt auf dem Kiez gesichert, und mit dem Tod dreier Zeugen betrachtete er wahrscheinlich die Sache als beendet.

Lizzi aber suchte fieberhaft nach einer Möglichkeit, aus der Sache glimpflich herauszukommen. Die Hoffnung stirbt immer zuletzt, ging es ihr kurz durch den Kopf.

Opa Edel schniefte leise vor sich hin, und Hanne verschränkte bockig die Arme vor der Brust. Lizzi schloss die Augen, um besser denken zu können.

In Gedanken folgte sie dem Van auf dem Stadtplan von Hamburg. Sie waren die Hein-Hoyer-Straße zur Reeperbahn hinuntergefahren. Dann bog der Van links ab. Seither ging ihre Fahrt immer geradeaus. Sie fuhren also nach Osten. Irgendwann wurde sie unsicher. Waren Sie schon beim Hauptbahnhof angekommen? Würden sie links in die Süderstraße abbiegen, wo die Dragon Balls ihre Werkstatt hatten, oder rechts über die Elbe fahren? Noch während sie überlegte, fuhr der Wagen einen sanften Bogen gen Süden. Die Geräusche fahrender Autos wurden lauter. Spätestens, als das gleichförmige Fahrgeräusch hohler wurde, wusste Lizzi, dass sie soeben die Norderelbe überquerten. Links und rechts von ihnen lag nun das weite Hafengebiet der Stadt. Lizzi, die sich rühmen konnte, jeden noch so kleinen Winkel in Hamburg zu kennen, musste zugeben, dass sie in dieser Gegend noch nie war.

An Hilfe war hier nicht zu denken. Zwischen Lagerhallen, Industrieanlagen und Brachflächen würden kaum Menschen zu finden sein. Der Wagen bog erneut rechts ab, dann ging es links weiter. Bald schon verlor Lizzi den Überblick. Sie bemerkte, dass die Geräusche anderer Autos immer seltener wurden. Ein schlechtes Zeichen fand Lizzi.

Dann holperten sie über Kopfsteinpflaster, verließen kurz darauf die Straße und ratterten über Gleise. Hier musste irgendwo eine Bahnlinie sein, überlegte Lizzi. Die Fahrgeräusche änderten sich. Jetzt schienen sie über Schotter zu fahren. Abrupt bremste der Fahrer, so dass die drei Gefangenen unsanft nach vorn geschleudert wurden.

Der Glatzkopf öffnete die Seitentür. Sie standen mit der Längsseite des Wagens dicht vor einer hohen Wand. Man schubste die drei hinaus.

Sie waren vor einer schäbigen Lagerhalle, wie es viele von ihnen im Hafen geben musste. Am Rande des Geländes konnte Lizzi ein paar abgestellte Sattelschlepper erkennen. Direkt vor ihnen aber war ein hohes Rolltor. Dieses und die Eisenstäbe an den Fenstern darüber schienen erst kürzlich eingebaut worden zu sein. Der Rest der Halle aber wirkte würdig, demnächst abgerissen zu werden. Sollten sie hier sterben?

Der Glatzkopf und der Typ mit der Pistole schubsten sie dichter an das Rolltor heran. Da schob jemand von innen das Tor langsam nach oben. Zwei Beine kamen in Sicht, dann eine Lederjacke und der Rest eines jungen Mannes um die fünfundzwanzig mit gekräuselten Locken, die aussahen, als trüge er eine Wollmütze. Er trat zur Seite, um die kleine Gruppe eintreten zu lassen. Lizzi bemerkte in seinem Gesicht die Arroganz der Dummheit, die ihr bei vielen Leuten aufgefallen war, die sie in den letzten Tagen gesehen hatte.

»Da seid ihr ja endlich«, rief der Lockenkopf dem Glatzkopf entgegen. Der aber schubste ihn nur zur Seite, während er Lizzi im Schraubstockgriff hinter sich herschleppte. Als alle in der Halle waren, schloss der Jüngling das Tor wieder.

Lizzi blickte sich kurz um. Bis auf einen rostigen Container mitten in der Halle und einige alte Autos war die Halle leer.

Beflissen kam der junge Mann heran. In der Hand hielt er mehrere Wagenschlüssel. »Ich habe alles vorbereitet«, sagte er, wobei er zu dem alten Container wies, an dem der ehemalige Schriftzug abgeblättert war. An zwei Stellen hatte man das gefaltete Metall der Wände durch angeschweißte Platten repariert. Lizzi fragte sich, wer mit dem Schrottding noch etwas anfangen konnte, als sie bemerkte, dass der Container und die Autos nicht zufällig hier herumstanden. Und die Anordnung war schon gar nicht unbeabsichtigt. Man hatte den Auspuff jedes Wagens mit einem Schlauch versehen, dessen anderes Ende im Container verschwand.

»O Gott«, flüsterte Lizzi. Sie erkannte es als perfide Todesmaschine.

Als Sergej sie zum Container zerrte, bot sie all ihre Kräfte auf. Hanne und Opa Edel hatten noch nicht verstanden, was auf sie zukam. Brav gingen sie mit. Wahrscheinlich waren beide froh, nicht schon jetzt erschossen in irgendeinem Hafenbecken zu schwimmen.

Lizzi musste an Lindemann denken, der mehrere Selbstmorde untersuchte und bisher keinen Hinweis darauf gefunden hatte, warum die Leute es getan hatten. Lizzi wurde in diesem Moment klar, dass es keine Selbstmorde waren. Ein Buchhalter, ein Rechtsanwalt und eine Prostituierte. Waren das nicht exakt jene offenen Stellen, die der Russe zu besetzen hatte?

Brutal schubste man sie in den Container. Dann fielen die Türen zu. Es war stockfinster.

»Was machen die mit uns?«, fragte Opa Edel vorsichtig.

Lizzi sagte nichts. Er würde es noch früh genug erfahren. Sie tapste durch die Dunkelheit, bis sie hart gegen die Metalltür stieß. Mit ihren Fäusten trommelte sie gegen das kalte Metall, als draußen die Autos der Reihe nach angelassen wurden.

»Scheiße!«, kreischte Hanne plötzlich auf, als sie begriff. Sie stolperte zu Lizzi und hämmerte ebenfalls an die Tür.

»Scht«, machte Lizzi plötzlich. Sie legte das Ohr an die Tür. »Ich glaube, sie gehen.« Lizzi meinte, zwischen dem Getöse der Motoren das Rolltor rattern gehört zu haben. Nun schlugen die Frauen umso heftiger mit ihren Fäusten gegen das Metall. »Lasst uns hier raus, ihr Schweine!«, brüllte Hanne verzweifelt.

In diesem Moment hörten sie einen Schuss.

Instinktiv duckten sich die Frauen, obwohl der Schuss in der Halle gefallen war. Sie befanden sich in einer mehr als zweifelhaften Sicherheit.

Lizzi hörte durch das Dröhnen der Motoren einen der Russen fluchen.

Weitere Schüsse flogen hin und her. Ein Schrei. Jemand in der Halle musste getroffen worden sein.

Eine Kugel erwischte den Container. Der betäubende Knall erfüllte den leeren dunklen Raum. Die drei schrien auf und pressten ihre Hände auf die Ohren.

Während die Schießerei weiterging, die Schüsse immer öfter den Container trafen, hoffte Lizzi, Pfeiffer mochte mit der Kavallerie angekommen sein. Er hatte sie schon einmal aus einer äußerst brenzligen Situation gerettet. Doch warum stürmten die Beamten nicht einfach die Halle, statt sinnlos herumzuballern? Unterdessen pusteten die Motoren immer mehr giftiges Kohlenmonoxid in den Container. Lizzi begann zu husten.

»Wir müssen uns hinlegen«, rief Hanne. »Das macht man bei Rauch so.«

»Nein! Nicht hinlegen!«, rief Lizzi in die Dunkelheit hinein. »Kohlenmonoxid ist schwerer als Luft. Wir würden nur umso schneller sterben.«

Das Atmen fiel immer schwerer. Hinter Lizzi rang Opa Edel nach Luft. Lizzi begann mit ihren Fingern die Tür des Containers abzutasten, in der Hoffnung, einen Spalt zu finden. Doch die Kanten waren mit Gummi umlegt und schlossen dicht ab. Sie tastete sich weiter in eine der Ecken.

Jemand hatte die angeschweißten Teile mit einer glatten Masse verfugt. Lizzi schnupperte. »Silikon«, murmelte sie.

»Was?«

»Das, was man zum Abdichten im Badezimmer oder von Fenstern benutzt«, erklärte Lizzi Hanne, während sie begann, das Zeug abzupulen. »Helfen Sie mir, Hanne«, keuchte Lizzi. Sie spürte, wie sich die gummiartige Masse aus der Ritze ziehen ließ. Ein schmaler Lichtschein wurde sichtbar. Hanne stand jetzt dicht neben Lizzi und fummelte etwas weiter unten Stückchen für Stückchen Silikon aus dem Spalt. »Komm, Opa Edel! Hier ist Luft«, rief Hanne hinter sich. Lizzi konnte bereits einen Lufthauch spüren. Tief sogen die Frauen den Sauerstoff von draußen ein. Lizzi drehte sich um. Ein Stückchen hinter ihnen lag Opa Edel auf dem Boden.

»Schnell!«, rief Lizzi und stolperte zu dem Alten.

Eine weitere Kugel knallte an den Container. Unwillkürlich duckten sich die beiden Frauen, als sie den bewusstlosen Mann zum Spalt schleppten. Dicht hielten sie seinen Kopf der Öffnung entgegen. »Los, Herr Dehlbrück! Atmen!« Mit einer Hand zerrte Lizzi weiter an dem Silikon, und der Riss wurde immer länger.

Da hörte sie das Geheul von Sirenen schnell näher kommen. Während sie gegen ein Schwindelgefühl in ihrem Kopf kämpfte, fragte sie sich, mit wem die Russen sich die Schießerei geliefert haben mochten, wenn es nicht die Polizei war, die offenbar erst jetzt kam.

Plötzlich wurden die Motoren in der Halle ausgeschaltet.

Lizzis Beine begannen zu zittern. »Hier! Wir sind hier!«, rief sie durch die schmale Öffnung in die Halle hinaus.

Sie hörte Schritte. Dann wurden die Türen des Containers aufgestoßen. Vermummte Männer mit Maschinenpistolen knieten davor und zielten auf Lizzi und die beiden anderen. Lizzi warf die Hände in die Höhe. »Nicht schießen!«

Immer wieder schüttelte Pfeiffer den Kopf, während er Lizzis Hand streichelte. Sprachlos und blass sah er auf sie herab, während Sanitäter sie auf einer Liege zum Rettungswagen trugen.

»Ewald! Nun sagen Sie doch den Herren, dass es mir gutgeht. Ich muss nicht ins Krankenhaus.« Sie versuchte sich aufzusetzen, doch Pfeiffer drückte ihre Schulter herunter.

»Tun Sie es einfach nur für mich.«

Lizzi grummelte vor sich hin und fand, dass er übertrieben reagierte. Als man sie über den Schotterplatz trug, drehte sie den Kopf. Mehrere Einsatzwagen der Polizei standen auf dem Gelände. Ihr Blaulicht reflektierte an der Wand der Halle. Davor standen einige Ledergestalten, denen man soeben Handschellen anlegte.

»Kalli?« Lizzi versuchte, sich noch einmal zu erheben.

»Ja, er war mit seinen Leuten bereits hier, als wir eintrafen«, erklärte Pfeiffer.

»Holen Sie ihn zu mir, Pfeiffer. Jetzt!«

»Das geht nicht. Man bringt sie ins Präsidium.«

»Ich muss ihn etwas fragen. Bitte«, flehte sie.

Er beugte sich zu ihr herunter. »Der Junge?«

Erstaunt sah sie ihn an. »Ja.«

Mit einem Lächeln wies Pfeiffer zu einem der Streifenwagen auf Lizzis anderer Seite. Sie drehte den Kopf.

Ein hageres, blasses Bürschchen lehnte dort an der Motorhaube, während seine Mutter ihn küsste und umarmte. Mareike liefen die Tränen nur so über das Gesicht.

Erleichtert ließ Lizzi sich auf die Trage zurückfallen. Doch dann wollte sie wissen: »Wie kommen die Dragon Balls und der Junge überhaupt hierher?«

»Ihre Rockerfreunde haben Mirko von der Schule abgeholt.«

Lizzi nickte. »Ich weiß.«

»Sie waren auf dem Weg in die Hein-Hoyer-Straße, wo man Sie vermutete. Doch als die Gruppe dort ankam, sahen sie, wie man Sie und zwei andere Personen in einen Van stieß. Die Dragon Balls verfolgten den Wagen, zumal der Junge den einen Entführer wohl auch erkannt hatte. Sie bezogen Stellung vor der Halle. Als die Russen die Halle verlassen wollten, kam es zu einer Schießerei.«

Die Sanitäter schoben Lizzi in den Rettungswagen. Pfeiffer musste draußen bleiben.

»Vorher hat dieser Kalli Lindemann angerufen.«

Dankbar lächelte Lizzi zu ihm hinaus. »Und Sie haben Mareike geholt. Das war nett von Ihnen, lieber Ewald.« Sie schaute ihn lächelnd an. »Sind Sie noch böse auf mich? Wegen der Tür, und so?«

Pfeiffer schüttelte den Kopf. Da warf sie ihm einen Handkuss zu. Verlegen schluckte er, als die Sanitäter die Türen des Wagens schlossen. Er rief Lizzi noch zu, dass er gleich nachkommen werde. »Machen Sie sich keine Sorgen, Lizzi.«

Lizzi schloss die Augen. Nein, das würde sie auch nicht.

53

Man hatte Gertrud Dehlbrück exhumiert. Opa Edel war untröstlich gewesen, doch am Ende konnte er gegen die Umbettung seiner toten Frau auf den Ohlsdorfer Friedhof nichts machen. Sein Argument, er müsse jetzt viel weiter mit Bahn und Bus fahren, um sie dort zu besuchen, ließen die Behörden nicht gelten. Stattdessen drückte man ihm eine kostenlose Seniorenkarte für den Hamburger Nahverkehr in die Hand. Der hübsche, wenn auch einfache Sarg machte es Opa Edel einfacher, von der improvisierten Beerdigungsstätte seiner Frau Abschied zu nehmen. Nachdem die Obduktion der alten Frau einen ganz normalen Herzstillstand als Todesursache ergeben hatte, musste Opa Edel auch nicht mehr bei Hauptkommissar Lindemann im Büro sitzen, um Fragen zu beantworten. Lizzi war erleichtert.

Auch Lindemann schien entspannter. Jedoch ließ er keine Gelegenheit aus, darauf hinzuweisen, dass Lizzi die Dinge unnötig verkompliziert und seine Arbeit erschwert habe. »Rechnen Sie mit Ärger, Frau Böttcher«, hatte er am Ende ihrer Befragung gedroht. Doch es war nichts gekommen. Keine Anzeige, keine Anklage, nichts. Es schien fast so, als sei Lizzi bei ihrer Einmischung in »polizeiliche Angelegenheiten«, wie Lindemann sagte, mit einem blauen Auge davongekommen.

Jetzt standen sie schweigend oberhalb der Landungsbrücken, während rechts von ihnen die Sonne sommerrot unterging. Die Luft war klar, und ein leichter Hauch kühler Seeluft umwehte ihre Nasen. Am Himmel über dem Hafen schoben sich gemächlich ein paar versprengte Schäfchenwolken Richtung Süden. Der Strom der Touristen waberte gleichmäßig unter ihnen an den Anlegern hin und her, während die silbergraue Elbe unbeirrbar ihren Weg Richtung Nordsee nahm. Jeder der Anwesenden hielt einen Pappbecher in der Hand, in dem Sekt sprudelte.

Lizzi ließ ihren Blick in die Runde schweifen. Da war Pfeiffer, der sich in seiner Rolle als Lebensretter sichtlich wohlfühlte. Er schenkte ihr ein Lächeln, während er anerkennend nickte.

Neben Lizzi stand Opa Edel. Er hatte sich in seinen feinsten Zwirn gekleidet und sogar einen Hut auf dem Kopf. Doch das konnte nicht darüber hinwegtäuschen, dass die Vorfälle der letzten Wochen ihm mächtig zugesetzt hatten. Mit Tränen in den Augen hatte er Lizzi gedankt, dass er wegen des Betrugs der Rentenkasse nicht ins Gefängnis musste. Dabei hatte Lizzi nur mit Staatsanwalt Wenningstedt geredet, dem Sohn der tüdeligen Gerda aus der Residenz, der ihr noch einen kleinen Gefallen schuldete. Neben Opa Edel stand die blonde Frau, die so treu jeden Tag Rosen an Gertruds Grab gelegt hatte, während der alte Mann sich in Hannes Wohnung verstecken musste. Sie war aus Polen und konnte kaum Deutsch. Und sie war nicht blond. Hanne hatte dem Zuhälter des Mädchens gedroht, Interna aus dem Haus in der Herbertstraße auszuplaudern, wenn er der jungen Frau nicht erlaubte, zur Beerdigung von Gertrud Dehlbrück zu gehen. Hanne aber hatte man verhaftet. Sie fehlte in der Runde. Man würde ihr wohl den Prozess machen, schließlich hatte sie einen Menschen tätlich angegriffen, über ein Balkongitter gestoßen und so seinen Tod verursacht. Lizzi hoffte auf die geübten Strafanwälte in den Kiezkreisen. Vielleicht würde auch Hanne mit einem blauen Auge davonkommen. Sie war kein schlechter Mensch, fand Lizzi.

Zu Lizzis Linken standen Mareike und Mirko. Eng drückte die Mutter den Sohn an ihre Schulter, während sie ihm mit der anderen Hand immer wieder durch sein Haar fuhr.

»Mama, lass das«, flüsterte er ihr zu. »Das ist total peinlich.«

»Natürlich, mein Schatz.« Sie zog ihre Hand fort, doch ihr seliges Lächeln blieb. Da gab er ihr einen schnellen Kuss auf die Wange.

Die beiden würden es schon schaffen, da war Lizzi sicher.

Plötzlich kamen mehrere in Leder gekleidete Gestalten aus dem Park auf sie zu.

Mirko entdeckte sie als Erster. »Ey! Cool!« Er lief zu Kalli, der ihn liebevoll in den Arm nahm.

»Alles klar, Alter?«

Mirko nickte eifrig.

Dann marschierten die Dragon Balls auf Lizzi zu. »Hier, Frau Lizzi.« Kalli reichte ihr ein Kuvert. »Hast es verdient.«

Zögerlich betrachtete Lizzi den Umschlag. Bevor sie etwas sagen konnte, griff Mareike zu.

Es war der Umschlag, den Lizzi mit großer Geste den Rockern zurückgegeben hatte. Niemand schien ihn geöffnet zu haben! Mareike schickte ein kurzes Dankesgebet gen Himmel. Und an Lizzi gewandt, raunte sie: »Dieses Mal geben wir es nicht zurück! Wir haben Opa Edel gefunden. Auftrag erledigt!«

Langsam nickte Lizzi, doch sie ahnte, dass dieses der ultimative Moment ohne Umkehr war. Jetzt war sie, was man aus ihr gemacht hatte. Und tatsächlich: Mareike griff zu der Ikeatasche über ihrer Schulter. Mit flinken Fingern holte sie ein großes Paket heraus und riss das Papier darum ab. Dann hielt sie das Schild hoch. Oh, entfuhr es Pfeiffer. Und auch die anderen waren sichtlich beeindruckt.

Auf dem messingfarbenen Schild war zu lesen:

Elisabeth L. Böttcher & Co, Erste Seniorendetektei, Deutschland.

»Muss das sein?«, raunte Lizzi leise.

Keiner antwortete. Stattdessen stieß man auf die beste Detektei, die man kannte, an.

»Prost, Lizzi!«, strahlte Mareike.

Lizzi ergab sich in ihr Schicksal und führte den Becher an ihre Lippen.

»Und wer ist Co?«, wollte sie leise von Mareike wissen.

»Na ja, ich.«

»Und, wer noch?«, flüsterte Lizzi nachdrücklich wie eine Lehrerin.

Mareike grummelte leise vor sich hin. »Der da.« Ihr Blick huschte zu Pfeiffer.

»Dann sag es ihm, Kindchen. Er hat immerhin mein Leben gerettet.«

Mareike atmete tief ein. »Herr Kommissar!« Pfeiffer schaute sie an. Da hob Mareike ihren Pappbecher. »Auf Sie! Jetzt müssen Sie mich bis in alle Ewigkeiten ertragen.«

Pfeiffer prostete zurück. »Wunderbar, meine liebe Mareike. Ich freue mich darauf!«

Zufrieden nickte Lizzi und trank ihren Becher leer.

»Jetzt fehlt nur noch ein hübsches Büro«, erklärte Mareike unverdrossen optimistisch. »Und ich hätte da auch schon eine Idee!«

»Och, Kindchen!«, stöhnte Lizzi leidend auf.